세계 문학 소설

백발
(白髮)

뒤마 (원작)

백발(白髮)
현진건 번안 장편소설

발 행 | 2021년 01월 27일
저 자 | 현진건
펴낸이 | 한건희
펴낸곳 | 주식회사 부크크
출판사등록 | 2014.07.15.(제2014-16호)
주 소 | 서울 금천구 가산디지털1로 119 SK트윈테크타워 A동 305-7호
전 화 | 1670-8316
이메일 | info@bookk.co.kr

ISBN | 979-11-372-3472-7

www.bookk.co.kr

세계 문학 소설

백발
白髮

뒤마 (원작)

현진건 번안

목차

백발
(白髮)

현진건 / 번안 - 장편소설 -

〈변안 소설〉
외국어로 된 원작의 줄거리를 대체로 살리면서 자국(自國)의 언어와
전통적 유형으로 개작한 소설.

머리말

현진건

玄鎭健(1900-1941) 호는 빙허(憑虛). 소설가.

　　1920년 [개벽]에 단편소설 〈희생화(犧生花)〉를 발표함으로써 문단에 등단하였다. 1935년 이상화·박종화 등과 동인지 〈백조〉를 발간하여 〈운수 좋은 날〉〈불〉 등을 계속 발표함으로써 염상섭과 함께 사실주의 문학을 개척하였다.

　　1936년 '동아일보' 사회부장 당시 일장기말살사건으로 구속되었다. 이 밖에 「조선 혼과 현대정신의 파악」과 같은 비평문을 통해 식민지시대의 조선 문학이 나아가야 할 방향을 제시하기도 했다.

　대표작으로 단편 〈운수 좋은 날〉(1924)을 비롯하여 〈불〉〈B사감과러브레터〉 등이 있고 장편에 역사소설 〈무영탑(無影塔)〉이 있다.

　그는 장·단편 20여 편과 7편의 번역소설, 그리고 여러 편의 수필, 비평문 등을 남겼다. 빈궁 속에서도 친일문학에 가담하지 않은 채 1943년 결핵으로 죽었다.

〈현진건〉 작가의 원작 그대로 토속어(사투리, 비속어)를 담았으며 오탈자와 띄어쓰기만을 반영하였습니다. (작품 원문의 문장이 손실 또는 탈락 된 것은 'X', 'O'로 표기하였습니다.)

같잖은 소설로 문제

나는 지금으로부터 약 8, 9년 전에 어떤 신문사에 있을 때에 필자의 이름도 잘 모르고 내용도 그리 변변치 못한 어떤 서양 소설을 하나 번역하여 〈백발(白髮)〉이란 제(題)로 발표한 일이 있었는데 그 뒤에 동명사(東明社)에 있을 때에 나에게 고맙게 하는 친구 한 분이 모 서점에서 그것을 소개하여 일금 3백원야(也)의 원고료를 받고 팔게 하였었다. 그 서점에서는 그것을 〈악마와 같이〉로 게제하여 출판하였었는데 그것으로 이익을 보았는지 손해를 보았는지 그는 알 수 없으나 제1회 출판을 하고는 아모 소식도 없더니 요 얼마 전에 그 서점에서는 나에게 하등의 말도 없이 다른 서점으로 판권을 전매하고 그 서점에서는 다시 제목을 고쳐서 〈재활(再活)〉이라 하고 출판하여 신문 상으로 또는 삐라로 염치 좋게 빙허(憑虛) 현진건(玄鎭健) 저(著)라 하고 굉장하게 선전을 하였었다. 나도 처음에는 어쩐 까닭인지 영문도 알지 못하여 깜짝 놀래고 친구들도 나더러 소설을 새로 출판하였으니 책을 한 권 주어야 하느니 술을 한 턱 내야 하느니 하고 졸랐었다. 급기야 알고 보니 케케묵은 예전 그것을 다시 개제 출판하여 가지고 사람을 곤란케 하였다. 내가 소설을 더러 써 보았지마는 정작 힘들여 쓰고 내용도 관계치 않은 것은 원고료도 몇 푼 받지 못하고 또 아모 문제도 없었지마는 이 〈백발〉은 내용도 별 것이 없는 꼴같잖은 소설로서 원고료도 여러 작품 중에 제일 많이 받고 이리저리 팔려 가기도 잘하고 제

목의 변경도 잘하는 까닭에 나에게 성가심도 많이 주어 그야말로 〈백발〉이 원수의 백발이야 하는 소리를 발하게 되었었다. 이번에도 내가 그저 눈을 슬쩍 감았기에 그렇지, 만일에 문제를 일으킨다면 그 〈재활〉이 재활될지 재사(再死)될지 알 수도 없고, 술값이라도 주머니 속으로 몇 푼 들어왔을지도 알 수 없었다. 그러나 도부일소(都付一笑)할 뿐이었다. 이것이 나의 소설 쓴 것 중 제일 말썽거리였던 것 같다.

〈현진건〉 수필 중에서...

백발
(白髮)

뒤마 (원작)

현진건 번안

백발
(白髮)

뒤마(원작)

〈1〉

독자여! 나는 귀신이다. 사람이 죽으면 귀신이라 하거늘 나는 한 번 죽었던 사람이니 귀신이 아니고 무엇이랴. 사람으로 귀신 노릇, 귀신으로 사람 노릇, 세상에 이같이 두렵고 무서운 일이 또 있을까. 아아, 생각만 해도 소름이 끼친다.

만일 내 말을 못 믿겠거든 나의 고장 이탈리아(伊太利) 나폴리에 가서 백작(伯爵) 하준(河遵)은 어떻게 되었느냐고, 물어봐라. 누구나 하준은 벌써 죽었다고, 대답하리라. 부청(府廳)에 가서 민적대장(民籍臺帳)을 들쳐보더라도 하준은 84년에 못된 유행병에 걸려 죽은 줄을 알 것이다. 나는 곧 그 죽은 하준이다. 민적 상으로 보든지 법률상으로 보든지 온전히 죽은 사람이건만, 나는 오히려 이 세상에 살아있다. 당년 30세에 신체 건장한 남아로 시방 이와 같이 붓을 들어 자기의 귀신 생애(鬼神生涯)를 적고 있다. 얼굴엔 붉은 혈색이 돌고 새맑은 두 눈은 샛별같이 번쩍인다. 다만 다른 것은 머리터럭뿐이니 이전에는 옻빛같이 검었건만 시방은 희기가 눈과 같다. 나이 30에 백발, 이것이 나의 보통 사람과 다른 점이다.

만나는 사람마다 나의 백발을 괴이히 여겨, 혹은 유전인가 묻고 혹은 기막힌 근심으로 머리가 세었는가 물으며, 혹은 적도직하(赤道直下)의 열대지방(熱帶地方)에 여행하였는가 묻는다. 그래도 나는 다만 웃을 뿐이고 대답 하지 않았나니, 내가 바른 대로 이야기한다 한들 누가 나를 믿어 주랴. 나의 검은 머리가 백발이 된 것은 죽었던 몸이 다시 살아난 것과 같이 이상한 내력이 있는 까닭이다.

검던 머리가 백발로 변한 그 1년 동안을 생각해 내어 이 글을 쓰려 한다. 아니, 생각할 것도 없다. 그 1년 동안 일은 잊으려고 해도 잊을 수가 없다. 이후 백년을 지내든지 천년을 지내든지 길이길이 그 일은 잊히지 않으리라.

독자여! 나는 이탈리아에서 재산가요 명망가로 첫 손가락을 꼽는 백작 하비리(河霏理)의 외아들이다. 내가 고고의 성을 울린 집은 나폴리 항구에 다다라, 경개 절승한 언덕 위에 있었다. 난지 한 돌이 못 되어, 어머니를 여의고, 열일곱 살까지 아버지 품에서 자라나다가, 그해 가을에 아버지마저 세상을 버리고, 나이 겨우 열일곱에 누거만의 재물을 혼자 차지하고 보니 아는 사람마다 걱정하되, 저 사람이 반드시 주색에 빠져 부친이 물려준 재산을 없애리라고 했었다. 그러나 나는 색에도 술에도 노름에도 또는 사치에도 내 마음을 잠긴 일이 없었다. 그러므로 과년의 딸을 둔 부모들은 틈을 타서 때를 타서 나를 청하고 불렀건만, 나는 글 읽기와 친구 사귀기로 낙을 삼고 눈 한번 거들떠보지 않았다. 내가 읽은 책 가운데는 계집을 갖다가 혹은 야차(夜叉)에 비기고, 혹은 사나이의 마음을 마비시키는 독약이라 하였다. 그래, 나도 계집이라면 무섭고 두려운 흉물로 알고, 차라리 사나이 친구들과 노는 것이 안전하리라 하여, 친구들이 찾아오면 반가이 맞아들여 웃고 즐기고, 그들이 오지 않을 때엔 책을 읽어 고인으로 벗을 삼았었다.

친구들 가운데 가장 나하고 친밀하게 지낸 이는, 나와 나이도 같고 졸업한 학교도 같은 이상춘(李相春)이란 사람이었다. 그는 재산도 넉넉지 못하고 또 나 모양으로 어릴 때에 부모를 여읜 외롭고 가난한 사람인데, 친척이라 해도 로마(羅馬)에 사는 삼촌 한 분밖에 없었다. 그 삼촌이 한 달에 얼마씩 생활비로 보내는 주었지만, 그것만으로는 견디어 갈 수가 없어서, 학교를 졸업한 후, 그림 공부를 하여 잘은 못 그려도 다소의 그림 값을 얻어 생활비에 보태어 썼었다. 더구나 내가 그를 사랑하여, 쓸데도 없는 그림을 그리 어 값을 많이 주고 사기도 하고 또 그것 아니라도 충분한 보호를 아끼지 않은 까닭에 별로 궁색한 일 없이 교제장리(交際場裡)에도 발을 들여놓게 되었다. 그리고 그 예쁘장스러운 얼굴은 여자나 진배 없으므로 나와 달라 부인 사회에도 발이 넓었다. 그가 항상 나에게 이르기를 인생의 행복은 오직 여자의 사랑에 있다 하여 거의 나의 마음을 움직였으되, 그가 돌아간 후 다시 고인의 글을 읽고, 마음이 가라앉으면,

"상춘아! 나는 암만해도 너와 사귀는 것밖에 다른 낙이 없다."고 홀로 부르짖고 또 마음으로도 그렇게 생각하였었다. 무릇 이때의 나와 상춘이처럼 친밀한 우정은 이 세상에 둘도 없을 것이다. 그러나 사람의 마음같이 변하기 쉬운 것은 없고, 또 마음이 변해지면

기호(嗜好)도 바뀌고 행동도 달라지는 법이다. 이런 한가로운 세월을 보내면서도 스스로를 알지 못하는 사이에 나의 마음이 변했음이런지, 잊히지도 않는 81년 5월도 며칠이 아니 남은 때이었다. 상춘은로마에 있는 제 삼촌에게 가고 나 홀로 집에 있자 하니 심심해 견딜 수 없는지라 점심 후에 일엽편주를 나폴리 바다에 띄우고 해가 서산에 기울 때까지 이리로 저리로 저었다가 몸이 더할 수 없이 피곤해진 뒤에야, 육지에 올라 집을 향하고 돌아오는 길에, 어디서인지 옥을 부스는 듯한 고운 창가 소리가 들리었다. 나는 정신없이 그 노래를 들으면서 한 걸음 두 걸음 꿈꾸는 발길을 옮기노라니 그 창가 소리가 차차 가까워지며 길 모서리를 돌아설 제 나의 눈 앞 멀지 않게 꽃다운 처녀 네 다섯이 떼를 지어 음악 교사인 듯한 노인 하 나와 웃기도 하고, 노래도 하며 노닥거린다.

독자여! 나는 참말이지 여태껏 계집에게 마음을 빼앗기리라고는 생각지 않았더니 이때란 이때에야 처음으로 나의 어리석음을 깨달았노라.

"계집이 없으면 이 세상에 낙이 없다."던 상춘의 말을 생각할 겨를도 없이 나의 눈은 다만 그 가운데 한 사람에게로 쏠리었다. 옥 같은 목청으로 노래 부르는 그 한 사람, 이것이 무산선녀인가, 월궁항아인가. 모둠 중에 뛰어나게 아름다운 그 얼굴, 꽃에다 견줄까, 달에다 비길까. 나이는 이팔을 지냈을 둥 말았을 둥. 그 눈매, 그 입술, 옛날 사람이 계집을 독약이라 한 것은 이 여자가 태어나기 전의 말이다. 그렇다, 이 세상의 모든 여자가 독약이로되 이 여자 하나만은 그 독을 푸는 회춘제(回春劑)인가. 나는 그 얼굴만 보아도 20년래의 쓸쓸하던 이 티끌세상이 고만 낙원으로 변한 듯, 혼도 사라지고 넋도 녹아지고 사람들이 괴이쩍게 나의 모양을 보는 것도 모르고, 모든 것을 모르고, 나의 눈 가운데는 다만 어여쁜 화용이 어른거릴 뿐이었다.

〈2〉

독자여! 계집을 악마로 생각하는 나로서 불시에 이렇듯이 계집에게 홀린 것은 쓰기에도 부끄러운 일이로되, 나는 하도 기뻐서 그런 부끄러움조차 잊었노라. 이 여자가 아니런들 나는 일평생을 돌과 같이 나무와 같이 사람의 사람다운 정을 모르고 옛날 학자에게 속임을 받아 마침내 나의 그름을 깨닫지 못하고 말았으리라. 생각하면 이 여자야말로 나의 백년의 미혹을 깨쳐준 고맙고 고마운 선생님이다. 나는 그를 얼싸 받들어야 옳을까, 그에게 절을 하여야 옳을까. 일백 번 듣는 것이 한번 보는 이만 못하다는 것은 이를 두고 이름인가. 그를 한번 본 것이 문득 백 권의 서책에서 읽고 배운 모든 것을 바람이 안개선 듯 스러버리고 말았다.

나는 그 여자하고 결혼하였다. 한번 마음에 먹은 일이면 기어이 하고야 마는 나의 성질이라 온갖 수단을 부릴 대로 부리고, 모든 힘을 들일 대로 들여 그 다음날 그믐께에 나는 그 여자의 남편이 되었다. 그 여자는 '플로렌스'부의 영락(零落)한 귀족의 무남독녀로 다만 아버지 하나밖에는 아무도 없으며, 어릴 때부터 단속이 엄중하기로 유명한 이원(尼院)에서 교육을 받은 여자이었다. 내가 혼인을 청하매 그의 부친 되는 이는 제 딸이 마치 왕비나 되는 듯이 기뻐하여 두말없이 쉽사리도 쾌락을 하고 쉽사리도 혼인을 지내게 되었었다.

혼인을 하자 제일 먼저 축하를 말지 않은 사람은 상춘이었다. 그는 내 손을 부서지라고 쥐어흔들며,

"자네는 참으로 복 많은 사람일세. 이탈리아에 제일가는 미인, 아니, 아니, 세계에 제일가는 미인, 이 19세기에 제일가는 미인을 자네가 찾아내었네 그려. 그렇기도 하려니, 계집을 악마로 생각하는 자네라, 그런 미인이 아니고야 사랑을 할리 없지. 여보게, 내가 일찍이 자네더러 미인이야말로 조물주의 가장 큰 미술품이라 하던 뜻을 인제야 알겠나?" 하고, 나의 화자(花子) ─ 화자는 내 아내의 이름이다. ─ 의 곁을 기쁨을 못 이기는 듯이 깡충깡충 뛰어 다녔다.

나는 이 친절한 말을 듣고 벌써 후회하였노라. 오늘까지 이 사람을 둘도 없는 친구로 알았더니 인제는 이 사람보담 더 친한 사람이 또 하나 생겼으매 내가 상춘을 사랑하는 정이 얼마만큼 없어졌을 것이다.

─ 아아, 상춘아, 아아, 불쌍한 상춘아, 아직 미인의 아내를 둔 즐거움을 모르는 사람아 ─ 이렇게 마음속으로 부르짖고 그를 가엾게 생각하다가도 화자의 꽃다운 얼굴만 보면 가엾던 생각도 사라지고 뉘우치던 생각도 스러진다. 이 아름다운 얼굴만 항상 나의 눈앞에 있다 하면 친구도 쓸데없고 재산도 쓸데없고 생명도 쓸데없다. 사랑에 취한다 함은 이를 두고 이름인가. 이 위에 더한 기쁨이 무엇

이며 이 위에 더한 즐거움이 무엇이랴.

나는 인제 참으로 인세행복(人世幸福)의 절정에 오른 듯하였다. 화자의 얼 골은 아무리보고 또 보아도 보기 싫은 일이 없고, 보면 볼수록 더욱더욱 아름다워지는 듯하였다. 나중에는 화자의 아름다움이 모든 것에 전염이 되어 보고 듣는 어는 것이 아니 기쁘고 아니 즐거운 것이 없었다.

화자도 점점 나의 마음을 알자, 마치 곰을 부리는 광대가 눈을 올려 켰다 내리 켰다 하여 사나운 곰을 마음대로 뜻대로 부리는 듯이, 화자도 눈 하나(아니 둘이다)로 나를움직이는 방법을 잘 알았다. 오라고 말로 아니 하여도 나를 오게 하고, 앉으라고 말로 아니 하여도 나를 앉게 하였다. 제 뜻대로 되는 것을 보면, 마치 곰 부리는 사람이 곰을 칭찬하는 모양으로 방싯 웃고 나도 덩달아 웃는다. 이 웃음과 웃음 사이에 쌓인 말할 수 없는 즐거움은 옛날 철학자도, 심리학자도 알지 못한 것, 이것은 나와 화자 사이에만 나린 하느님의 은총인가. 이러하므로 나만 홀로 화자를 사랑할 뿐만 아니라 나도 화자에게 사랑을 받는 줄 알았다. 그렇다. 과연 그렇다. 화자는 확실히 나를 사랑한다 하였다.

내가 이렇게 생각하는 것이 틀린 수작일까? 무릇, 이 세상에 남편 된 자 — 누가 제 아내의 사랑을 의심하랴. 아내가 간부에게 정을 주면 줄수록 그 본 남편은 저한테 정다운 줄만 알고 오쟁이를 짊어진 뒤에도 오히려 제 아내를 사랑한다는 것은 옛날에나 있는 이야기이지 나와 화자 사이에야 이런 옛 이야기를 생각할 필요도 없었다. 이대도록 우리는 재미스럽고 즐거웠노 라.

혼인하기 전이나 혼인한 후나 한결같이 우리 집에는 그 고을 한다하는 신사들이 드나들었다. 오는 사람치고 어느 누구 하나 내 아내를 아니 칭찬하는 이 없고, 그 중에도 입에 침이 없이 칭찬하는 사람은 상춘이었다. 그는 온다는 말없이 우리 집에 들어오고 간다는 말없이 나가 버리는 친한 터수 라 우리 집을 제 집같이 알고 내 아내를 제 아내 같이…… 아니 그래서는 큰일이다. 하여간 내가 그를 사랑하는 모양으로 그도 나를 사랑하고 내가 화자를 사랑하는 모양으로 그도 화자를…… 아니, 아니, 이렇게 쓰면 늘 그 모양이다.

독자여! 나는 여기를 어떻게 써야 마땅할는지 알 길이 없다. 그러나 상춘 이가 나의 아내를 사랑한 것은 사실이다. 그는 올 적마다 화자의 마음에 드는 물건을 아니 사 가지고 오는 법이 없고 화자를 보는 족족, 그 얼굴, 그 머리, 그 수족, 그 자태를 아니 기린 적이 없었다. 더구나 말솜씨에 능한 그는 감쪽같이 화자의 비위를 맞추었다. 나는 장가든 것으로 말미암아 그와 성글어질까 저어하였더니 성글어지기는커녕 더욱 정다워짐을 못내 기뻐하였다. 하루는 내가 상춘이 더러 말하기를, 자네는 내가 장가를 든 까닭에 절친한 친구 하나를 잃을까 보아 염려하였으리 마는 잃기는 새려 화자와 같은 친 구 하나를 더 얻게 되었으니 이런 기쁠 데가 어디 있겠나, 하매 웬일인지 상춘은 보일 듯 말 듯 양미간을 찡그리다가 지어서 유쾌하게 웃으며 "그렇고 말고."하였다.

또 한 번은 이런 일이 있었다. 혼인하던 이듬해 5월 어느 날, 나는 상춘이와 짝지어 경계로운 우리 집 툇마루에서 양양한 바닷물

을 굽어보고 있노라니 할멈이 갓 낳은 어린애 하나를 안고 나와서,

"영감마님, 기뻐하십시오. 마님께서 이런 아가씨를 순산하셨습니다."하였다. 이는 나의 아내 화자의 몸에서 난 나의 딸이니, 화자는 시집온 지 두 달 만에 태기 있어 시방 이 아이를 낳은 것이다. 나는 귀여운 정을 금치 못 하며 옥으로 깎은 듯한 그 이마에 수없이 입을 맞추매 상춘이 또한 그리하였다.

이윽고 할멈이 갓난이를 도로 안고 간 후 나는 기쁨을 못 이겨서,

"참, 예쁘지?" 하고, 상춘에게 물으매, 그는 심기 불편한 얼굴로 나즉히 한숨만 쉬며,

"자네는 참 착한 사람일세." 한다. 그 말이 이상하기에 나는 괴이히 여겨,

"그것이 무슨 소리인가? 물론 내가 악한 사람은 아닐걸 세마는 새삼스럽게 칭찬을 받을 만한 착한 일을 한 일도 없는데……"

상춘은,

"아니 조금도 의심이란 것을 모르니까 말일세."

라고, 더욱 수상한 말을 한다.

"의심이라니? 의심할 사람이 없지 않은가?"

"아니 그런 게 아니라 이 세상에는 백주에 아내를 의심해서 질투 끝에 별 별 짓을 다 저지르는 사람이 많은데……"

나는 소리를 버럭 질렀다.

"그게 무슨 말인가? 내 아내야 저 어린애보담도 맑고 깨끗하지 않은가?"

"그것은 그러이. 참 그러이. 산 위에 쌓인 눈 보담도 희고, 갈고 간 구슬 보담도 맑고, 창공에 달린 별보담도 높다는 것은 자네 부인을 이름일세."

나는 엄숙한 목소리로

"그야 물론이지."

하였다. 그러나 암만해도 상춘의 태도에 미심쩍은 점이 있었다. 이야기는 고만 딴 데로 옮겨갔지마는, 얼마 되지 않아, 이 날 이때에 상춘의 말 한 마디 한마디를 잊으려도 잊을 수 없는 쓰리고 아픈 불행이 다닥칠 줄이야 귀신 아닌 나의 꿈에나 뜻하였던 것이랴.

〈3〉

독자여! 상춘의 경계와는 정반대로 그 후 삼년 동안은 오직 즐겁고 기쁜 날이 이를 뿐이었다.

화자가 낳은 나의 딸은 경숙(瓊淑)이란 이름을 지어, 유머에게 떼어 맡겼는데, 하루 다르고 이틀 다르게 자라나, 기자 걷고, 걷자 무어라고 재잘거리더니 84년 여름에는 벌써 "아빠, 아빠!"하고 나의 뒤를 따라 다니는 그 재롱! 다른 애들 보담도 훨씬 속히 자라는 듯하였다.

그해 여름은 생각만 해도 몸서리가 치이는 여름이었다. 세상에도 무서운 극렬한 전염병이 창궐하여, 아들은 제 아비의 병을 나는 몰라 하고 달아나며, 남편은 아내의 앓아누운 베개 곁에도 들어서지 않았다. 겁 많은 이탈리아 사람의 일이라 아비고 아들이고 늙은이고 젊은이고 한 번 걸리기만 하면 당장 죽을 줄 알아, 인정도 없고 의리도 없고 한갓 제 몸만 성하기를 축 수하였다.

다만 우리 집만이 높은 언덕 위에 있어 불결한 인가와 사이가 뜨고 또 공기도 매우 신선하기 때문에 하인들까지도 그렇게 유행병을 두려워하는 기색 이 없고, 더욱이 나는 화자의 어여쁜 얼굴을 볼 적마다, '이런 미인이 있는 곳에 그런 몹쓸 병이 들어올 수 있으랴!'하고, 턱 마음을 놓았었다. 그리고 상춘이도 피서 겸 피병 겸 우리 집에 와 있어 화자와 나와 세 사람이 마치 삼남매 모양으로 웃고 즐기며 세월을 보내는 가운데 화자는 아름다운 목소리에 지지 않게 음악에도 정통하였으므로 서늘한 곳에 악기를 벌여 놓고 나의 좋아하는 온갖 음악을 아뢰며 상춘이도 음악에 소양이 있는지라 화자와 나란히 앉아 곡조를 맞추었다. 나도 음악을 싫어함은 아니로되 상춘이처럼 취미가 깊지는 못하기 때문에 툇마루에 걸어앉아, 뒤로는 상춘이와 화자의 아뢰는 음악을 듣고 앞으로는 맑은 바람을 쏘이며, 혼연히 낮잠에 취 할 때까지 책을 읽었다. 흉악한 병마도 이런 선경에 와서는 아모 소용없음을 알았는지 우리 집 대문턱에도 감히 발을 들여놓지 못하였다.

어느 날 식전에 나는 우수수 솔잎을 흔드는 바람이 얼마나 상쾌한 것을 맛 볼 양으로 일찌감치 몸을 일으켰다. 화자의 단잠을 깨울까 보아 소리 없이 옷을 갈아입고 돌쳐나가려다가 다시금 그 자는 얼굴을 돌아보니 웃음을 머금은 그 입술은 내 이름을 부르는 듯, 금빛 같은 머리칼이 얼키설키 흐트러진 고운 목은 꽃물이 흐르는 듯, 아리땁기도 그지없고, 사랑스럽기도 그지없다. 저렇듯이 어여쁜 몸과 마음이 알알이 나의 것이고, 이 사년 동안 남의 손끝 하나 닿아보지 않았는가 하매, 나의 복이 너무 많음에 새삼스럽게 아니 놀랠 수 없었다. 나는 또 다시 그 베개 곁에 다가들었다. 그 흩어진 머리칼을 한줌 쥐어들어 지근지근 씹어보다가 얼굴이 찢어지는 웃음을 띠고 돌아 나온 것이 지금 와서 기막힌 후회가 될 줄이야.

인제 더위는 간 곳 없이 사라지고 나무 그늘의 시원함이 벌써 가을인가 하는 느낌을 자아낸다. 나는 한 걸음 두 걸음 담 밖으로 걸어 나와, 이슬 맺힌 잔디를 헤치며 어슬렁어슬렁 거닐 즈음에 문득 저편에서 아픔을 못 이기는 듯한 외마디 소리가 들린다. 무슨 일인가 하고 종종걸음으로 소리 나는 곳을 찾아가니, 가련하다, 나이 열 두엇 된 과일 팔러 다니는 아이가 새파랗게 질린 얼굴로 땅바닥에 자빠져, 곧 죽으려는 사람 모양으로 숨을 모으고 있지 않은가. 내가 손으로 그 어깨를 흔들며 어찌된 연유를 물으매, 그제야 그 아이가 간신히 고개를 들더니,

"제 곁에 오시지 마셔요, 오지 말아요. 유행병에 걸렸습니다. 인제 죽었습니다."

하고 부르짖는다 내야. 두려워할 것이 없건마는 우리 화자, 우리 경숙을 생각하매, 주춤 한 걸음 아니 물러설 수 없었다. 그러나 저 역시 인생인데 어찌 보고야 그냥 두랴. 못 구하게 될 제 못 구할 값에 의원이나 불러오리라 하고,

"무얼 그래? 가만히 있어, 어디 병이면 다 유행병일 리 있나? 곧 의사를 불러 올 테니."

나는 그 아이에게 이렇게 타이르고 황망히 시가로 뛰어나와, 어느 의사를 찾아가서 그 연유를 말하매 의사는 눈을 호동그랗게 뜨며,

"아니, 가도 쓸 데 없습니다. 나를 데리려 오느니보담도 부청에 사망신고를 했으면 좋을 것을 그랬습니다."

하고 나의 말이 끝도 안 나서 휙 문을 닫고 들어간다. 의사까지 이러하니 이때에 모든 사람이 얼마나 이 악역(惡疫)을 두려워한 줄 알 것이 아닌가.

나는 하릴없이 의사의 집을 나와 거리에 있는 사람더러 나와 같이 가면 많은 삯을 주리라 하였건만 한 놈도 따라서지 않는다. 나는 하도 속이 상해서,

"너희들은 겁쟁이다. 인정 모르는 놈이다. 죽어가는 사람을 어찌 그냥 내 버린단 말이냐!"

하고 큰 소리로 외쳤건만 그 대답은 비웃음뿐이었다.

이때 마침 지나치는 선교사 하나가 나의 앞에 와서,

"내가 가지요."

한다. 나는 종교에 몸을 바치는 사람은 과연 다르구나 하고, 그의 손목을 잡으며,

"그러면 제발 같이 가 주십시오. 제 집까지라도 메어다 주고 싶습니다."하고, 같이 달음박질하면서 그 환자의 모양도 말하고 또 내 성명도 이르매 그도 일찍이 나의 이름을 들어 아는 사람이라,

"당신같이 귀하신 몸으로 이렇게 심려하심은 참으로 갸륵한 일입니다."라고, 칭송을 마지않았다.

"이만한 일이야, 사람된 자 — 마땅히 할 노릇이지요."

이 말이 마치기 전에 문득 나의 가슴이 칼로 푹푹 쑤시는 듯하며 다리도 옮길 수 없고 그냥 길 위에 쓰러질 것 같으므로 선교사의 손에 매어 달리는 수밖에 없었다. 선교사는 깜짝 놀라며,

"왜? 이러하십니까?"

"아니, 아무렇지도 않아요. 아마 더위를 먹은 가 봅니다."라고, 천연덕스럽게 대답을 하였으되 벌써 입술이 떨리고 온몸에 불이 이는 듯하였다. 발 디딜 곳이 울렁울렁. 흔들리며 산과 바다가 한꺼번에 무너지는 듯하였다. 내가 힘없이 길바닥에 쓰러지려 하는 것을 선교사가 붙들어 일으켜 그 근처에 있는 주막에 안아다 누이었었다.

〈4〉

독자여! 나는 고만 몹쓸 유행병에 걸리고 말았다. 지금 와서 누구를 한하며 누구를 원망하랴. 죽는 것도 운명이요 사는 것도 운명이다. 슬퍼한들, 한탄한들 무슨 소용이 있으랴마는 죽어가는 나의 오직 한 가지 바람은 우리 화자와 우리 경숙에게 이 병이 전염되지 않았으면, 하는 것뿐이었다. 내가 이 병에 걸렸단 말만 들어도 나의 아내가 오죽이나 슬퍼하랴. 슬픔에 정신을 잃고 달려와서 나를 안으면서 죽거든 같이 죽자 하여 목숨을 떼어놓고 내 병을 보아주면 나의 병이 반드시 아내의 병이 될 것이다. 아아, 금실의 낙을 누린지 단 사년이 못 되어서 꽃다운 청춘에 홀 과부의 몸이 되어 눈물 과 한숨으로 남은 해를 보냄도 애처롭고 불쌍하다 하겠거든

나로 하여 애젊은 목숨까지 끊어지게 해서야 어찌 남편 된 나의 도리라 하리오. 그에게 죽 음을 무릅쓰고 나를 간호할 정이 있다 하면 나도 그 정을 아니 받고 홀로 죽는 사랑이 있어야 될 것이다. 제발 내가 죽을 때까지 나의 아내에게는 나 의 병든 말을 들려주지 말았으면! 나는 억지로 아무렇지 않은 체하며 선교사더러, 어서 그·아이에게 가 보라하고, 또 우리 집에는 이 말을 전하지 말라고 신신부탁하였다. 선교사도 나의 뜻을 알았던지,

"무얼 당신같이 마음이 단단한 이는 결코 돌아가실 염려가 없습니다. 극렬 한 병은 낫는 것도 또한 속한 법이니까. 부질없이 부인을 경동시킬 필요야 없겠지요."

하고, 무슨 약을 주고는 한 시간 뒤에 돌아오마 하고, 고만 가 버렸다.

그러나 나는 마음속으로 도저히 살아날 희망이 없음을 깨달았다. 눈이나 귀나 평상시보담 분명히 다르다. 보는 것은 무슨 안개에나 가린 듯, 내 소 리가 남의 소리같이 멀리 들리고 남의 소리는 지옥 밑에서나 울려나오는 듯 하다. 그러면서도 오히려 아내의 몸을 염려하여 아니 나오는 소리를 짜내어 내가 죽더라도 그 시체는 결코 집에 가져가지 말라, 결코 아내의 눈에 띄게 말라고, 연해연방 부르짖었다. 이윽고 선교사가 돌아와 그 아이가 죽었다는 뜻인 듯 한 말을 나의 귀에 대고 소곤거렸는데, 이것이 이 세상에서 사람의 소리를 듣는 마지막이었다. 그 후에는 모든 것을 모르고 다만 깰 때 화자의 얼굴, 경숙의 얼굴, 상춘의 얼굴이 번개같이 눈에 번쩍였다. 이건 아마 죽을 때의 환영이리라.

독자여 이 세상에 죽는! 것같이 싫고 슬픈 일이 또 있느냐? 그 극흉 극악한 죄를 지어 이 세상에 살아야 살 수 없는 죄인이라도 오히려 죽음을 면하려 고 갖은 애를 쓰거든, 나야 나이 스물일곱에 지위도 있고, 재산도 있고, 사랑하는 처자도 있으며 정다운 친구도 있어, 어느 것 하나 그리울 것이 없는 몸이 아닌가. 이 세상이 복록이란 복록을 한참 누릴 때 내가 뜻밖에 몹쓸 유행병에 걸리어 지옥의 밑으로 아니 끌려갈 수 없는 나의 설움과 애달픔을 생각해 보라. 지금 죽다니 말이 되는 소린가 하고, 버틸 대로 버티어 보았건 만 숨은 차츰차츰 사라져, 소리를 지르려도 지를 수 없고 주먹을 쥐려도 쥘 수가 없더니 고만 아모 것도 모르게 되고 말았다. 깊이깊이 밑으로 빠지는 듯하던 것도 얼마 동안이 아니고, 그 후에는 막막한 세계가 되고 말았다. 만일 이것이 죽음이라면 나는 확실히 죽은 사람이다. 1884년 8월 15 일에, 백작 하준은 슬프다, 27세를 일기(一紀)로 세상을 버렸도다.

죽음인가, 죽음인가, 모른다, 모른다. 아는 것이 없으니 알지 못한다는 것도 또한 모른다. 몇 시나 지났는가, 며칠이나 되었는가. 망망하고 막막한 가운 데 다만 하나 무엇인지 있는 둥 싶은 때가 죽었던 내가 살아난 때이리라.

처음에는 몸은 없고 다만 마음만 있는 듯하였다. 그 다음에는 물건은 없고 무게만 있는 듯하였다. 마음은 누구의 마음인가, 나인가 남인가, 생각할 수도 없고 아니 생각할 수도 없었다. 그 후 얼마를 지나매 마음은 조금씩 조금 씩 밝아지고 무거운 것은 더욱 더욱 무거워진다. 겨우 나의 몸 가운데 목만은 있는 듯하였다. 마음도 목에 있고, 무게도 목에 있다. 무엇이 나의 숨을 막으려고 목을 자르는 것 같다.

놓아라. 놓아라, 나의 목을 놓아라! 이 손을 들어 이 놈을 쫓아다오! 이렇게 소곤거릴 제 무슨 가늘고 가는 것이 사면팔방으로 모여들어 가만가만히 제 자리를 찾아 앉으며, 나의 '마음'을 다시 만들어 내었다. 꽃봉오리가 처음으로 방싯 필 때도 아마 이러하리라.

정신은 돌아왔으나 그래도 자세한 일은 알 수 없고, 그저 어둡고 그저 고요한 가운데 있는 물건 하나가 곧 나였다. 길인가 가루인가, 위는 어디이며 밑은 어디인가? 그러다가 등이 단단한 데에 닿은 듯 하므로 반듯이 누운 줄 깨달았고 눈을 떴건만 아모 것도 보이지 않으므로 캄캄한 어둠속인 줄로 깨 달았다.

마침내 아주 정신이 돌리고 말았다. 아아, 이것이 어디인가, 이 어찌 울울 침침한 어둠 속인가. 이 어찌 답답한 공기인가. 숨을 쉬려도 마음대로 쉴 수가 없다. 그러면 아까 목이 답답하던 것도 호흡이 제대로 아니 된 까닭이런가 생각을 돌리매. 전염병 일, 주막에 누웠던 일, 선교사 일이 무섭기도 분명하게 생각이 난다. 그런데 누가 나의 베개를 빼앗아 갔으며 어느 결에 밤이 되었는가. 갑자기 무서움증이 화살같이 나의 가슴을 쏘아, 그제야 몸을 움직이고 먼저 두 손을 만져 보니 오히려 온기가 남아있고 가슴을 만져보니, 터질듯이 뛰놀건만 숨쉬기는 더욱더욱 괴로웁다.

독자여! 이렇게 분석해 적고 보면 아모 재미가 없는 일이로되 위에 적은 것은 거의 앞뒤의 차별 없이 나의 몸에 일어난 것이며 또 그때의 나의 어지러운 마음은 어떻다고 형용할 수가 없다. 누가 내 입에 들어오는 공기를 막는고? 공기, 공기, 공기가 없고는 숨이 막혀 죽겠다. 무슨 노릇을 하더라도 공기 한 줌을 움켜쥐어 먹지 않고는 일시일각을 배길 수 없다. 나는 손을 내저으며 악 하고 소리를 질렀다.

손에 치이는 것은 단단한 널조각이었다. 나의 사방은 단단한 널조각으로 둘러싸여 있다. 이런 생각이 들자마자 나는 모든 것을 번개같이 깨달았다.

독자여! 나는 무덤 속에 들어 있다! 산이 몸이 죽은 시체로 무덤 속에 묻혔도다! 사방으로 둘러싼 널쪽은 이것이 관이로다! 독자, 독자여, 나를 구 해 다오!

〈5〉

독자여, 관속인 줄 깨닫자 나의 온몸에는 이상한 힘이 샘솟듯 솟아 나왔다. 공기 없는 곳에 오래 살아있지 못할 것은 정한 이치인즉, 이대로 있다 가는 일분 아니 일초 안에 두벌죽음을 아니 죽을 수 없다 하고, 나의 손은 맹렬하게 관 두껑을 두들겼다. 그러나 힘쓴 보람도 없었다. 소리는 났건마는 관과 손이 마주치는 소리이고 관이 부서지는 소리는 아니었다. 그럴 사이에 공기는 더욱 더욱 없어지고 호흡만 답답할 뿐인가, 눈알이 밖으로 튕겨 나올 듯하며 코로 입으로 피가 흘러내리는 듯하였다. 이번에는 이 관을 못 부수거든 이 몸이 부서져 죽어라, 갈기갈기 뜯겨 죽는 것 모양으로 차츰차츰 죽어 가느니 보담 차라리 단번에 부서져 죽는 것이 나리라 하고, 더욱 기운을 내어 상하좌우로 몸을 부딪치매 다행히 왼편 널쪽이 삐걱삐걱 부서지는 소리가 나며 칼날같이 날카로운 공기가 그 틈으로 스르륵 들어와 선뜻하게 나의 뺨을 스치었다.

나는 다시 살아날 듯하였다. 그 공기를 마실 대로마시고 숨을 내어쉬매, 새로이 기운이 생기는 듯 한지라 다시 손으로 그 부서지는 쪽을 밀치매 이번에는 아주 쉽사리 덜컥 떨어져 나간다. 나는 몸을 빼어 밖으로 뛰어 나왔는데 이때에 어디선지 관보담도 더 크고 더 무거운 듯한 무엇이 나의 등 뒤에 벼락을 치며 떨어지더니 조각조각 흩어져 나의 발밑에 밟히었다. 흙인가 모래인가, 나는 물론 시방 떨어진 이 물건이 나의 장래에 큰 관계가 있을 줄 이야 꿈엔들 알 까닭이 없이 그것을 더듬어 만져보려고도 안 하고, 다만 무서운 관속에서 벗어난 것만 기쁘고 다행하였다. 그제야 나를 넣은 관이 아직 땅속 깊이 파묻어지지 않은 것을 알고 천지신명께 사례하였다. 만일 땅 밑에 파묻히었던들 관을 부수기가 더욱 어려웠을 것은 물론이요, 설령 부수었다 할지라도 흙비가 나려 눈과 코를 막았을 것을! 다행히 나의 관은 땅위에 있었다. 관속에 있을 때엔 오직 관을 부수고 싶은 마음뿐이고, 땅위 인지 밑인지는 미처 생각할 겨를이 없었다. 참으로 나는 땅위에 있다. 상하 좌우로 팔을 둘러보아도 거치는 것은 아모 것도 없고 몸을 굽혀 밑바닥을 만져 보니 돌멩이와 흙덩이 같은 것도 있었으되 대체는 단단히 다진 지반(地盤)이다. 어디를 둘러보아도 괴이하다. 어둡기는 관속과 다름이 없어서 새카맣게 물든 공기로는 먹물이 뚝뚝 듣는 듯하였다. 발자국을 옮기려도 여기와 같은 지반인지 알 수 없으니, 혹 깊은 구렁에 빠질는지도 알 수 없다.

깊이깊이 생각지 않고는 나는 이 자리에서 한 발자국을 옮겨도 아니 된다.

가슴을 가라앉히어 가만히 생각해 보니 이곳은 분명히 우리 대대 선조를 묻는 무덤굴이다.

구주에서나 미주에서나 대가라고 일컫는 집들은 대개 묘지에 넓은 굴을 뚫고 가족이 죽으면 이 무덤굴속에 그냥 넣는 법이다. 우리 집에도 나폴리산 속에 튼튼한 무덤굴이 있었다. 10년 전, 아버지가 돌아가셨을 때에도 그 관을 그 속에 넣던 생각이 난다. 나의 관도 그때처럼 그 굴속에 넣었을 것이다. 내가 죽기 전에 그 선교사더러 떠먹듯이 내 성명을 일렀으니 그 선교사 가 아마 나를 관에 담아 이 굴속에 보낸 것이로다.

독자, 독자여! 나는 더욱더욱 내 처지가 벗어나기 어려움을 깨달았노라.

관은 요행히 부수었다 할지라도 이 무덤 굴은 땅 속에 돌로 튼튼하게 싼 것인 즉 도저히 부술 가망이 없다. 밖에서 누가 문을 열어주지 않으면 나갈 수가 없다. 더욱이 공동묘지와 달라 사람이 자주 들어올 리 없으니 이후 10년을 지내든지 20년을 지내든지 우리 가족 중에 죽는 이 있어 이 굴속으로 장사될 때가 아니면 이 굴 문은 열리지 않을 것이다. 그래도 천만의 요행을 바라며 문 있는 곳을 만져 보려고 이리 더듬 저리 더듬 겨우 문 있는 곳에 다다르니 두꺼운 철문이 튼튼하게 닫히었고 또 밖으로 자물쇠를 채웠으니 밀어도 꿈적도 하지 않으며 두들겨도 소리조차 아니 난다.

아아, 내가 다시 살아난 것은 두 번 죽음을 죽이려 함이었던가. 몹쓸 병에 걸리어 한번 죽는 것만으로는 오히려 고통이 부족하다 하여, 또다시 이 굴 속에서 배고프고 목말라, 세상에 짝이 없는 참혹한 죽음을 죽으라고, 악마가 길이 잠든 나를 깨워 일으켰던가. 아무리 생각해 보아도 나의 운명은 죽는 수밖에 없다. 도리어 깨어난 것이 원이 되고 한이 된다. 한번 죽는 것은 슬프다 할지라도 저마다 당하는 일이니 참기도 하겠고 견디기도 하려니와 이 인생의 가장 큰 고통을 두 번씩이나 받기는 참으로 싫다. 어떻게 하더라도 이 굴을 벗어나가야 된다. 이곳에서 두 번 죽음을 죽기는 죽어도 싫도다.

〈6〉

그러나 벌써 쇠문이 잠겼으니 무슨 수로 나가리요. 암만해도 이 어두운 캄캄한 속에서 굶어 죽고 말 것 같다. 이를 생각하매 하도 기가 막히어 쇠문에 붙어 선 채로 나를 살려 주오, 구해 주오, 라고 울음소리로 부르짖었건 만 대답하는 것은 다만 무덤 벽에 울리는 내 소리뿐이라 더욱 무서운 생각 만들 따름이었다. 쓸데없다, 소용없다, 나가려는 생각조차 헛일이로다. 그러면 남자답게 단념하고 죽는 것이 옳다고 스스로 물어보았으나 암만해도 죽고는 싫지 않다. 아아, 내가 어릴 때부터 조금도 남을 해친 일이 없고 약 한 자를 붙들며 가난한 이를 구휼하여 될 수 있는 대로 공덕을 닦았거늘 무슨 죄로 이런 무참한 죽음을 죽게 된단 말인가. 서럽고 애닭은 생각조차 잊어버리고 불같은 숨만 들이쉬고 내어 쉴 제 몹시도 헐떡거리는 가슴 소리가 나의 귀를 울린다. 한 자리에 붙어선 채 정신이 아득아득해지며 그대로 사라질 듯한 때이었다. 이때에 나는 몸 어디가 얼음에나 닿은 듯이 몹시 쓰린 것을 느끼었다. 이때는 몸은 더할 수 없이 지치고 오직 피부의 신경만 날카롭게 활동할 때이라. 가만히 깨달으니 쓰린 것은 나의 발이었다. 더운 여름에도 벗어 본 일이 없는 나의 발이 시방 몇 백 년 몇 천 년 볕 구경을 못 한 얼음 같은 땅바닥을 밟고 있는 까닭이다.

그러면 신고 있던 구두를 벗기고 맨발로 관 속에 넣은 것이로다. 구두를 벗겼을진대 입은 옷까지 송장을 감는 흰 수의인가 하고, 쓰린 두 발을 번갈아 구르며 몸을 만져 보니 입은 옷은 죽을 때 입었던 그 옷이요 다만 두루 막만 벗겼더라. 필연 두려워한 나머지 구두 하나 하고, 두루마기만 벗기고는 모든 범절을 제폐하고 총총히 이 무덤굴속에 넣은 것이로다. 이런 생각을 하면서 또 가슴으로부터 치올려 만져 보니 목에 걸린 무슨 줄 같은 것이 있다. 이것이 무엇인가 할 즈음에 문득 깨달으니 이것은 내가 항상 목에 걸고 다니던 사진틀이다 그. 가운데는 나와 화자와 딸 경숙의 세 사람 사진을 넣은 것이다. 나는 그것을 움켜쥐고 마치 처자를 대한 듯이 나의 무서운 처지도 잊어버리고

"아아, 화자여, 화자여!" 부르짖으며 그 사진틀에 입을 맞추었다.

화자, 화자! 그는 시방 어떻게 지내는가. 내가 무덤굴속에서 살아난 줄은 모르고 오죽이나 슬퍼하며 오죽이나 서러워하랴. 귀여운 경숙이를 부여안고 피눈물을 뿌리는가. 아모 철모르는 경숙이가 아

버지는 어디 가고 왜 돌아오시지 않느냐고, 울며 보채는 것을 무슨 말로 속일 것이며, 무엇으로 달랠 것인가. 아아, 나의 절친한 친구 상춘이도 화자를 위로하다 못하여 돌아앉아 소매로 눈물을 씻으리라. 만일 그들이 내가 다시 살아난 줄 알 것 같으면 오죽이나 놀라며 기뻐하며 뛰어올 것이리라. 내가 만일 이곳을 벗어나서 우리 집으로 들어가면 그들은 전후좌우로 나를 에워싸고 울며불며 기뻐할 것이로다. 화자는 미친 듯이 나를 쓸어안으며 그 뜨겁고 부드러운 입술을 나의 뺨에 닿으리라. 이런 생각을 하고 나는 잠깐 망연한 상상의 깊은 안개에 싸이었다가 문득 생각을 돌리매, 슬프다. 독자여, 이 기쁨은 나의 다시 맛보지 못할 것이로다. 이렇듯이 기쁜 것을 눈앞에 역력히 그리면서도 이 몹쓸 쇠문에 잠긴 바 되어 이대로 말라죽어 버리는 수밖에 없다. 아내의 얼굴, 딸의 얼굴, 상춘의 얼굴이 모두 한번 지나간 꿈 모양으로 다시 잡을 수도 없고 볼 수도 없구나. 이 일을 생각하고 고만 미쳐 버렸는지 칼로 여의는 듯 하던 발의 쓰린 것도 지금은 잊어버리고 '아아 기막힌다.'라고 부르짖으며 천지를 꾸짖고 신명을 꾸짖고 향방도 없이 어둠속으로 헤매며 가로 뛰고 세로 뛰었다. 부딪치어 죽거든 죽어라, 엎드려 얼굴이 깨어지거든 깨어져라, 또 다시 세상에 살아나갈 가망이 없는 이 몸이니 무엇을 두려워하며 무엇을 겁내리요. 오른편으로 왼편으로 이리 뛰고 저리 뛰다가 나는 그만 방향을 잃어버렸다. 문 있는 곳은 어디며 살아나온 관은 어느 편에 놓였는가. 내 몸은 지금 어디 있는가. 이리 만져 보고 저리 더듬어 보아도 손에 닿는 것은 아모 것도 없다. 여기 이르러 나는 처음으로 무엇보담도

'어둠'이란 것이 가장 무서운 것을 깨달았다.

　지금까지는 나갈 데가 없나 하고 그것만 찾노라고 어두운 것은 생각도 아니하였다가 이미 나갈 수가 없게 되니 지척을 분별할 수 없는 어둠같이 무서운 것은 없다. 우리 어머니, 우리 아버지, 우리 선조, 그 몇 사람의 시체 밖에는 조금도 무서워할 것이 없는 곳인 줄은 알건마는 그래도 밝은 불이 있어야 되겠다. 이랬든지 저랬든지 두 번 죽기는 죽을지라도 사면을 한번 살펴보고 싶다. 광명 있는 곳에서 죽고 싶다. 이 어두운 속에서 죽으면 천당을 가는 길도 몰라서 지옥에 떨어질 것 같다.

〈7〉

　나는 인제 암흑의 고통을 견딜 수가 없다. 불만 있으면 죽음도 싫어하지 않으리라 까지 생각하였노라. 아아, 어찌하여 한 점 불을 얻어 볼 방법이 없을까. 나는 마음을 진정하여 생각하기 시작하였다. 이 무덤굴 양편에는 장사를 지낼 때에 납촉을 세워 두려고 아홉 날 돌 위에 새겨 놓은 촛대가 있다. 나를 장사할 때에는 모든 의식을 절약하였겠지마는 그래도 한 자루 촛불도 아니 켜고 이 캄캄한 굴속에 나의 관을 집어넣었을 것 같지는 않다.

　어쨌든지 좌우 열여덟 촛대를 만져 보면 그 중 어느 것이고 타고 남은 초하나 없을까?

　나는 이런 생각을 하매 벌써 불이 어디 있는 듯하였다. 휘 ― 숨을 내어 쉬고 더듬어 보기 시작하였으되 벌써 방향을 잃었으니 용이하게 등대를 찾아 낼 수가 없었다. 이리저리 기어 돌아다니면서 또 생각해 보니 초는 켤 불이 있어야 쓸 데가 있지, 켤 불이 없고야 초가 있은들 무엇하리요. 나는 더욱더욱 나의 운명의 다함을 생각하고 또 낙망을 하여 철썩하고 그 자리에 주저앉았다. 혹 내가 입은 옷 호주머니 속에 성냥이 들어 있는가, 나는 매우 담배를 즐기는 사람이므로 항상 성냥을 내 몸에 지니고 있었겠다. 먼저 떨리는 손으로 허리 가장자리를 만져 보니, 있다. 있다. 주머니 속에 확실히 단단한 물건이 있다. 제일 먼저 끄집어 낸 것은 푼돈을 넣은 지갑이었다.

매우 총총히 장사를 지내므로 주머니 속을 만져도 아니 보았는지 몇 개의 금전 은전이 그 속에서 잘그럭 잘그럭 하고 있다. 그 다음에 집어낸 것은 나의 쓰던 책상과 및 다른 물건의 열쇠이었고 맨 나중에는 반가운 성냥이었다.

그렇다 독자여! 내가 늘 가지고 다니던 성냥이 있다. 이것까지 있은즉 필연 담뱃갑도 있을 것이니 인제 그리 당황할 것은 없다. 담배나 한 개 먹고 가슴을 진정한 후에 무슨 일이든지 하리라 하고, 다시 주머니를 만져 보니 담뱃갑은 없다. 아마도 금으로 만든 매우 값 많은 물건이었으므로 그것만은 선교사가 나의 아내에게 기념품으로 갖다준 것이로다. 그것으로 놀랠 것은 없다. 담배를 안 먹는다 한들 죽기야 하리요. 성냥만 있으면 고만이라고, 급히 마음을 고쳐먹고 먼저 한 개를 그어보니 반짝 켜지는 그 불빛은 참으로 제이의 생명이었다. 이것으로 이 굴속을 벗어나리라고는 생각되지 않지 마는 끝없는 암흑에 공격을 받는 그 고통은 없어졌다. 보아하니 내가 앉은 곳은 곧 내가 열고 나온 관 곁이었다.

나는 다시 두 번째 그 성냥을 그어 상방을 둘러보니, 독자여, 거 짓말이 아니다. 나의 관 곁에 있는 촉대에 세 마디가량 되는 초가 남아 있다. 옳다 구나라고 고함을 치고 나는 뛰어가 그 초를 빼어 손에 집어 들었다. 아아, 독자여! 인제 성냥도 있고 초도 있다. 캄 캄한 굴속에서 밝은 광명을 얻을 수 있다. 그러나 이것으로 어둡고 도 어두운 나의 운명에도 한 점 광명을 얻을는지 말는지.

세 번째 성냥을 그어 마치 전사가 옛날 전장을 조상하는 듯이 나 의 관을 둘러보니, 관도 관이다. 유행병에 걸리어 엎드러져 죽고 자빠져 죽는 사람을 담아 치우려고 요사이 상두 도가에 여러 백 개를 첩첩이 재어 놓은 허술한 관이니 백작인 나로서 이렇게 엉 성한 장사를 지낼 줄이야 생각지 못하던 바이었다. 그러나 허술한 관인 까닭에 부수고 밖에 나올 수가 있었다. 하매 분할 것은 없다. 관 뚜껑에는 백작 하준이라고 기록한 글자가 있고 그 옆에는 팔십 사년 팔월 십오일 정오라 씌었더라. 죽은 때가 십오일 정오 일지면 지금은 어느 때인가 하고 가슴을 만져 보니 시계도 그 담배 갑과 같이 아내에게 전했음인지 그것은 없었다. 관 밑에 반짝반짝 빛나 는 무엇이 있다. 다시 나는 무릎을 꿇고 허리를 굽혀 자세히 보니, 그것은 상아와 자단(紫檀)으로 만든 십자가이니 분명히 선교사의 가슴에 걸리었던 것이었다.

그러면 선교사가 상당한 종교상의 의식도 베풀지 못하고 내가 묻 히는 것을 가긍히 여겨 그 대자 대비한 마음으로 나의 가슴에 그 십자가를 걸어 준 것 인데 내가 뛰어 일어날 때에 이 밑에 떨어진 것이로다. 만일 이 굴로부터 나가게만 되면 그 고마운 마음을 사례하며 이 십자가를 전하리라 하고, 나는 그것을 집어 내 호주머니 속에 넣었다.

독자여! 이 뒤의 일은 너무도 기괴하여 독자는 참으로 여기지 않으리라.

그렇다, 내가 지금 생각해 보아도 그때 일은 기이한 가운데도 기이한 까닭 이다. 그러나 나는 그대로 적으려 하노라. 독자는 믿고 싶거든 믿고, 안 믿고 싶거든 믿지 말라. 나는 독자의 의론에 겁내어 조금도 붓을 굽힐 수 없다. 사실은 어디까지든지 사실 그대로 적는 수밖에는 없다.

나는 이때까지 무릎을 꿇고 있다가 십자가를 호주머니에 집어넣고 일어설 적에 촛불 빛에 비취어 날카롭게 나의 눈을 쏘는 물건이 있는지라 이것이 무엇인가 하여 집어보다가 고만 나는 놀랬노라. 그것은 여자의 귀에 드리우는 장식품인데 세상에도 진귀한 진주와 투명한 야광주를 꿰인 것이었다. 이것이 어디서 떨어졌는가, 필연 우리 선조의 쓰던 것으로 어찌하여 관 밖에 나온 것이리라 하고 그 근방을 살펴보니 과연 길기가 일곱 자나 되는 큰 관이 있다. 그 뚜껑이 깨어진 것을 보면 시렁으로서 나려진 듯하길래 일어나 시렁을 살펴보니 과연 그 관이 얹혔던 자리가 있고 그 밑에 굵은 나무 뭉치가 가로 놓여 있다. 나는 대개 짐작하였노라. 나의 관이 그 뭉치 곁에 놓여 있었으므로 내가 관을 부수어 뛰어나올 때에 그 망치를 넘어뜨림으로 이 큰 관은 버티는 것을 잃어 떨어진 것이로다. 나의 등 뒤에서 벼락 치는 소리가 나던 것은 이 큰 관이 떨어지는 소리로다 하였다. 나는 이윽히 큰 관을 저 있던 자리에 얹을 수가 있을까 하고, 손으로 그 관을 움직여 보니 무게가 몇 백 근이라, 도저히 나의 힘으로 움직일 수가 없다. 아무리 튼튼한 관이라 한들 이렇게도 무거우랴 하고 다시 밖을 검사해 보니 아모 이름도 없고 날짜도 없고 다만 옆에다 주사(朱沙)로 단검(短劍) 하나를 발갛게 그렸을 뿐이었다. 적단검(赤短劍)이라 함은 일찍이 들은 듯하건마는 그것이 무슨 부호인지를 생각할 틈도 없이, 나는 다만 그 뚜껑이 깨어진 틈으로 번쩍 번쩍 비취는 광휘에 눈을 빼앗기고 있었다. 자세히 들여다보니 이것이 웬 것인가. 가죽자루의 입이 벙긋이 열리어 있는데 금은주옥이 가득히 담겨 있다. 나는 깜짝 놀라 먼저 촛불을 시렁 위에 얹어 놓고 그 뚜껑을 열고 보니 이런 자루가 한 오십 개나 그 안에 꽉 들어찼는데, 그 자루 속에는 진주며 야광주며 황금, 백금의 온갖 노리개며 각국의 금화, 은화가 수도 없이 들어 있다. 어느 나라 임금이라도 이만한 보배는 지녀 보지 못하였을 것이다.

　나는 너무도 기이하여 나의 처지도 잊어버리고 그 자루를 하나씩 둘씩 집어내어 관 밖에 쌓았다. 자루가 엎어지자 그 밑에 있는 것은 이탈리아(伊太利)는 물론이요 영국과 프랑스(佛蘭西)의 지폐 뭉치인데 이것도 몇 백 만원 이 되는지 수도 알 수 없다. 아아, 이것이 누구의 것인가. 우리 집 무덤굴속에 있고, 내 손에 발견되었으니 나의 것이 아니고 누구의 물건이리요. 우리 집은 이탈리아에서 첫 손가락을 꼽는 큰집이었지마는 인제는 세계에 제일 는 부호가 될지로다. 이것이 꿈인가, 아니 꿈은 아니다. 금은 참말 금, 은이요, 주옥은 참말 주옥이다. 그것은 그렇다 한들 대관절 누가 감추어둔 것인가. 우리 선조의 것이라 하고 싶으되, 우리 선조는 그런 장자가 아니다.

아아, 나는 알았다. 적단검의 부호도 나는 알았다. 이 부호는 당시에 해적 왕이라는 이름으로 사람의 간담을 서늘하게 하는 지중해의 한 섬 속에 잠복 한 이탈리아 사람 '칼메로내리'란 자의 구미의 부호이로다. 이 큰 관은 곧 지금까지 수많은 경관들이 찾고 찾아도 찾아내지 못한 해적왕의 보고(寶庫)이로다.

〈8〉

해적(海賊)왕 '칼메로내리'란 이름은 적단검의 부호와 같이 세계를 흔들었다. 그는 19세기에 짝이 없는 대담한 해적이었다.

그가 그 도적한 물건을 우리 집 무덤굴에 숨겨둔 것은 깊이도 생각한 것이로다. 이곳이면 경관이 모를 뿐만 아니라, 누구의 눈에도 띄일 염려가 없다. 백작 하준이가 죽었다가 다시 살아나서 이 큰 관을 발견할 줄은 그의 간악한 지혜로도 미치지 못한 바일 것이다. 생각건대 그가 죽은 사람을 묻는 체하고 모든 장식의 의식을 갖추어 몇 사람 부하로 이 큰 관을 메여다가 이 굴속에서 숨겨둔 것이로다. 이 모든 보배는 이른바 부정한 재물이니 군자의 손에도 대일 것이 아니로되 세계 각국의 바다에 출몰하여 각국의 배를 겁탈하고 각국으로부터 빼앗아 모은 것이라 지금 그 주인을 찾아 전하려 해도 그 주인을 알 길이 없으니, 해적의 손에 두는 것보담은 차라리 내 손으로 보관하여 두는 것이 마땅하다. 이러한 보배가 이곳에 있는 것을 가슴 가운데 접어두면 다른 날 무슨 쓸 곳이 있으리라.

그렇다. 경찰서에 고발을 하더라도 쓸 곳이 있다. 다른 날, 다른 날까지 가만히 그냥 두리라. 나는 어떤 생각을 하다가 문득 정신이 돌아왔다. 다른 날이라 하는 것은 오래 살 사람의 말할 소리이지, 무덤굴에 갇혀 있는 나에게야 다른 날이 어찌 있으리요. 무슨 쓸 곳이 있기 전에 굶어 죽는 것이 나의 운명이로다!

나는 또 다시 온갖 무서운 생각에 몸을 떨면서 절망 끝에 그 보배를 손에 집히는 대로 땅 바닥에 헤치려다가, 아니 가만히 있거라, 그 해적왕은 어느 곳으로부터 이 큰 관을 이 무덤에 넣었는가, 무덤굴 문은 우리 집에 있는 열쇠가 있어야 열 것이다, 그러면 이 굴 어느 곳에 해적들만 아는 비밀 출 입구가 있을 것이다, 처음부터 그런 구멍이 있었을 리는 없는 즉 그가 자기네들만 위하여 뚫은 구멍이 있을 것이다, 그렇다 하면 나는 아직도 실망할 것은 아닌가.

이런 생각을 할 즈음에 시렁 위에 놓였던 촛불이 바람에 불리는 듯 꺼지고 나 있는 데는 또다시 흑암 천지를 이루었다. 그러나 성냥도 있고 초도 있으니 그리 실망할 것은 없고 다만 기이한 것은 어디로부터 바람이 불어 들어 와 촛불을 껐는가. 나는 먼저 이 근방을 살펴보니 이상하다, 손이 드나들 만한 구멍이 있어 그리로 바람이 불어 들어올 뿐만 아니라 밝은 빛도 어슴푸레하게 비친다. 그러면 아까는 이 굴 밖에도 밤중이었으므로 굴속과 같이 캄캄하였다가 지금은 밤이 새인 까닭에 밝은 빛이 비치어 이 구멍으로 기어 들이미는 도다. 구멍에 무슨 비밀이 있지 아니할까. 나는 다시 불을 켜고 손을 그 구멍에 들이밀어 보니, 독자여 이 구멍은 곧 '칼메로내리'가 뚫어 놓은 출입구이었다. 그 구멍의 주위에 있는 돌 몇 개가 나의 손을 따라 흔들흔들 하는 듯하였다. 이 돌들만 밀어 치울 것 같으면 밖으로 나갈 수가 있다 하여 나는 그 돌을 앞으로 당기니 뜻하게 잘 빠지지 안 하고 또 저편으로 밀어도 보니 조금 움직이는 듯하건마는 돌과 돌이 한데 얽히어 하나를 밀면 그 옆에 돌에 고장이 생긴다. 밀면 밀수록 더욱 한데 부딪히며 도저히 빼낼 것 같지도 아니하였다. 아아, 이곳을 비밀 출입구로 생각한 것은 온전히 헛일인가.

이것을 필경 돌 하나가 밀림을 따라 딴 돌이 기울어지는 까닭일지니 기울어지지 않도록 잡아 빼면 그 옆 돌에 고장도 아니 생기고 그냥 빼어질런가.

손이 드나들 만한 구멍이 있는 것은 곧 그 돌이 기울어지지 않도록 버티는 것인지 모르리라 하고 나는 또다시 구멍에 손을 넣어 한 손으로 돌이 기울어지는 것을 제어하면서 밀어 보니 과연 술술 빠지며 따라서 그 돌의 좌우에 있는 돌들도 쉽게 빠지고 나중에는 그 큰 관이 드나들 만한 큰 구멍이 뚫리었다.

나는 구멍으로 뛰어 나오니 제일 먼저 뺨을 스치는 것은 신선한 바닷바람 이었다. 그 바람을 마시면서 나선 자리를 살펴보니 나무가 우거지고 풀이 잦아진 곳인데 곧 그 무덤굴 뒤이었다. 풀과 나무를 헤치며 한 걸음을 옮기매 나폴리 바다가 눈앞에 가로누워 있다. 바다를 떠나 올라오는 아침 해는 나를 맞이하는 듯, 해안에 밀리는 찬 물결은 나를 반기는 듯하였다.

독자여! 나는 자유이다. 자유로운 몸이 되었다. 나는 손바닥을 치며 뛰었다. 소리를 내어 부르짖었다. 이때의 기쁨이란 무엇으로 형용할 수도, 비교 할 수도 없다. 아아, 자유. 자유, 살아서 이 세상에 돌아가는 것도 자유, 나의 아내 화자의 얼굴을 보는 것도 자유, 기뻐서 쓸어안는 그 가는 한손을 어느 때까지 어느 때까지 그냥 내버려두는 것도 자유이다. 이것을 생각하면 인생의 제일 기쁨은 죽었다가 관 속에서 살아나서 무덤을 뚫고 이 세상에 다시 나올 때일 것이다. 거짓말 같거든 죽어 보라. 독자여! 한번 죽었다가 살아난 경험이 없는 사람은 이때의 기쁜 맛을 알지 못할 것이다. 맑은 공기는 얼마나 고마우며 따뜻한 햇발은 얼마나 반가우며 푸른 하늘은 얼마나 흉금을 상쾌하게 하는지 죽어 보지 못한 사람에게는 도저히 알 수 없을 것이다.

내가 이런 기쁨을 맛보는 것은 온전히 해적왕 '내리'의 은덕이다. 그는 지금 경관에게 쫓기어 '팔레모' 외로운 섬 속에 숨어 있다. 그리고 그의 비밀은 경찰서에서 몇 만금을 아끼지 안 하고 사려 하는 중이다. 그러나 나는 오로지 그를 힘입어 살아난 사람이다. 그가 그 무덤굴 속에 비밀 구멍을 뚫어 두지 않았던들 나는 속절없이 굶어 죽은 귀신이 되고 말았을 것이니 그의 비밀을 경관에게 일러줌은 은혜를 배반하고 덕택을 잊음이다. 그는 나의 은인이다. 나의 재생지은인이다.

나는 이렇게 생각하였으므로 다시금 굴속으로 들어가 그 보물을 그 큰 관 속에 고이 넣어 두고 밖으로 나왔는데 때는 오전 8시가 될락 말락 할 때이었다. 생각건대 내가 죽은 것은 어젯일이니 오늘은 8월 16일이 될지요, 나는 어제 오후부터 한 스무 시간쯤 굴속에 있었던 것일 것이다. 나는 헤치었던 돌을 다시 주워 구멍을 막았다. 막으면서 보니까 꼭 돌로만 알았던 것이 돌이 아니고 나뭇조각이었다. 그러나 돌 빛과 흡사하게 물을 들였고 또 풀과 나무가 엉클어져 있는 속인즉 누구라도 여기 비밀 출입구가 있는 줄은 모를 것이다.

나는 구멍 막기를 다한 후 그곳을 떠나오면서 생각해 보니 지낸 일도 꿈같고 오는 일도 꿈같다. 아까까지는 다른 날이라는 것조차 없는 이 몸이러니 인제는 오십이나 육십까지는 화자와 즐겁게 세월을 보낼 수가 있다. 화자의 부드러운 손을 쥐고 화자의 가는 허리를 안는 것도 오늘밤이다. 귀여운 경숙이를 무릎 위에 안고 어르는 것도 오늘밤이다. 정다운 친구 상춘이와 두 손길을 마주 잡고 어찌하여 죽었으며 어찌하여 살아나온 슬픔과 기쁨을 말 하는 것도 오늘밤이다.

아아, 오늘밤! 오늘밤! 오늘밤이야 더할 수 없는 기쁨을 맛보리라 하였다.

발길을 재촉하여 걸어오면서 그런 즐거운 일을 상상하였지마는 슬프다, 독자여! 내가 겨우 하룻밤 사이에 나의 모양이 어떻게 변한 것을 몰랐노라.

〈9〉

나는 걸음을 재게 하여 시가로 들어가면서 문득 생각하니 아무리 처자를 기쁘게 할 마음은 일초 일각이 바쁘지마는 이대로 돌아가기가 어렵다.

나의 입은 옷에는 오히려 전염병의 독균이 붙어 있는지도 알 수 없다. 지 어둔 옷이라도 한 벌 사 입고 몸이나 깨끗하게 씻어 만일이라도 처자에게 병이 옮지 않도록 한 후에 집에 들어가리라 하였다. 그래서 나는 넝마전을 찾았다. 저편에 옷을 많이 걸어둔 전이 보인다. 나는 급히 그리로 갔었다.

나에게 맞을 지어둔 옷이 없느냐고 물으니 나이 60이 넘은 듯한 노인 하나가 나를 맞으며 유행병이 돌아다니는 때라 지은 옷은 죽은 사람의 옷이라고 의심하는 까닭으로 도모지 팔지 않는다 하며 또 이 가게는 수부(水夫)만 단골로 하므로 수부 옷밖에는 없다고 대답한다.

나는 입고 우리 집에만 가면 그뿐이지 수부의 옷이면 상관이 무엇이랴 하고 나에게 맞을 만한 옷을 내어 놓으라 하였다.

주인은 이 옷, 저 옷을 끄집어내며 이야기를 시작한다.

"참 요새같이 몹쓸 병이 유행을 하여서는 세상에 살아있는가 싶지 않아요. 가난한 사람만 걸리는 줄 알았더니 그렇지 않아. 어제는 이 고을에 유명한 하 백작이 돌아갔소. 아주 허술한 관에 넣어서 고만 장사를 지냈어요.

그런 이도 병에 걸리니 아무리 예방을 한들 무슨 소용이 있겠소?" 그러면 나의 죽은 소문이 벌써 났는가. 그런데 이 주인은 어

째서 나를 못 알아보는가 하며,

"하 백작이란 이는 어떤 사람이오? 노형이 그 이를 한 번 본 일이 있소?"

"나는 그의 얼굴을 몇 번 보아 알지마는 그이는 나를 모르지요."
하준의 얼굴을 아는 사람이 제 눈앞에 있는 참말 하준을 몰라봄은 더욱 괴이하다. 나는 하도 의아하여 얼굴빛이 변하는 것 같았다. 그래도 나는 그런 사색을 조금도 아니 하려고 애를 쓰며,

"그런데 그는 얼굴이 어떠하고 연세는 얼마나 되었나요?" 주인은 나의 얼굴을 뻔히 쳐다보며,

"하 백작을 모르셔요? 그러면 아마 딴 고을에서 처음 오신 게로군. 이 고을에서는 하 백작이라 하면 모르는 사람이 없소. 키는 그저 당신만 하지요.

허리며 모양이 당신과 비슷하고 얼굴도 매우 잘나셨습니다. 당신이 한 삼십 살 젊었으면 그이와 방불하겠소."

나의 나이 금년에 겨우 스물일곱이거늘 삼십 살을 더 젊게 하면 이 세상에 나지도 않았을 때가 아닌가.

나는 그 주인이 미쳤는가 의심하여 얼굴을 이윽히 들여다보니 그 얼굴은 아주 진국이다. 나는 하도 어이없어 말대꾸도 안 하고 멀거니 서있으매 그 주인은 다시금 말을 이어,

"그렇기는 해도 하 백작도 잘 돌아가셨지요. 오래 살면 그의 부인이 부인 이라 사나운 꼴을 보고 나 모양으로 이 세상을 쓸쓸하고 괴롭게 지내게 될는지 모르지요."

라고 무슨 제 회포 비슷한 말을 하여 얼굴을 찌푸린다. 나는 더

욱더욱 괴이쩍은 생각을 금할 길이 없었다. 그래도 지어서 무심한 소리로,

"부인이 부인이라 함은 무슨 뜻이오?"

"하 백작은 침착하시지마는 그 부인은 생각건대 화길한 인물이 아닌 듯싶어요."

부인이라 함은 나의 아내 화자를 가리켜 말함이다. 화자를 화길한 인물이 아니란 말이 웬 말인가. 암만해도 이 주인이 미친 사람이로다. 그런데 이 주인이 무엇 때문에 화자를 그렇게 생각하였는가. 그것을 알아두는 것도 또한 재미스러우리라 하고,

"그 부인이 노형을 해친 일이 있소?"

"아니, 나를 해친 일은 없어요, 다만 그 방글방글 웃는 얼굴이 안 되었어요. 사나이 눈에는 천상의 선녀 같아 보이지만 요사이 선녀의 마음도 알 수 없으니까요."

"그것은 또 무슨 까닭이오?"

"아니, 내가 잘 알지도 못하면서 그 부인을 비방하는 것은 아나나 그래도 그 하는 행동이 백작 부인 같지 않아요. 벌써 오래된 일이지마는."

"그것은 무슨 일이오?"

"나도 그때는 분한 생각이 나서 오는 손님한테마다 그 이야기를 하였습니다. 작년 섣달 일인데 내가 짐을 지고 길을 가노라 하니까 뒤에서 몰아오는 마차가 나를 넘어뜨린 일이 있소."

그러면 그 마차에 화자가 타고 있었으므로 이 노인이 화자를 미워하게 된 것인가.

"나는 다행히 아모 데도 다치지는 않았습니다. 툭툭 털고 일어나 마차 안을 들여다보니 그 부인이 타고 있었어요."

옳다, 옳다!

"노인을 넘어뜨렸으니 무엇이라고 한마디 사례를 할 것이 아니겠소? 그런데 그 부인은 마차 안에서 나의 꼴을 보고 아모 말도 없이 다만 방긋 웃어요, 그리고는 그만 마차를 몰아 가버렸어요. 너무 심하지 않소?"

"그것은 귀부인으로 못할 짓이오. 그러나 그 부인이야 자기가 탄 마차가 노인을 넘어뜨린 일은 몰랐던 게지요."

"모르기는 왜 몰라요? 다 보고 알았지요, 그러나 내가 그를 비방함은 그 행위가 아니라 그 웃는 얼굴입니다. 마치 어린애의 웃음같이 귀엽고 사랑스러워 보이지마는 그래도 그 가운데 악마 같은 마음이 있는 것이오. 나는 한 번 보고 마음속으로 악독한 계집이로구나 하였소. 만일 하 백작께서 오래 살았으면 반드시 기막힌 꼴을 보고 말았을 게지요. 그런 웃음을 웃는 계집은 결코 마음이 곧지 못한 법이오. 나도 그것에 속아서 이 모양이 되고 말았소."

나는 노인의 말이 아모 근거가 없는 것을 알았으되 그것에 속았다는 말이 어째 귀에 거슬려,

"속단이오."

라고 채쳤다.

〈10〉

주인은 더욱 얼굴 찌푸리며,

"속단뿐입니까? 몹시도 속았지요. 그 부인의 웃는 모양이 꼭 내 계집과 같아요. 사나이 눈에는 아름답고 사랑스럽게 보이지마는 그 것은 곧 마음에 거짓이 있는 웃음이지요."

내가 대답도 하기 전에 또 다시 말을 이어,

"참 사람의 얼굴은 어찌할 수 없지요. 그 후 나는 많은 여자를 보 았습니다마는 웃을 때 입이 그렇게 되는 여자는 다 거짓이요 사나 이를 속이지요."

"노형 부인이 어찌하였단 말이오?"

"어찌 다 무엇이오? 나를 죽였소!"

"죽였다니?"

"죽인 것과 같지요. 그 후부터는 나는 인간의 낙을 모르고 세상이 모두 쓸쓸하게 보이며 보는 것 듣는 것이 다만 속이 상할 뿐이니 까."

"그것은 무슨 일로?"

"그러면 이야기를 하지요. 벌써 십 오륙년 전 일입니다. 우연히 미인을 만나 아내를 삼았는데 나도 그를 사랑하였거니와 그도 나 를 사랑하는 줄만 믿었더니 그 사랑이 거짓이었소. 어느 때 내가 장사를 나가고 집을 일주일 동안 비워 두었다가 아침 일찍이 돌아 와 보니 아내란 것이 어떤 외국 놈 음악사와 같이 누워서 나의 돌 아온 것도 모르겠지요. 그때 내 마음이 어떠하겠습니까. 사나이에 게 이보담도 더 분한 일이 어디 있겠소? 나는 분결에 이 놈 죽일 놈이라고 소리를 지르며 그놈을 침대에서 잡아 일으키니 그놈이 나에게 대항을 하겠지요. 나는 죽을 힘을 다하여 그놈을 거꾸로 쳐 놓고 단단히 수족을 통째 묶어 못 일어나도록 침대 기둥에 비틀어 맨 뒤에 한 구석에 서 벌벌 떨고 있는 계집을 붙잡았소. 주머니 속에 넣어두었던 창칼을 내어 그 젖가슴을 푹 찌르니까 그년은 꿱하고 죽어버렸소. 나는 그 피 묻은 칼로 그놈의 얼굴을 겨누며, 이놈아 이것이 네 정부의 기념품이다, 일평생 네 가슴속에 넣어두어라 하면서 그놈의 가슴을 퍽 찌르고 그냥 집을 뛰어나왔소. 속이 조금 시원하던 것도 잠깐이고 사흘 만에 살인죄로 잡히어 재판을 받았습니다. 인정이 그럴 것이라 하여 사형은 면하였습니다마는 사형이 얼마나 나았을지 몰라요. 사형보담 더 쓰린 십오 년 징역을 받았소. 징역을 마치고 나오니 세상에서는 무서운 놈이라 하여 나를 보면 얼굴을 돌리겠지요.

친구도 없어지고 집도 없어지고, 살아도 사는 재미가 없는 사람이 되고 말았소. 차라리 죽는 것이 나으리라 하여 몇 번이나 자살을 하려다가 그래도 지금껏 모진 목숨은 끊지 못하고 알지 못하는 이 고을에 흘러와서 이런 장사를 하고 있소. 영감, 참말 계집이란 것은 악마올시다. 하 백작도 그 부인을 믿고 오래 살았으면 말경에는 이 꼴이 되리라고, 나는 속으로 딱하게 여기었더니 그 꼴을 보기 전에 돌아가시니 참 복 많은 이는 다른가 보아요."

과연 무서운 이야기로다. 나는 그 말을 듣고 그 노인의 정지(情地)가 불쌍하여 한숨을 지을 때 노인은 혼잣말같이,

"그래요. 나의 계집이란 것이 꼭 그 부인과 비슷하였소. 그 웃는 꼴은 꼭 같습니다. 그 부인의 얼굴만 보아도 몸서리가 쳐집디다."

나는 더욱이 마음을 움직이어 우들우들 몸을 떨었다.

지금까지 세상에 어느 누가 화자를 아니 칭찬함이 없고 설령 무슨 혐의가 있는 사람일지라도 화자의 얼굴만 한번 보면 고만 그 혐의가 풀리리라 하였더니 이런 하등사회에서 화자를 욕하는 원수가 있을 줄은 꿈에도 생각지 못 하였다. 그러나 이 노인은 제 신세가 불행하게 된 탓으로 벌써 마음을 잃은 사람이니 그 말에 휘말릴 것은 못 된다. 그렇다, 그 말은 추신할 것이 못 된다. 나는 속으로 이런 생각을 하면서도 어쩐지 마음에 내키는 것은 무슨 까닭인고?

그럴 사이에 노인이 옷 한 벌을 골라 나를 준다. 바라보니 그것은 산호를 캐는 어부의 복색인데 나에게 꼭 맞을 것 같았다. 노인은 아직도 그 이야기에 마음을 빼앗긴 듯이,

"그러나 당신은 벌써 여자에게 마음을 둘 나이가 지났으니 그런 이야기를 들려드려도 쓸데가 없지요." 한다.

아아 독자여! 여자에게 마음을 둘 때는 인생 몇 살 적을 이름인가. 아직 삼십도 못 된 내가 벌써 그때를 지냈단 말이 웬 말인가. 노인의 눈이 미쳤는가, 혹은 나의 모양이 벌써 노인같이 보이도록 쇠약하였는가? 나는 의심을 마지아니하였다. 나는 급히 그 옷은 살 터이며 거울을 보고 갈아입고 싶으니 거울을 달라 하매 그 노인은 옷 갈아입는 방에 거울이 있다 하여 나를 그리로 인도하였다. 나는 오래간만에 정다운 님을 만날 때처럼 가슴이 뛰면 서 나의 모양을 비추어 보니, 슬프다 독자여! 오늘날 나는 어제 날의 내가 아니다. 나는 두 눈으로 눈물이 쏟아짐을 깨달았노라.

〈11〉

아아 독자여! 내가 거울을 보고 우는 뜻을 아는가? 거울에 비치는 나의 꼴을 보고 아니 울 수 없었노라. 독자여! 나는 훌륭한 귀족으로 풍채 가 있다고 남들도 말하고 나도 그렇게 알았더니 지금은 그런 흔적도 찾아볼 수 없는 노인이 되고 말았도다. 유행병에 걸린 사람이 단번에 눈이 들어가고 살이 마르며 뼈가 드러나는 줄은 모름이 아니로되 어젯날 백작 하준이가 이런 꼴이 될 줄은 지금이란 지금까지 알지 못하였노라. 눈은 움푹하게 안으로 들어갔으며 뺨이고 이마이고 모두 가죽이 쭈글쭈글 주름이 잡혔다. 독자여! 얼굴은 연령을 기록한 조화옹(造化翁)의 책이란 말을 들었더니 나의 얼굴은 죽음이란 검은 줄로 이리저리 그어 놓은 헌책인가. 이것을 보고야 연령을 알 수 없다. 더욱 괴이한 것은 나의 머리털이었다. 비상한 고통을 겪으면 하룻밤에 머리털이 백설같이 된다는 것을 옛날 책에서 보고 거짓말로 알았더니 그것이 참말이로구나, 나의 머리는 희기가 눈과 같다. 어디 검은 군데가 남았는가 하고, 이리저리 뒤흔들어 보아도 한 올이 검은 털도 남은 것이 없다. 더구나 어젯밤에 공포와 낙심의 모든 고통과 싸운 흔적이 오히려 얼굴에 남아있어 무서운 빛이 돌고 게다가 뒤흔든 머리카락이 거꾸로 서있는 꼴은 참으로 귀신과 같았다. 사람으로 귀신의 꼴이 되었다.

이 집주인이 나를 노인이라 함이 마땅하다. 내가 내 얼굴을 보아도 전일 백작 하준인 줄은 알 길이 없다. 이대로 집으로 돌아간다한들 화자를 비롯하여 상춘이까지도 나의 말을 믿어주지 않을 것 같다. 이때까지는 나도 미인 화자의 남편으로 과히 부끄럽지 않을 만한 남자이었다. 그러므로 화자에 게 사랑을 받는 것이 당연한 줄 알았고 또 스스로 어금버금한 부부라 하여 손에 손길로 다니었지마는 이후로는 귀신이 다 된 사람이 절세미인의 남편이 될지라 화자도 필연 마음에 괴로울 지며 내 마음인들 어찌 좋으리오. 이것을 생각하매 거울을 대한 고통이 그 무덤굴속에 있을 적보담 더 심한 듯 하였노라.

아아, 독자여! 나는 집에 돌아가지 말고 이대로 멀리 멀리 달아나 일평생을 죽은 사람으로 마칠까? 아니다, 아니다, 화자가 어찌 나의 얼굴만 사랑하였으랴, 마음속으로 나를 사랑하였을 것이다. 그 것은 지금까지 화자의 언어와 태도로 분명히 알 수가 있다. 나는 화자의 지팡이다, 기둥이다. 참으로 화자의 남편이다. 남편을 잃고 세월이 덧없음을 슬퍼하며 울고 울어 거동할 기운조차 없게 되었으리라. 내가 살아났다는 말만 들더라도 화자는 더할 수 없이 기뻐할 것이요 나의 얼굴이 어찌 된 것을 슬퍼할 겨를도 없을 것이다.

그렇다 우리의 사랑은, 얼굴에 붙은 사랑이 아니다, 그런 얕은 사랑이 아니다. 그렇게 얕은 화자가 아니다. 지금 화자가 울며불며 세상에 믿을 곳 없고 의지할 곳 없음을 서러워할지니 시시한 일에 거리끼어 그를 아니 위로함은 남편 된 나의 차마 할 일이 아니다. 부부의 사랑은 가난을 겪을수록 더 욱 깊어간다는 말을 들었다. 내가 무덤 가운데서 머리털이 희어지도록 괴로 워한 줄을 알면 전일보담 더 한층, 나를 사랑하고 나를 공경하리라. 이별이 얼마나 괴롭고 아픈 것은 벌써 어젯밤에 맛보았을지니, 이 뒤에 또다시 이별을 하는 것은 화자가 가장 슬퍼하는 바일 것이다. 지금까지 화자가 나의 일들만 생각하였으면 지금부터는 나의 마음을 사랑할 것이다. 지금까지 나의 마음을 사랑하였으면 지금부터는 나의 혼을 사랑할 것이다. 아무리 변한 들 나는 나이다, 화자의 남편은 남편이다.

남편의 변한 모양을 싫어하여 구박하려고 하고, 화자의 마음을 조금이라도 의심한 것이 도리어 황송하다. 그 사죄를 하려 보려도, 집에 돌아가지 않으면 안 된다.

더욱이 쇠약한 내 모양이 어느 때까지 쇠약하랴. 이틀이고, 사흘이고 화자의 정성 있는 간호를 받으면 고목에 봄이 돌아온 것보담도 더 속하게 떨어진 살이 붙고 쭈그러진 가죽이 피어지리라. 하준은 하준이다. 비록 백발만은 일평생 낫지 않는다 할지라도 참으로 나이 늙어서 그리된 것이 아니매, 화자의 남편으로 부끄러울 것이 없다. 흰 털은 검은 물을 들이어도, 상관이 없다. 이런 말로 스스로 분발하며, 스스로 위로하며, 몸을 씻고 옷을 갈아입고는 머리를 쓰다듬으매 마음이 그래서 그런지는 모르나, 벌써 조금 젊어 보이는 듯하였다.

그러나 이대로 집에 쑥 들어가면 너무 화자가 놀랠 것이니, 해가 저물 때 까지 이리저리 돌아다니다가 밤이 되거든 집으로 돌아가리라. 돌아가더라도 뒷문으로 살짝 들어가 내 앞에서 오래 거행하던 하인을 불러 상춘을 불러 오라 하여 그에게 자세한 이야기를 하고, 상춘의 입으로부터 화자에게 설명을 하게 하여 화자로 하여금, 나의 모양이 변한 것을 대강 알게 한 후에 화자와 만나리라. 슬픈 일에도, 기쁜 일에도, 여자는 몹시 마음을 움직이는 법이니 만일에 기절이나 하면 안 되리라. 이런 생각을 하고 그 곳을 떠났는데 첫째로 시장하여 견딜 수가 없으니 먼저 요기나 하리라 하고, 요릿집을 찾으니 눈에 띄는 것은 어제 선교사가 나를 안고 들어갔던 그 주막이었다.

나는 반가이 그 주막에 들어갔었다. 그리고 몇 가지 음식을 가져오라 하여 먹으면서 주인의 말을 들으니 나의 죽은 일이 벌써 이곳저곳에 소문이 자자함인지, 이 주막이 곧 이 고을에 유명한 하 백작이 선교사에게 간호를 받으며 돌아간 곳이라 하면서도 내가 그 하 백작인 줄을 알지 못하며 또 나도 시침을 뚝 떼고, 그 부인께서 오죽이나 슬퍼하시겠냐고 물어 보니,

"그렇고말고, 여북하시겠습니까? 그 선교사가 그 사연을 전하니까, 다 들으시기도 전에 고만 기절을 하시더래요."

라고 그 주인은 대답하였다.

기절, 기절! 그러할 것이다. 나의 아내 화자가 그 말을 들으면 응당 그러할 것이다. 참으로 나의 아내이다. 그리고 또 그 선교사의 말을 물어보니, 가엾다. 선교사는 나를 관에 놓고 나의 가슴에 십자가를 걸어 두고 채 발길도 돌리지 못하여 그 또한 몹쓸 병에 걸리어 그 자리에 쓰러져 숨이 끊어지고 말았다 한다. 그것을 여러 사람들이 들것으로 메어다가 절에 보내었더니 마침내 어젯밤으로 숨이 끊어지고 말았다 한다. 이 말을 들으매 나의 가슴은 저리는 듯하며, 부지불식간에 뜨거운 눈물이 솟아나온다. 나는 눈물을 주인에게 아니 보이려고 급히 얼굴을 밖으로 돌리었다. 이때에 마침 문 밖으로 지나가는 신사 하나가 보인다. 그는 딴 사람이 아니라

상춘이었다. 나는 번 쩍 몸을 일으켰다. 그에게로 달려가려다가, 상춘의 모양에 어째 알 수 없는 점이 있었다. 나는 일어서려던 교의에 다시 주저앉았다. 나는 지금 생각하기를 상춘이가 나의 불귀지객이 된 것을 슬퍼하고 원통히 여겨 눈가가 붓도록 눈물을 흘리려니 하였더니, 그의 얼굴에는 눈물 흘린 흔적도 볼 수 없고, 조금이라도 슬퍼하는 기색을 볼 수 없으며, 도리어 기쁜 웃음이 흐른다. 모자를 비스듬히 제쳐 쓰고, 천천히 걸어가는 모양이 매우 만족한 사람 과 같았다.

 그것은 다 고만두고라도 그 가슴 단추 구멍에 붉은 장미화를 끼운 것은 무슨 뜻인가. 허혼한 미인으로부터 정표로 얻은 것인가? 그런데 그 꽃은 짝이 없는 이상한 꽃이니 내가 일찍이 조정에 들어갔을 때에 폐하께서 화자에게 하사하신 꽃인 줄나는 보아 알았노라. 화자가 제 목숨보담 더 사랑하고 아 끼어 나도 손을 못 대게 하던 그 꽃이었다.

 독자여, 독자여, 나는 나의 눈을 의심하였노라.

〈12〉

 나는 의심을 마지아니하다가, 문득 고쳐 생각하였다. 아니다, 아니다. 저 꽃은 결코 화자가 제 손으로 꺾은 것이 아니다. 화자가 그것을 제 목숨보담 더 사랑하고 더 아끼었거늘 어찌 제 손으로 그것을 꺾으리요. 지금 우리 집에는 한참 장난을 심히 할 계집아이가 있다. 어머니가 울고 슬퍼하는 틈을 타서 철모르고 그 꽃을 꺾

54

은 것이다. 곧 화자의 한 짓이 아니라 경숙의 한 짓이다. 이미 꺾여졌으니, 그냥 내버리는 것은 아깝다 하여, 하는 수 없이 상춘을 주었든지, 또는 내어버린 것을 상춘이가 주어 꽂았든지 한 것이로다. 이런 명백한 사정이 있는 것을 알지 못하고 의심한 내가 도리어 부끄럽도다. 그러면 상춘의 행동이 조금도 괴이할 것 없다.

그의 얼굴에 웃음을 띠었든지, 득의양양하게 흥청거리든지, 책망할 것이 무엇이랴. 그는 나의 죽음을 너무 슬퍼하여 마음이 우울하므로 그것을 풀려고 산보로 나왔음이리라. 얼굴을 찌푸리고 있으면 마음이 풀어지지를 않을 지라, 억지로 지어서 웃을 따름이다. 겉으로 웃는 것은 참 웃음이 아니다.

겉으로 기뻐하는 것은 참으로 기뻐하는 것이 아니다. 마음은 우는 것보담 더 쓰리고 아플 것이다. 아아, 상춘아 너는 나의 절친한 친구이다. 기다려 라 기다려! 오늘밤에 돌아가서 너의 겉기쁨을 속기쁨으로 만들어 주리라.

나의 아내 화자와 같이 기다려라! 나는 너와 화자가 슬픔이 극도에 이르러 말을 이루지 못하는 그때에 돌아가서 너와 화자의 기뻐하는 그 얼굴이 보고 싶다. 이것이 나의 다만 한 가지 바람이다.

나는 유쾌하게 식사를 마치고 그 주막을 나오니, 오히려 해가 지지 아니하였다. 저 해가 질 때까지 어디에 숨어 있을까. 굴속의 하룻밤도 길고 길었지마는 굴 밖을 나온 하룻날도 또한 짧지 아니하다. 먼저 목욕탕에 가서 때를 씻고 몸을 맑게 하여 돌아가는 것도 좋으리라 하고 고요한 목욕탕을 찾아 들어가서 그곳에서 해를 지우고, 황혼이 된지라, 인제 화자를 만나고, 상춘을 만날 때가 왔다고, 두 방망이질하는 가슴을 진정하면서 그 목욕탕을 나와 우리 집을 바라보고 언덕 비탈길로 올라간다.

어느 결에 달이 솟아 나뭇잎 사이로 새어 흐르는 그 그림자는 늘 보던 것이건마는, 오늘밤은 웬일인지 더욱 맑게 보이는 듯하고, 항상 다니던 그 길도 이것이 화자의 있는 곳까지 나를 인도하는가 하매, 나만 위하여 이 길이 있는 듯싶었다. 이윽고 우리 집 대문에 다다르니, 문은 벌써 쓸쓸하게 잠겨 있다. 고요하게 잠든 듯함은 주인의 복을 입은 것 같다.

다만 안에서 가늘게 들리는 것은 사랑 앞에 있는 분수(噴水)의 소리뿐이었다. 그 소리가 바람에 불리어 높으락낮으락 주인을 조상하는 슬픈 가락을 아뢰는 듯하였다. 나는 처음부터 뒷문으로 들어가려고 작정을 하였음으로 대문을 열려고도 안 하고 담을 끼고 돎을 따라, 수목은 더욱더욱 우거지며 사면은 더욱더욱 그윽하다. 뒷문이 아직 잠기지 아니함은 상춘의 돌아감을 기다림인가. 나는 열어 놓은 그 문으로부터 가만가만히 안으로 걸어 들어섰다. 이곳은 이탈리아에 특유(特有)한 등화수(藤花樹)가 양가로 총총히 늘어서서 낮에도 햇빛이 아니 비치리 만큼 우거졌는데, 그 사이에 실낱같은 지름길이 있다. 내가 더위를 피하여 애독하는 책을 가지고 고인(古人)과 놀던 곳이 이곳이다. 거기서 바로 들어가면 안마당이 되고 옆으로 꺾어지면 마구간이 된다. 나는 꿈을 꾸는 사람 모양으로 한 걸음 두 걸음 나아가서 안 마당에 다다르니 그때 마침 안에서 무슨 소리가 들린다. 그것이 무슨 소리이며, 누구의 소리인가. 나는 귀도 기울이기 전에 벌써 머리 위에 굵은 못을 꽉 박은 듯이 몸을 부르르 떨며 그 자리에 주춤 발을 멈추었다. 독자여!

그 소리는 화자의 웃음소리이다. 잘못 들으려도 잘못 들을 수 없는 꾀꼬리 소리보담 더 아름다운, 나의 아내 화자의 기쁘게 웃는 소리이다.

그 소리는 다시금 들린다. 나의 등에는 찬 땀이 흘러내린다. 마음은 얼어붙은 얼음 모양으로 움직일 수도 없고 생각할 수도 없다. 그 소리가 그치자, 천천히 저편에서 걸어오는 흰 그림자가 보인다. 그것은 분명히 화자이었다. 나는 무슨 까닭인지, 무엇을 위함인지 스스로 모르면서도 망그적 망그적 뒷걸음을 쳐서 나무 그늘에 나의 몸을 숨기었다. 그곳에 숨어서 화자의 거동을 살피고자 함이 아니라 하도 놀라 정신을 잃고 저절로 몸을 숨겼음이다.

독자여! 내가 이렇듯이 놀란 것이 무리한 일인가. 나는 화자가 나의 죽음을 슬퍼하여 방문을 굳게 닫고 눈물과 함께 나의 명복을 빌리라고는 생각하였을지언정, 기쁘게 웃으며 달빛을 좇아 산보하리라고는 꿈에도 생각지 않았었다. 어리석다, 어리석다 하여 또 계집에 빠진 사내처럼 어리석은 자는 없으리라. 아니 화자에게 빠진 하준이처럼 어리석은 놈은 없으리라. 이런 생각을 하다가 나는 또 다시 가장 무서운 의심을 일으켰다. 아니, 아니, 화자는 결코 본심이 아니다. 슬픔에 지나쳐 미친 것이다. 여자가 미치면 방글 방글 웃으며 지향 없이 걸어 다닌단 말을 들었다. 아아, 가엾어라, 불쌍해 라, 화자는 참으로 불쌍해라. 화자는 참으로 불쌍하였는가. 발광한 것을 보고 일각이라도 그냥 내어버려 둠은 나의 죄이다. 금시로 뛰어나가 그의 손을 부여잡고 화자! 화자! 하준이 여기 있다고 소리를 지르면 길지도 않은 어젯밤부터의 발광이니 단박에 꿈이 깨고 열이 식는 듯 기쁜 나머지 본정신이 아니 돌아오랴. 이런 생각을 하자마자 꽃나무 그늘에서 뛰어 나가려 할 때, 또 나의 눈에 띈 것은 화자의 곁에 감긴 나의 동생, 아니 동생보담 더 정다운 둘도 없는 친구 상춘이었다.

　그는 화자의 손을 쥐이고 쥐며 허리를 안고 안기며 비록 부부의 사이라도 남볼상 사나운 짓을 하며 걸어온다. 내가 아무리 어리석다 하더라도 상춘 과 화자가 일시에 미쳤으리라고 생각할 만치 어리석으랴. 독자여! 이때의 나의 마음을 살필지어다. 시방 생각해도 그때의 분함을 참을 수 없어, 애꿎이 그것을 적는 종이를 몇 번이나 찢으려 하였다. 이런 일이 있을 줄 알았던들 나는 관두껑을 부수지 안 하고 모르는 것이 부처로 썩어 버렸을 것을. 무덤굴 가운데 무서움, 슬픔, 괴로움은 시방 당하는 나의 고통에 비기면 아모 것도 아니다. 독자여! 이때 만일 나의 분노가 반만 가벼웠던들 나는 반드시 뛰어나가 그 연놈을 찔러 죽였으리라.

　나의 분노는 그런 항다반 있는 분노가 아니다. 참된 분노는 말이 없는 것이다. 말하는 것도 잊어버리고 움직일 것도 잊어버리는 법. 시방 생각하면 어째 그렇게 가만히 있었는가 하고, 스스로 의아할 지경이로되 나는 벌써 사람이 아니고 분노의 뭉치이다. 연놈이 무슨 짓을 하는지 가만히 엿볼 뿐, 이런 줄을 모르는 그들은 나의 앞에 다가들어 내가 일부러 화자와 나를 위하여 만들어 놓은 교의에 살과 살을 마주 붙이며 걸터앉는다.

〈13〉

그들이 앉은 교의는 나의 숨어있는 자리로부터 단 세 발자국도 떨어지지 않았으니, 곧 나의 눈앞이라 할 수 있다. 그들의 얼굴 근육 하나 움직이는 것도 나의 눈에 보이고 그들의 쉬는 숨결조차 나의 귀에 들린다. 그렇다, 우레같이 들린다.

옆으로 화자를 껴안은 상춘의 왼손은, 끌어안은 중임에도 오히려 화자의 허리를 둘렀고 화자의 얼굴은 상춘의 가슴에 파묻히어 나에게는 그 머리 뒤를 향하였다. 늘어진 머리카락이 바람에 하늘거리매 상춘은 왼손가락 사이로 그것을 어루만지며, 화자의 오른손은 힘없이 상춘의 목에 걸려 있다. 이윽고 연놈은 시방껏 남의 이목을 꺼려하지 못하였던 사랑의 말과 행동을 흠씬 맛볼 작정이었던지, 화자의 오른손이 천천히 상춘의 목을 떠나며 간부는 정면을 내 앞으로 돌리었다. 새하얀 하복이 그 어여쁜 모양에 어울림은 말할 것도 없거니와 왼 몸에 한 점의 더러운 곳을 찾으려도 찾을 수 없다.

더러운 그 마음과는 이야말로 소양지판이라 하였다. 다만 그 가슴에 빨간 피가 방울이 듯 함은 피가 아니고 상춘의 가슴에 꽂힌 꽃과 같은 장미꽃이다. 달에 비추어 옷깃에 빛나는 것은 내가 준 야광주이다.

독자여! 독자여! 저 야광주가 빛나는 곳에 원한의 시퍼런 칼날을 푹 찔러 서 저 꽃이 꽂힌 곳까지 꽃보담 더 붉은 피를 뚝뚝 듣게 하였으면, 얼마만큼 나의 한이 풀리리라. 아니, 아니, 나의 한은 그런 보복으로 풀릴 엷은 한이 아니다. 풀리지 않을망정 그만한 보복이라도 할 수밖에 없다. 나는 불 덩이보담 더 뜨거운 손으로 나의 호주머니를 더듬어 보니 쇠붙이라고는 조 각도 없다 집에 돌아와. 칼이 필요할 줄이야 뜻밖의 일인 까닭이다, 꿈밖의 일인 까닭이다.

나의 칼날 같은 눈살에 노려 보이는 줄은 알지 못하고, 화자의 얼굴은 태연 하다, 기쁘다. 더욱 아름답다. 어제 내가 죽었단 말을 듣고도 눈물 한 방울 아니 흘리고 얼굴 한번 아니 찌푸린 것은 한번 보아 알 수가 있다. 얼굴 어느 곳, 눈 어느 구석에도 슬퍼하고 근심한 흔적은 하나도 없다. 아무리 씻고 닦는다 한들 저렇게 씻어 버리고 닦아 버릴 수는 없다. 더욱이 입모습에 이르러서는 그로 인해 자기의 아내와 같은 악마의 웃음이라 하던 그 웃음인지는 모르되 퍼내고 또 퍼내어도 다하지 않을 애교가 넘쳐흐른다. 갓 난 어린애도 저다지 천진난만하고 귀여운 웃음을 웃을 수 없을 것이다. 과연 그 웃음의 속에는 장부의 간장을 녹이는 마력이 숨어 있다. 어느 누가 저 입웃음에서 거짓이 나올 줄 짐작하랴! 생각하랴!

이윽고 그 앵두 같은 입술이 방싯 벌어지며 사람의 마음을 어리게 하는 음 악보담도, 더 청아한 소리가 새어나온다. 가늘고도 맑은 소리다. 산곡 간에 흘러나려가는 시냇물 소리 같다 할까. 아아, 화자가 무슨 말을 하는고. 나는 고개를 기울이고 숨소리를 죽이었다.

"아아, 상춘아!"

이것이 그의 말시초이었다. 독자도 아시겠지마는 서양에서는 어느 나라를 물론하고 청년남녀가 서로 부를 적에는 반드시 씨자를 달아 그 성을 부르고 결코 그 이름만 부르는 법이 아니다. 다만 피

섞이고 살 섞인 남매간이라든지, 끊으려야 끊을 수 없는 친구이라든지 부부간에만, 이름을 부르는 것이다. 곧 이상춘이를 부를 때에 '이 씨!'라고 안 하고 다만 상춘이라 부름은 그의 아내란 약속을 증명함이다. 그 소리에 응하여, 상춘은 얼굴을 든다. 그 뒤에 화자가 무슨 말을 하는가 하고 나는 정신을 모두 귀로 모아 듣고 있었다.

"그런데 상춘이, 하준이가 알맞게 잘 죽었지. 그렇지 않았다면……."

독자! 독자여! 나의 죽은 것을 잘 죽었다 한다.

"만약 죽지 아니하였다면 어찌할 뻔했어."

그 말에 상춘은 무어라 대답을 하는고. 나는 눈과 귀를 한꺼번에 열었다.

상춘은 가벼운 웃음을 띠우며 제 아내로 정해둔 것 같이,

"암암, 그렇지 화자!"

라고 하면 말을 잇는다. 어제까지는 나의 앞에서 '부인, 부인'하고 위해 올리더니 오늘은 그냥 화자라고 부른다. 어제와 오늘이 틀리면 어찌 이다지도 틀리는가. 상춘은 미소를 비로소 면하며,

"무얼, 그놈이 살아있더라도 알 리 없지! 네나 내나 어디 그런 천치에게 들킬 숙맥이냐……. 그리고 그 녀석의 되지 못한, 자부심 많은 것이 더욱 다행하였어……. 제 아내는 저만 사랑하고, 당초에 다른 사람의 도적할 수 없는 것일 줄로, 스스로 믿고 안심을 하겠지!"

이 말을 듣고 맑기는 산 위에 쌓인 눈과 같고, 높기는 하늘에 달

린 별과 같다고, 상춘이가 일찍이 칭찬한 나의 아내 화자는 방글방글 하는 웃음을 멈추고 보일 듯 말 듯 눈썹을 찡그리며,

"그래도 나는 하준이가 죽어서 얼마나 기쁜지 몰라. 그런데 저 우리 조금 떨어져 있어야 되겠어. 하인들이 말을 내어 소문이 나면 큰일이지. 그리고 남의 눈가림을 하더라도 싫든 말든 여섯 달은 하준의 복을 입는 척하여야지."

하고, 또다시 무슨 말을 이을 적에 상춘은 키스로 말을 막으며,

"그리고 보니 차라리 하준이가 살아있느니만 못하군. 그놈은 다른 사람을 몰아내는 두 사람 파수보담 나았어. 너와 나의 두 사이를 저만 의심치 않았을 뿐 아니라, 또 다른 사람들도 의심을 아니 내게 하여 주었지."

이 말을 들으매 괘씸할 것은 이르지 말고, 악마 같은 그 마음이 하도 무서워, 나도 모르게 제 몸을 부르르 떨었다. 이슬에 우거의 나뭇잎이 소리를 내며 흔들린다. 화자는 그 소리를 듣고 괴이쩍게 몸을 일으키어 이리저리 투덜투덜 살펴본다.

〈14〉

화자는 사면으로 둘러보았으나, 나의 모양은 달 그늘이 어두운 우거의 나무어 가리었으므로 알아보지 못하고 다시금 앉았던 그 자리에 주저앉는다.

그래도 오히려 마음에 켕기는지 눈에 두려운 빛을 띠우고 조금 떨리는 소리로,

"나는 어째 무시무시한 생각이 나는걸. 여기는 하준이가 아침저녁 산보하던 곳이고, 또 장사도 겨우 어제 지냈을 뿐이라. 어째 귀신이 나올 듯싶다.

이 자리에 오지 않을 것을 갖다가……."

"너는 아직도 하준에게 마음이 남았느냐?"라고 화자를 꾸짖는 듯하였다. 화자는 벌써 그 뜻을 알아챔인지,

"그일지라도, 내 딸 경숙의 아버지이니까."

라고 대답을 한다.

"그 까짓 소리는 아니 하여도 나도 알아! 경숙이에게는 아비라도 나로 보면 원수다. 나는 그놈이 너의 입술로부터 키스를 도적하는 것을 볼 적마다 얼마나 비위가 틀렸는지 모른다. 다행히 죽어버린 오늘날에는 하준이란 그 '하'자도 듣기 싫다."

아아, 독자여! 독자는 이 말을 듣고 어떻게 생각하느뇨. 나는 참으로 천지가 거꾸로 섰는가. 의심하였노라. 남편 된 자가 그 아내를 키스함이 도적하는 것인가. 아내는 간부의 물건이 되고 남편은 그 아내를 도적하지 아니하면 키스할 수가 없는 것인가. 상춘아, 어제까지 나의 친형, 친제보담도 더 가깝던, 둘도 없던 친구야! 너는 나를 도적으로 여기고 교제하였더냐! 네가 만일 지금이 나무 그늘에 숨은 나의 얼굴을 볼 것 같으면 내가 이 원수를 갚지 않고는 말지 않을 것을 깨달으리라. 그렇다. 나는 지금 사람의 가죽을 쓰고 짐승의 짓을 하는 네놈의 간을 내어 씹고 싶다. 이윽고 상춘은 지난 일조차 시기하는 듯이,

"대관절 너는 무슨 짝에 하준이 같은 놈하고 결혼을 하였어?"

화자는 깔깔 웃는다.

"그야! 노 사원에만 있기도 싫고 시집도 가고 싶은 차에, 마침 그가 청혼을 하므로 결혼을 하였지. 나는 가난이 제일 싫어, 혼인을 하고 금의옥식에 파묻힐 줄 안 까닭이야."

"얼마간 그놈을 사랑도 하였겠지?"

"아암, 새 서방을 두는 것이 사랑이라 하면 확실히 그를 사랑도 하였고, 죽었단 말을 듣고 숨을 내쉬며 기뻐하는 것이 정조라 할지면, 나같이 정조 굳은 여자는 없을 거야. 그만 것은 묻지 않아도 왜 알지?"

"누가 그런 것을 물었어, 네 마음을 물었지."

"흥. 그것은 싫기만 하여서야 하루라도 부부로 지낼 수 없지."

이 대답을 듣고 상춘의 눈에는 불이 흐른다.

그는 제가 사람으로 차마 못할 짓을 하는 것은 잊어버리고 오히려 나의 살아있던 날까지 시기를 함인가. 화자는 또 상춘에게 질투심을 일으키고 놀려 볼 작정인가, 또는 무슨 딴 뜻이 있음인가. 서서히 말을 이어,

"그는 나를 금의옥식에 파묻히게 하였다. 나는 그런 남편을 좋아한다. 언제든지 재산이 많아서 아내의 마음대로 하여 주는 사람이 좋아……."

이 말은 분명히 상춘의 가슴을 뜨끔하게 하였다. 그는 더욱더욱 눈을 부릅뜨고 괘씸한 듯이 화자를 노려보며,

"그럼, 나하고 결혼하기가 싫단 말이지. 내게는 한 푼도 없는 줄 알고 그런 소리를 하는 게지?"

"아모렴 네게는 한 푼 없는 것은 나만 알 뿐 아니라 온 세상이다 알지."

"무엇이 어쩌고, 어째?"

"그리고 누가 너한테 결혼하자고 약속을 하더냐? 너는 그저 애부로 감추어 둘 사람이다. 이 사람이 나의 남편이올시다 하고 세상에 번듯이 내 놀 자격은 없는 사람이다. 남편이라고 내세우자면 세상에서 존경을 받는 사람이라야 한다. 그렇지 않으면 그 아내 된 사람이 기가 날 수가 있겠나?"

한마디 한마디에 상춘의 얼굴이 붉으락푸르락 하는 것을 화자는 본 체 만 체하고 농담 비슷 참말 비슷 매우 가벼운 어조로 말을 잇는다.

"하준이가 죽어서 기쁘다는 것은 내 몸이 자유가 되어서 기쁘단 말이지, 너와 부부가 되므로 기쁘다는 것은 아니야. 대체 남편이라는 것을 정하고 그 몸의 자유를 없이하면 드러내 놓고 그 자유를 찾을 수는 없는 일이라. 하는 수 없이 이혼이라든지 별거라든지 하는 추문의 씨가 되고 마는 것이다. 나는 그것이 싫다. 하준이가 죽은 것을 다행으로 얼마간 내 마음대로 뜻대로 살아볼 터이야."

화자가 또 무슨 말을 하려는 것을 상춘은 벌써 견딜 수 없다는 듯이 미친 듯, 화자를 제 가슴에 바싹 껴안으며,

"지금 와서 그런 소리를 하여도 쓸데없다. 오늘날까지 얼마나 나를 괴롭게 하였느냐? 네가 하준이와 결혼하던 그날 나는 처음으로 너를 보았는데, 그때부터 정신이 쏠려 견딜 수 없었다. 하준을 죽이고라도 내 아내로 삼고 싶었지만, 그러지도 못하고…… 무얼, 이

여자도 얼굴은 천사같이 생겼지만 마음조차 그러하랴. 사람이 낳은 사람의 자식이니 어느 때에라도 무슨 기회든지 있으리라고 마음을 고쳐먹고 겉으로는 될 수 있는 대로 친절하게 굴며, 내 차례가 돌아오기를 기다리고 있었다. 그럴 사이에 어찌해 내 차례가 돌아온 듯하므로…… 그래 혼인한지 석 달이 못 되어 내 마음을 너의 귀에 대고 소곤거리니, 너는 놀라지도 않을 뿐더러 기다리고 있었다 하는 듯이 내 말을 듣고 있었지. 그렇지? 화자, 그리고 보니 네가 나를 유인한 것과 마찬가지다. 말로는 유인을 아니 하여도 어째 이상하게 추파를 건네며, 손을 쥐는 데도 의미 있게 쥐고…… 마침내 나의 원대로 된 지가 벌써 삼년 전이 아니냐. 그 후부터는 하준은 세상에 드러난 겉 남편이요, 나는 세상에 숨은 참 남편으로 매우 쓰린 맛도 보고 못 참을 것을 참았지 않았느냐? 드러내어 놓고 부부가 될 수 있는 지금 와서야 이러니, 저러니 하는 것도 허튼 수작이다. 하준이가 너를 아내로 삼은 것과 같이 나도 너를 아내로 삼아야 되겠다. 네가 하준은 속이었을지언정 나는 속일 수 없다."

이런 말을 하더니 제대로 답하려는 것같이,

"나는 하준의 아내를 빼앗았어도 그것을 잘못이라고도, 가엾다고도 생각지 않는다. 말을 하자면 나보담도 하준이가 잘못이다. 그렇지 아니하랴. 참 말 너를 아내로 삼으려거든 다른 사람이 결코 훔치지 못하도록 주의를 할 것이 아니냐. 그 주의를 섣불리 한 것은 제 잘못이다. 그 사이에 내가 와서 훔치었다손 나를 원망할 수는 없다. 제 소홀을 원망할 뿐이다. 그래 제 것을 주의치 안 하고 남이 도적질하는 대로 내버려두는 그런 알심 없는 남편과, 다른 사람

의 것을 죽을힘을 다하여 빼앗으려는 알뜰한 사나이와 여자에게
어느 편이 고맙겠나? 남에게 죽을힘을 다들이게 하고서 지금 와서
모호한 소리를 한다고 내가 넘어갈 줄 아느냐? 무어라고 하여도
너는 나의 것이다. 결혼을 못 하겠다는 소리도 네 입에서 못 나오
게 할 터이다."

아아, 남의 아내를 훔치는 것은 도적놈의 공이고 죄는 도적맞은
남편에게 있는가? 참으로 기기괴괴한 도리도 있고는 볼 일이다.

〈15〉

상춘의 기괴한 말 한마디 한마디가 적적히 빈 뜰에 울리어 나의
귀에 무서웁게 들린다. 상춘은 마치 화자의 대답이 없는 것조차 시
기하는 것처럼 더 욱 더욱 사나웁게 화자의 몸을 껴안으매, 화자는
그 사나움에 겁이 남인지,

"에구, 좀 놓아요. 나 아파 죽겠다는데도 그래!"

하면서 일어선다.

이때까지도 화자의 가슴에 꽂혔던 그 장미화는 상춘의 손에 부서
짐인지 땅 위에 조각조각 흩어진다. 화자는 그것을 주우려고도 안
하고, 매우 냉랭한 눈으로 상춘을 흘겨본다. '마치 인제 너 같은
것은 쓸데가 없어!'하는 듯 하였다. 나는 잘 알았다. 화자가 이런
짓을 하는 것이 반드시 상춘을 멸시 하는 것이 아니라, 다만 사나
이를 농락하는 한 수단인 줄 알았다. 상춘은 이 수단에 고만 떨어
져 지금까지 노기등등하던 것은 흔적도 없이 사라지고 도리어 제

죄를 용서하여 달라고 애걸복걸하는 얼굴로 급히 화자의 손에 매달리며,

"성낼 것은 무어야, 말을 너무 과히 하여서 잘못되었다. 용서해다오, 용서 해줘. 네가 미워서 그런 것이 아니라 네가 하도 어여쁘니까 이일 저일 이다 걱정이 되고 근심이 된다. 너를 이렇게도 아름답게 만든 것은 조물주의 과실이다. 아니 조물주가 아니라 악마가 갖은 재조를 다 부리어 사람의 간장을 녹이도록 만든 것이다. 네가 조금이라도 나한테 서름서름하게 굴면 나는 참으로 미칠 듯하다. 너로 하여 미쳐서 싫은 소리도 하고, 성도 내는 나같이 다정한 남자를 왜 올리느냐. 하준이라는 장애물이 없어지고 둘이 지금껏 숨겨두었던 애정을 이로부터 마음 놓고 맛볼 이때에 규각이 나서야 되겠니. 자아, 자아, 인제 고만 살짝 돌리려무나."하고, 꿀 보담 더 단 말씨로 달래니 화자도 마음이 꺾였든지 마치 젊은 여왕이 죄 있는 산하를 용서할 때처럼 웃는 얼굴로 상춘의 얼굴을 바라보며 끄는 대로 끌려와, 풍정 있게 상춘의 팔 사이에 몸을 실리며 빨간 입술을 쫑긋거리며 상춘의 키스를 받으려 한다. 아아, 이 광경을 차마 참이라고 생각 할 수는 없었건만, 슬프다 이것이 꿈이 아니고 사실임을 어찌하리. 그들의 들이빨고 내어빠는 키스의 쪽쪽 소리는 한소리 한소리 나의 창자를 끊는 칼 이었다.

이윽고 화자는 고이 얼굴을 들며, 앞이마에 늘어진 머리칼을 쓰다듬어 올 리고 부드러운 목청으로,

"사람이 어쩌면 그래? 그렇게 쉽사리 성을 낸단 말이야. 샘을 내어도 분수가 있지. 아직까지 내 마음을 몰라? 내가 뭐라 하든 세상

의 의리에 끌려 하준의 아내 노릇을 하지마는 마음은 늘 네 곁을 떠난 적이 없다고 하지 않았어? 상춘아, 너는 벌써 잊었니? 저 언제인가 하준은 툇마루에서 책을 읽고, 나와 너는 풍금을 탄 때에 내가 너더러 뭐라 하던?"

"세상에 상춘이같이 사랑스러운 사내는 없다고 했지."

"그것 봐, 그 말만 생각하면 도모지 이러니저러니 할 것이 없지 않아?"

이에 이르러 상춘은 부드럽기가 솜과 같다.

"그는 그래, 그때나 지금이나 네 마음만 안 변하면 무슨 말을 하겠니?"

"왜 마음이 변하겠니? 그때 내가 하준이가 조금도 의심하지 않으니 괜찮지마는 그가 만일 우리 둘 사이를 의심하면 내가 독약을 먹이겠다고 까지 하지 않았니? 마음이 변할 지경이면 그런 말까지 할 리가 있나?"

"그야 그렇지. 그때는 무얼 네 손을 빌릴 것도 없다, 내 홀로 가만히 하준이를 처치하겠다고 하였지."

"그런 사이인데 지금 와서 의심이 무슨 의심이야?"

"그건 그렇지만, 시기 없는 것은 참 사랑이 아니다. 나는 조그마한 일에도 마음이 걸린단다. 내가 땅을 밟으면 발에 스치는 그 흙이 밉다. 내가 부채를 부치면 뺨에 나부끼는 바람이 시기롭다. 그거야말로 알심이 있다는 것이다. 하준 따위는 죽어도 샘이란 것이 없지 않나. 그놈은 너보담도 제 몸을 소중하게 생각하였다. 네 얼굴을 보는 것보담 책 읽기를 좋아하였다. 걸핏하면 너와 나를 집에 두고 저 혼자 산보도 나갔다. 나는 그렇지 않다. 너 보담도 귀한 것이 없으니 이후에 누구라도 나하고 너의 사랑을 다투는 놈이 있으면 그놈의 몸을 칼집처럼 나의 칼을 밑바닥까지 꽂을 것이다."하고 그는 제 질투 많은, 본성을 나타내어, 다시금 눈빛을 번쩍이매, 화자는 그의 어깨에 팔을 얹으며,

"왜 그러냐. 또 성이 났나?"

"그런 게 아니야. 네 마음 변치 않으면 나는 언제든지 네 말을 고분고분 들을 것이다. 그런데 여자는 너무 웃음기가 많다. 밤이슬을 많이 맞는 것이 몸에 해로울 테니 고만 안으로 들어가자."

화자는 그 말을 좇아 상춘과 손을 마주잡고 일어선다. 나는 눈 한번 깜짝이지 않고 연놈들이 일어서는 꼴을 보다가 나중에 나무 숲으로부터 다리를 들어 흰 그림자가 쌍으로 저편 나무 그림자에 깔리어 아니 보일 때까지 그 뒤끝을 노리고 있었다.

⟨16⟩

독자여! 독자여! 나는 쫓아가서 저 짐승 같은 연놈을 잡으려는 생각도 아니나고 그들의 그림자가 아주 없어질 때까지 멀거니 서 있다가, 가만가만히 나무 그늘을 떠나 나왔다. 아아, 나는 이 무엇인가, 인제 이 세상에 아모 소용도 없고, 살아도 사는 보람이 없는 방해물이 될 따름이다. 반가이 맞으며 기쁘게 안아 주려고 하던 상춘과 화자의 방해물이 될 뿐만 아니라, 실로 나에게도 방해가 되는 이 몸이다. 산다 한들 누구를 아내, 누구를 친구, 어디를 가정, 무

엇을 먹을 것인가. 어제까지의 친구도 아내도, 친구가 아니고 아내가 아니다. 우리 집이라도 내가 한번 죽은 이상은 내가 일찍이 만들어 둔 유언서(遺言書)대로 지금은 화자의 물건이다. 그렇다. 선조대대로 물려 나려오던 재산이 모두다 그의 물건이다. 이 집도, 이 뜰도, 이 분수도, 이 나무도 모두 화자의 물건이다. 상춘과 화자의 불의(不義)의 낙을 누리게 할 자본이 되고 말았다. 이것을 도로 찾으려면 재판소에 고소하여 하준은 참말 죽은 것이 아니고, 다시 살아난 것을 증명하고 법률의 힘을 빌려야 될 것이다. 그것은 어렵지도 않은 일 같지마는, 슬프다 나에게는 그만한 증거가 없고 증인이 없다.

내 스스로 큰소리로 나는 백작 하준이로라 한다 한들 이다지도 변한 이 모양을 보고야 누가 하준인 줄 알리오? 재판소도 그 고소를 받지도 않을 것이고, 설령 받아 준다 할지라도 증인으로 제일 먼저 호출될 사람은 화자와 상춘이다. 그들이 비록 마음으로는 나의 살아온 것을 인정한다 할지라도 삼년 동안이나 나를 속이고 나의 명예를 죽이고도 오히려 뉘우칠 줄 모르는 흉물이니 다만 한마디로 나를, 없애버리고 그 재산으로 영구히 자기들의 불의 지락의 자본을 삼으려고 이 백발 귀는 결코 하준이 아니고 그 재산을 빼앗으려는 무서운 악인이라고 버티어 나로 하여금 다시 이 세상에 얼굴도 내어 놓지 못하게 만들 것이다. 아아, 나는 이 세상에 운명도 희망도 다한 사람.

집도 없고, 먹을 것도 없고, 명예도 생명도 없다. 남은 것은 다만 이 원수를 갚고는 말리라는 끌려도 끌 수 없는 불같은 생각뿐이다.

이 세상의 즐거움이 그쳤으니, 보는 것 듣는 것이 도모지 재미도 없고, 취미도 없고, 사랑도 없고, 풍정도 없다. 어제까지 짝이 없던 절경인 이후원도 의연히 나폴리 바다가 보이건만 그 것이 경치 될 것이 무엇이뇨. 나무는 푸르고 달은 밝으며, 바람은 맑고 물은 희다. 이것을 경치라 하는 사람은 원수 갚을 생각이 없는 사람의 할 소리이지 달이 밝든 말든 물이 희든 검든 원수를 갚음에 소용이 없으니 달도, 물도 바람도, 나무도, 나의 마음을 몰라주는 정없는 괴물일 뿐이다.

나는 한갓 복수의 일념으로 벗을 삼고 목숨을 삼는다. 이 일념에 살고 이 일념에 움직인다. 이 생각밖에는 경치도 모르고 세상도 모르고 의리도 인정도 모든 것을 모른다. 원수를 갚는 그 날은 나의 목적이 다한 날이다. 연기처럼 사라지고 봄눈 녹듯 스러져도 원이 없다. 한이 없다. 그 날! 그 날!

그 날까지는 살아야 된다. 그것은 그러하다 한들, 어찌하여야 원수를 갚을꼬? 저녁에 만난 노인은 제 아내를 당장 찔러 죽이고 그 칼을 그놈의 품속에 넣어 두었다 하였다. 아아, 나는 그 노인보담도 못한가. 지금 간부가 나를 욕함을 듣기도 하고, 보기도 하였거늘 그 연놈을 죽이지 못하고 무사히 돌려보내며, 헛되이 기회를 놓쳤도다. 아니, 아니, 그런 것이 아니다. 나의 복수는 다만 간부를 죽임과 같은 세간에 항용 쓰는 방법에 그칠 것 이 아니다. 상춘과 화자는 항용 간부가 아니다. 나를 모욕함이 보통의 모욕이 아니다, 눈을 빼거든 같이 눈을 빼고, 손을 끊거든 같이 손을 끊고 목숨을 빼앗거든 같이 목숨을 빼앗음이 옛날부터 원수를 갚는 대경대법이니, 그 원수 갚는 방법이 한갓 저편의 하는 데에 달리었다. 내가 그들에게 받은 고통은 다한 목숨을 빼앗음과 같은 평범한 고통이 아니었다. 그들을 죽일 것은 물론이거니와 죽인 후에도 오히려 막대한 고통을 주어야 되겠다.

그들을 절망의 깊은 바다에 떨어트리어 경치를 보고도 경치를 모르고, 희망도 운명도 다 없고 차츰 차츰 실낱같은 벗어날 길도 없어 죽게 될 때까지 괴롭게 하여야 한다. 이렇게 안 하고는 참말 원수를 갚았다고는 말할 수 없다. 목숨을 빼앗는 것보다는 먼저 마음을 괴롭게 하리라. 마음을 괴롭게 하는 것보다는 먼저 혼을 괴롭게 하리라. 괴롭게 하고 괴롭게 하여 고통에 고통을 더 하다가 끝끝내 죽고 말게 하리라.

독자여! 이탈리아 사람은 한 번 결심한 것은 기어이 해내고야 마는 성질이다. 그 중에도 나는 더욱이 그러하다 하겠다. 웃거든 웃어라. 나와 같은 모욕을 당하고 이렇게 마음을 아니 먹는 사람은 사람이 아니다. 사람은 사람이라 할지라도 정이 없는 사람이라. 나는 무정한 사람에게 보이려고 이것을 적는 것이 아니다. 나의 마음을 알아 줄만한 정이 없는 독자는 이 뒤를 읽지 말지어다. 나의 원수를 갚으려는 그 마음과 그 뜻은 다만 나와 마음 같은 이라야 알 것인 까닭이다.

나는 굉장한 복수를 해 보려고 한다. 당장 쫓아가서 그들을 죽임이 어렵지 않지마는 지금 죽이지 않으리라. 살인범죄자란 이름을 들으면 우리의 가성(家聲)을 더럽히는 것이다. 많은 독자 가운데 다만 한 사람이라도 나의 마음을 알고 혁혁한 백작가의 남아 하나가 이렇게도 깊이 생각하고 이렇게도 견딜성이 있고 이렇게도 깔축없이 원수를 갚았구나, 할 것 같으면 나는 죽어도 한이 없다. 나는 비상한 모욕을 받은 까닭에 비상한 원수 갚는 계책을 꾸미고자 한다.

나는 밤이 이토록 후원나무 그늘에 배회하며 이럴까 저럴까 뇌를 짜보았지마는 그럴 듯한 수단이 얼른 생각이 아니 난다. 하느님이 만약 나의 참혹 한 복수를 미워하실 지면 나는 하느님을 버리고 악마에게 기도를 올리리라.

악마여 악마여, 너의 가장 혹독한 마음으로 너의 가장 흉측한 지혜로 이 세 상의 악한 사람이나 착한 사람이나 한번 그 말을 들으면 모두 몸서리가 칠 제일 무서운 복수 법을 나에게 가르쳐 다오. 나는 이 원수나 갚고 보면 이 세상에는 아모 희망이 없으니 몸으로 너의 은혜를 갚으리라. 이 살을 뜯어 먹고 싶거든 먹어라. 영구히 나를 마도에 떨어트려서 벗어날 길이 없는 아 귀를 만들어 부릴 대로 부려라. 나는 이 원수를 갚기만 하면 그 뒤에는 어떻게 되든지 슬퍼하지 않노라. 독자여! 나는 마음속으로 이런 말을 중얼거리고 있을 즈음에 문득 방략 하나가 가슴에 떠오른다. 그것은 매우 행하기 가 어려운 것이지마는 그것이 아니고는 철저하게 이 원수를 갚을 수 없다.

아무리 어렵다 한들 복수밖에는 다른 목적이 없는 이 몸이다. 못할 것이 무엇이랴. 그것을 위함에는 물에라도 뛰어들고, 불에도 뛰어들리라. 또다시 산 채로 파묻히는 고통이라도 마다 아니하리라…… 아무리 아프고 쓰라린다 한들 이 원수를 아니 갚고 참는 그 고통보담도 더 아프고 쓰릴 것은 없을 것이다. 나는 이 결심이 풀어져서는 안 되리라 생각하고 화자의 가슴에서 떨어진 그 장미화를 주워 주머니 속에 넣은 후 가만히 그곳을 떠나 밖으로 나왔었다.

이로부터 나는 복수의 악마이다. 나의 살은 강철이고 나의 피는 독약이다.

강철로는 간부의 몸을 동여매어 움직이지도 달아나지도 못하게 할 것이며, 독약은 한 방울 한 방울 그들의 입에 떨어져 차츰차츰 간과 창자를 썩게 하여 찢기어 죽는 것보담도 더 무서운 고통을 맛보게 하리라.

〈17〉

독자여! 이 원수를 갚으려면 막대한 운동을 하여야 되고 또 많은 세월을 허비하여야 된다. 우리 집 재산은 남의 것같이 되었지마는 다행히 저 무덤굴속에 해적 '칼메로내리'의 산더미 같은 재물이 있는 줄 안다. 여간한 일일 것 같으면 도적놈의 재물을 손에 대기 싫지마는 나는 이 원수를 갚기 위하여 의리도 도덕도 염치도 코치도 모두 잊어버리고 다만 이 원수를 갚는 데 도움이 된다 하면 아무리 싫은 일이라도 마다 아니하는 이 몸이니, 도적놈의 것이라고 남의 것이라고 의리를 찾고 염치를 차릴 것이 무엇이랴. 아 마도 하느님이나 악마가 그것을 나에게 지시하였음이라. 나는 그의 재물로 잠깐이든지 이행하여 충분한 준비를 하여 가지고 돌아오리라.

이것이 지금 내가 행할 다만 하나의 길이다.

　이렇게 결심을 하고 그 이튿날 몇 가지 기구를 사 가지고 그 무덤굴속에 들어갔었다. 붉은 단도의 부호가 붙은 그 큰 관은 어젯밤에 내가 본 그대로 남아있고 수없는 보물은 내가 내기를 기다리는 듯하였다. 나는 그 가운데서 쓰기 좋은 지폐와 은화만 집어내어도, 어부가 가지는 큰 가방에 가득 차고도 오히려 만분의 사분지일밖에 더 넣을 수 없다. 어쨌든 많을수록 더욱 좋기는 좋지마는 조금 귀찮으므로 십 원짜리 백 원짜리 천 원짜리만 집어내어 가 방이 터지도록 눌러가며 넣었다. 한 오십 만원이나 될는지 자세한 수도 알 수 없다. 그 위에 우선 쓸 여비로 잔전 몇 백 원을 왼편 오른쪽 주머니에 꽉 꽉 쑤셔 넣고, 또 혹 쓸 곳이 있을까 하고 주옥보석 가운데서 제일 좋은 것만 넣은 한 봉지를 지어내었다. 이것만 있으면 무슨 일이라도 뜻대로 되리라고 스스로 고개를 끄덕인 뒤 남은 것을 모두 그 관 속에 집어넣고 그 전대로 그 뚜껑을 덮었다. 그리고 해적이 검사하러 오더라도 겉으로 보고는 알 수 없도록 그 뚜껑을 본래대로 못을 박아 두었다. 그 속에서 한 다섯 시 간이나 허비하고 밖으로 나왔다. 그 출입구도 나에게는 이 위에 없는 중요 한 것이니 남의 눈에 띄어서는 큰일이다. 이것도 해적 이외는 아무도 모르도록 잘 막아둔 후 또 다시 원수 갚을 방략을 머리 가운데서 생각하면서 그 곳을 떠났었다.

　이로부터 향하여 갈 데가 어디인가, 꼭 어디라고 지정해 갈 곳은 없다. 다 만 얼마 동안 이 땅에서 남에게 보이지 않는 것이 필요한 일이니 배 떠나는 대로 아모 데나 떠나가리라. 여비는 걱정할 것이 없으니, 깊이 생각할 것이 없다. 먼저 해안에 와서 이리 저리 살펴볼 즈음에 떠나가는 배, 들어오는 배 많은 가운데 가장 사람의 눈에 띄지 않은 작은 풍범선 하나가 있다. 지금 곧 돛을 달고 출발하는 모양이다. 선장에게 소리치며 어디로 가는 것임을 물으니 '파렐모'로 간다 한다. 좀 태워 달라니까, 짐만 싣고 손님을 태우는 배가 아닌지라, 따라서 객실의 설비가 없다 한다. 나에게는 그것이 더욱 좋았다. 짐만 싣고 사람을 태우지 않는다 하니 다른 사람은 아무도 없을 것이다. 남의 눈에 띄기를 꺼리는 나에게는 그것이 어째 더욱 좋지 않으리요. 객실이 없으니 불편한 점이 없지 않을 것이로되, 나는 벌써 제 몸의 편 하고 편치 않음을 돌아볼 처지가 못 되는 사람이다. 이 원수를 갚음에는 여 하한 곤란이라도 사양치 않을 지며, 이 원수를 갚음에 조금이라도 방편이 되는 것이면 어느 것을 물론하고 다 좋아한다. 이 배야말로 남의 이목을 꺼리는 나의 은신할 만한 곳이다. 나는 많은 선가를 내어 선장의 승낙을 받아 그 배에 올라탔었다. 이것이 나의 원수를 갚는 첫걸음이었다.

그 배는 얼마 안 되어 출범을 하였다. 다행히 파도도 일지 않고 또 순풍을 만난 지라, 그 가는 것이 닫는 살과 같았다. 너무 일이 없으니 선장도 심심해 못 견딤인지 담배합을 가지고 내 앞으로 왔다.

"영감, 한 개 붙이시지요."

나는 억지로 수부의 사나운 어조를 지으며,

"영감이 무엇이오? 응 선장, 다 같이 물에 사는 우리가 아니오? 여보게 저보게 하세그려."하고 어디까지 수부인 척하매, 그는 더욱

공경하는 태도로,

"영감, 왜 이러십니까? 어려서부터 배를 뜯어 먹고 사는 놈이 진짜 산호 캐는 어부와 모양을 변한 신사를 몰라보겠습니까?"

그러면 나의 변한 모양에는 오히려 남을 속이지 못할 점이 남았는가, 나는 깜짝 놀라 말할 바를 알지 못하고 하염없이 그의 얼굴만 쳐다볼 뿐이었다. 그는 재미스러운 듯이 웃으며,

"첫째로 영감의 손을 보면 참말 어부가 아닌 것을 알 수가 있습니다. 어 부의 손치고 이렇게 희고 고운 손은 없습니다."

하고, 가만히 나의 손을 잡아든다.

나는 그러는 것을 뗄치지도 안 하고 나의 손을 보니 과연 어부의 손은 아니 어제는 몹쓸 병 뒤에. 시들고 말라보이더니, 오늘은 그것이 얼마간 피 이어 거의 이전 하준의 손과 비슷하게 되었다. 그는 또 다시 말을 이어,

"영감이 이 배에 타실 때부터 참말 어부가 아닌 것을 짐작하였습니다. 산호를 캐는 것이 매우 돈이 생기는 일이지마는 그것을 캐는 사람은 다 가난 합니다. 캐러 갈 적에는 아모 배에나 선가 없이 타고 돌아올 적에 그 선가에 상당한 산호 가지를 주는 법입니다. 영감처럼 '선장, 제발 좀 태워 달 라'고 부탁을 하시고 내가 거절을 하니까 막대한 선가를 주는 그런 산호 캐는 어부가 어디 있습니까?"

나는 무엇이라고 변명할 말이 없어서, 얼굴만 붉히고 머뭇머뭇하고 있으니 그가 딱하게 여겼음인지 선장은,

"선장 노릇을 하고 있으면 모양을 변한 신사와 귀부인을 태우는

일이 가끔 있습니다. 영감의 신분은 알 수 없습니다마는 어부의 복색을 차리실 때는 필연코 무슨 그만한 곡절이 있겠지요. 그러니 저는 그저 이 다음에 무슨 일이 있거든 저를 부리시기만 바랄 뿐입니다. 나포환(羅浦丸) 선장을 찾으시기만 하면 어느 때든지 시키시는 대로 하겠습니다. 나중에 경찰에서나 그 외의 사람이 나서 혹 이러이러한 모양으로 변한 신사를 태운 일이 있느냐고 물어도 당초에 그런 사람을 태운 일이 없다고 보기 좋게 변명해 드릴터이니."

하는 그 마음씨나 그 얼굴이 조금도 악의가 있어 그러는 것이 아니고 은근히 친절한 데서 나오는 것 같았다. 나는 겨우 안심을 하고 사례를 하며 그 담배를 받아 피워보니, 괴이하다. 이 담배는 내가 일찍이 '아바나'로부터 주문해 오는 특별 최상품과 같은 것이었다. 물론 이런 뱃사공이 먹을 것이 아니므로 그 출처를 물어보니, 그는 마치 멀리 떠나있는 육지 사람에게 들리기 싫어하는 듯이 사방을 두리번두리번 살펴보며 소리를 낮추어,

"영감이니까 이런 말씀을 합니다. 이것을 해적왕 '칼메로내리'에게 얻은 것입니다. 이 넓은 이탈리아 안에 이 담배를 먹는 이는 '내리'나 하 백작이나 조정의 대신이고 그 외에는 없답디다."

나는 이 말을 듣고 매우 기이하게 여겼노라. 나의 주머니에 가방에 가득한 재물도 이 '칼메로내리'의 것이어늘, 지금 또 그의 담배를 내가 먹으니 그와 나는 무슨 속세의 인연이 이다지도 깊은가. 내 스스로 얼굴빛이 변하는 듯함을 간신히 제어하며,

"그렇겠지, 언제인가 파리에서 이런 담배를 한 대 먹어 본 법하오

마는 그 후에는 이런 담배를 피워본 일이 없소. 그런데 '칼메로내리'의 담배를 어찌하여 선장이 가졌소?"

"얻었지요."

"오오, 그러면 그 해적을 아시오?"

"알아요, 지중해의 사공치고 '내리'를 모르는 사람은 하나도 없지요.

누구랄 것 없이 다 '내리'의 뇌물을 다소간 받았습니다. 그래서 그가 지중해를 자유자재로 돌아다니고 경찰이 아무리 엄중하여도 잡히지 않는 것입니다. 어느 배의 선장치고 '내리'가 비밀히 태워 달라 하면 결코 안 된다는 소리를 못합니다."

나는 부지불식간에 감탄 비스름하게,

"오오, '내리'가 그렇게 훌륭한가요?"

"세계에 이렇다는 해적이니까, 그야 훌륭하지요. 해도 그도 인제는 운이 다한가 보아요. 작년에 제가 탄 배까지 경관에게 빼앗기고, 지금은 곳곳마다 경계선이 늘었으니까, 지금쯤 벌써 잡히었는지도 모르지요."

"흐응, 그래도 그런 대적이라 용하게 경찰의 눈을 피해서 어느 섬에 숨어 있겠지."

"아니 그렇지 않아요. 지중해 어는 섬치고 경비 없는 곳이 없어 바다가 육지 보담 더 위험해요. 그래서 금년 봄부터 육지에만 숨어 있습니다. 해적이 육지에 있으면 물을 떠난 고기 격으로 아무리 퍼덕거려도 못 달아나지요."

"한데 선장은 '내리'의 일을 자세하게 아오 그려."

"그렇게 잘은 몰라요. 저어 그저 말입니다. 내가 '게타'항에 배를 매고 있으려니까, 밤 새로 두 점이나 되어 어떤 무서운 텁석부리가 와서 '탤미니'까지 가자하면서 막대한 선가를 줍디다. 그 사람이 곧 '내리'이었습니다. 나는 곧 그자 말대로 하였는데, 그는 인제 '탤미니'밖에 달아날 곳이 없다 하며 그 아내 춘희라는 미인을 데리고 왔습니다."

나는 '내리'의 말을 들을 필요가 없건마는, 웬일인지 그것이 알고 싶어 서 미주알고주알 파물었다.

"흐응, '내리'가 미인을 데리고요?"

"그런 미인은 처음 보았어요. 참 일색이었습니다."

나는 일분일각에도 마음에 잊히지 않는 화자와 없는 비교를 하며,
"그런 미인이 어찌 '내리'와 같은 흉악한 사람을 따르더람? 용하게 '내리'의 눈을 속여 가며 그 수하의 미남자와 붙어 다니는 게지."
라고, 웃으며 물음은 내 몸의 불행에서 나온 어리석은 소리라 할까. 선장은 나의 묻는 말에 어이없는 얼굴을 지으며,

"그런 짓을 하면 '내리'가 당장 죽여 버릴 겁니다. 춘희는 기막히게 절 조 굳은 여자입니다."

나는 냉소하는 어조로,
"절조 굳다 하는 여자같이 믿을 수 없는 것은 없지. 겉으로는 절조가 굳어도 속으로는 음행을 하는 계집이 많으니까." 하였다.

선장은 열심히,
"그래도 춘희는 결단코 그렇지 않아요. 그야말로 안팎으로 일색입니다. 요 앞에 있었던 일인데 '내리'의 부하에 유명한 미남자가 있

었습니다. 그 자가 춘희에게 춤을 삼켰답니다. '내리'의 없는 틈을 타 가지고 무어라고 한 마디 춘희의 귀에 대고 소곤거렸답니다. 그러니깐 춘희는 대답도 안 하고 '내리'로부터 얻어두었던 칼을 들어 나의 마음은 이렇다 하고 그놈의 가슴을 찔렀답니다. 해서 그놈은 아주 죽지는 안 하고 반생반사로 있을 즈음에 '내리'가 돌아와서 그 사연을 듣고 그놈을 갈가리 찢어 죽인 일이 있었답니다. 영감, 사나운 곰 같은 무서운 얼굴 해 가지고 또 도적질하는 악인에게 절조 굳은 아내가 있는 것이 참 이상하지 않습니까? 게다가 그 여자는 귀족의 부인 노릇이라도 할 만한 미인이겠지요. 해적의 아내로 두기는 참 아까운 인물입니다. 그렇게 절조가 굳길래 '내리'가 아내를 삼고 있지, 아무리 어여쁘더라도 행실이 부정하면 아내를 삼을 수 없지요. 남자치고 아내에게 속아서야 어찌 참겠습니까? 더구나 '내리'는 성질이 팔팔한 터라 조금이라도 이상한 눈치가 보이면 벌써 죽여 버렸겠지요."

아아, 천지간에 용납지 못할 해적도 그의 아내에게는 참된 사랑을 받거늘, 나, 하준은 무슨 까닭으로 친구와 아내에게 속아 살아도 사는 보람이 없는 불쌍한 신세가 되었는가. 나는 눈물이 나서 아침을 어찌할 수 없었다.

〈18〉

　그 이튿날 오후 여섯시 가량 되어 배는 무사히 '파렐모'에 닿았다. 선장 과 작별할 제 그도 나를 밉지 않게 보았는지,

　"영감의 일이라면 이후일지라도 묻지 않고 보아드리겠습니다. 그런데 영감의 존함이 무엇이지요?"

　하고 먼저 명함 한 장을 내어준다. 그 명함에는 '나포선장(羅浦船長) 우충해(禹冲海)'라고 쓰이었었다. 나도 나의 이름을 이르되,

　"나는 백작 오세환(吳世煥)이라는 사람이오."라 했다.

　나는 물론 모양을 변하고 이 원수를 갚을 터이니 하준이란 본명을 쓸 수 없다 라든지. ○○ 변명(變名)을 하여야 된다. 나는 어젯밤부터 그것을 궁리 해 보았었다. 우리 어머니의 일가 편에 오세환이라는 가난한 귀족이 있었는데 그이는 다만 백작이란 빈 이름만 가졌을 뿐이고 집도 없고 장가도 들지 못하고 노름을 하여 간신히 입에 풀칠을 하고 지내다가 내가 팔구 세일 때에 돈을 좀 모아 보겠다는 결심으로 분연히 인도로 향하였다. 그런 후 망연히 서로 소식을 모르다가 몇 해 후에 인도의 해변에서 빠져 죽었다고 그곳의 영사관에서 나에게 통지가 왔으나 본래 일가친척이 없는 사람이라 그 통지를 받은 사람은 나 하나밖에 없고 또 세상에서는 그의 안부를 근심하는 이도 없었다. 오세환이란 이름은 벌써 아모의 기억에도 남아 있지 아니하였다. 그이의 이름을 그냥 쓴다 한들 무슨 방해가 없을 것이다. 그러므로 나는 어젯밤에 그리 하기로 작정하였었다. 그래서 선장의 물음에 서슴지 않고 곧 오세환이란 대답하였음이다.

선장을 작별하고 '파렐모'에 상륙하자, 첫째로 그 곳의 양복점에 가서 신사의 입을 만한 지어둔 옷을 사 입고 또 궁사 극치한 옷 몇 벌을 맞추어 두고, 그곳에서 첫손가락을 꼽는 여관을 찾아 투숙하며 보이에게도 돈을 함부로 주어, 요사이 인도에서 돌아온 큰 재산가의 귀족인 척하였다. 그리고 이튿날 은행에 가서 그 돈을 맡기니 두취(頭取)도 처음에는 그 금액의 과대함을 괴이히 여기다가, 내가 그럴듯하게 인도의 형편을 말하고 또 가지고 있던 보석 중으로 훌륭한 것을 찾아내어 선사하니, 의심이 고만 풀어지고 이후의 교제를 바란다 하며 나를 잘 대우하였었다.

인제 나의 할 일은 다만 모양을 함빡 변하여 어느 사람이라도 이것이 하준의 변형이라고 알아볼 수 없이 할 것뿐이다. 물론 하준은 죽었으니, 비록 내가 이전 모양으로 있으면서도 하준이가 아니라고 버팀이 어렵지 않지마는 나는 나의 아내와 나의 친구를 속여야 했다. 그들의 마음에 조금이라도 의심을 일으켜서는 애망갈망 쓴 계책이 물거품으로 돌아갈 염려가 있다. 이 계획은 기실 나의 머리가 희게 되고 나의 모양이 변한 데서 생각난 것이지 마는 나는 이만한 변형으로 안심할 수 없다. 이 위에 더욱 변해야 된다. 지금까지의 코밑에 있는 여덟팔자수염도 머리털과 같이 세어졌으며, 또 턱수염이나 구레나룻도 모두 희게 되었다.

다만 한할 것은 나의 얼굴이다. 무덤 굴을 나올 그 당시에는 살이란 살은 다 떨어지고 두개골이 쑥 나왔으며 눈도 움푹 들어갔던 것이 하루 이틀 지낼수록 병들었던 사람이 회복되는 것 모양으로 뺨에 살이 붙고 눈도 나오고 해서, 어찌어찌 전일의 하준이 같이 보이게 되었다.

그렇기는 하여도 머리도 희고 수염도 희기 때문에 알아보기가 어렵지만, 눈만은 어찌할 수가 없다. 눈알이 크고도 애교가 있으며 검고도 맑은 것은 우리 선조 대대로 닮아 나려오는 눈이니, 나의 아버지도 그러하였고, 나도 또한 그러하다. 상춘과 화자가 이것을 보면 고만 나의 눈인 줄 알 것이다.

이것을 용하게 숨기지 않고는 마침내 그들에게 의심을 일으킬는지도 모른다. 어찌하여 이 눈을 숨길꼬? 그것은 그리 어렵지 아니하다. 인도의 뜨거운 볕에 쏘이어 안질이 나서 해를 못 본다고 핑계하고 검은 안경을 쓰고 있으면 그뿐이다. 이런 생각을 하고 나는 넉넉히 눈을 가릴 수 있는 크고 검은 안경을 만들었다. 그것을 쓰고 거울을 보니 이것이면 충분하다. 얼굴 빛은 혈기 왕성한 남자이었지마는 머리와 수염은 칠십 이상의 노인이다. 그 중간을 뛰어 오십오륙 세 가량은 아모라도 볼 것이다. 근력 좋은 노인이라고 여길 것이다. 그렇게만 보이면 내가 스스로 하준이라 할지라도 안경을 벗지 않으면 아모라도 참말로 여기지 않을 것이다. 나는 이 흑안경에 만족하고 또 변한 모양에 만족하였다.

이것으로 형용만은 달라졌지마는 나는 이 위에 음성이고 말씨이고, 모든 행동까지라도 다소간은 변하지 않으면 아니 된다. 모든 이탈리아 사람은 희로를 얼굴에 나타내기 쉽다. 즐거울 때는 두 손뼉을 마주 치며 기뻐하고 슬플때는 소리를 내어 우는 등 그 정을 나타냄이 너무 과하다. 그리하고 싶어 서 그러는 것이 아니라 그 나라의 기후와 산천을 따라 그 민족성이 그렇게 된 것이다. 그 중에도 나는 모든 정이 남보담 심한 편이다. 그래도 원수를 갚고자 하는 사람이 그리 하여서는 아니 된다. 마음에는 아무리 슬픈 일이라도 겉으로는 허허 웃어버리고 가슴에는 분노의 불덩이가 끓는데도 얼굴에는 냉담한 빛이 돌아야 된다. 아무리 나의 모양이 아주 변하였다 할지라도 모 든 버릇 모든 행동이 옛날 하준의 그대로 남아 있으면 도저히 이 목적은 달 할 수가 없는 것이다. 무엇보담도 더욱 교묘하게 나는 나의 버릇을 고쳐야 된다. 이것이 극난한 일이다.

다행히 내가 숙박한 여관에는 세계에서 제일 냉담한 국민이라는 평판을 듣는 영국의 신사가 있었다. 이 사람이야말로 나에게는 참 좋은 모범이다. 그 이는 이층 위에서 '파렐모'해변의 정경을 바라볼지라도, 에이 성가셔, 하는 얼굴로 한 점의 웃음도 띠우지 않고 탄상하는 법도 보이지 아니하며 식 당에 들어가더라도 기계 모양으로 후덕후덕거려 가고 밥 먹을 때에 입을 벌이기는 하여도 그 앞 이빨은 보인 일이 없다. 보이를 불러도 나 같으면 '여보 여보!'라고 상냥하게 전제(前提)를 두고 부를 것이로되 그이는 그것 저것 없이 다만 '보이!'라 하였다. 게다가 아모 빛깔 없는 소리로 마치 황소의 울음소리와 같이 보채는 아이의 울음도 멈추려니와 웃는 어른의 웃음도 끊어지게 한다.

나는 서는 것 앉는 것을 모다 그 사람의 하는 대로 하며 지금까지의 속히 하던 말을 될 수 있는 대로 쉬엄여엄 되게 하여 청아하고 살살한 목청을 될 수 있는 대로 굵고 탁한 목소리로 변하게 하였다. 이것이 그리 쉬운 일은 아니다. 무얼 그까짓 것 한 일주일만 공부를 하면 되겠지 한 것이 열흘을 지나고 스무날을 지나고 한 달을 지나도 오히려 마음대로 되지 않는다. 한 달 반이나 걸려 고심 공부한 결과에 겨우 흉내를 내게 되었다. 물론 이것은 겉만 변한 것이 아니다. 사실 나의 마음은 한번 죽었다가 다시 살아난 때문에 마치 얼어붙은 물과 같이 본래의 성질과는 아주 달라졌음이리라. 그릇 대로 담기던 연하고 무른 자질이 엄연히 움직일 수 없도록 변해졌으니 이 어찌 남의 본만 떠서 능히 할 바리요. 얼마간은 저절로 변한 것일 것이다.

그 때는 내가 스스로 놀랠 지경이었다. 놀랠 만한 일을 들어도 놀래지 아니 하고,

"무얼 그래, 그 까짓것,"이라고 먼저 마음으로 어찌된 일인 것을 짐작한 후에 유유히 그리로 돌아보게 되었다. 처음에는 '영감, 영감!'하고 보이들이 따르더니,

"저런 퉁명스러운 손님은 없어."

라고 비방을 듣기까지 되었다. 이 모양으로'나폴리'에 돌아갈지라도 나는 온전히 다른 사람이 될 것이다.

〈19〉

나는 모양도 변하고 음성도 변하고 행동조차 변하였다. 인제 나의 고향 '나폴리'에 돌아갈 때가 되었다. 그러나 돌아가기 전에 미리 무슨 통지를 하여 두는 것이 긴요한지라, 어찌하면 좋을까 하고 생각하곤 그래 먼저 '나폴리'부에 세력 있는 교제신문의 주필에게 그

럴듯하게 꾸미어 나의 이력을 대강 말하고 또 돈 오십 원을 넣어서 나를 위하여 몇 줄 잡보를 내어 달라는 편지를 띄웠었다. 그 잡보는 아래와 같더라.

지금부터 이십년 전에 오세환이라는 백작이 있던 것은 그 당시의 귀족명감을 볼 것도 없이 지금도 오히려 교제사회에 기억하는 이가 있을 것이다. 아마 일천 팔백 오십년 경인 듯싶다. 그 백작은 정들은 교제장리(交際場裡)를 벗어나서 상업에 몸을 던지려고 멀리 멀리 인도를 바라보고 출발하였는데, 그 후 소식이 돈절하여 혹은 죽었는가 하는 풍설도 있었으나 워낙 복력이 많은 백작은 몇 번을 사지에 들어가며 가난을 무릅쓰고 신고와 싸우면서 마침내 놀랠 만한 재산을 모았다. 그 남은 해를 즐거이 보내려고 요사이 인도로부터 돌아왔다. 지금은 당지의 악역을 두려워하여 '파렐모'에 체재하는 중이로되 얼마 후 당지로 돌아와 길이 머물 작정이라 하니 아는 이 모르는 이 할 것 없이 교제사회의 신사숙녀는 두 손을 높이 들어 백작을 환영할 줄 안다. 여하간 우리 교제사회에 이런 귀족 한 분을 더함은 참으로 하례할 바이라 하겠다.

나는 이다지 스스로 자랑하여 적지를 아니하였거늘 기자의 붓끝으로 떠벌인 줄 알았었다. 그리고 그 기자는 이 잡보가 게재된 신문 두 장과 또 간절한 인사편지를 나에게 보내었는데 다만 그 돈 오십 원은 받았다 하는 말이 없었지마는 나는 '나폴리'부의 신문 기자의 풍습을 안다. 엄숙한 영국 신문 기자와 달라 이런 뇌물을 아니, 보수를 아모 말없이 받는 것이 일정한 장정이다. 그 봉급은 중등 관리보담도 적고 그 지위는 고등 관리보담도 높은 것을 생각할진대 이런 짓을 아니 하면 견디어갈 수 없는 내평일 것이다.

영국 기자 같으면 오십 원을 백갑절하야 오천 원이나 주어야 대강 기록해 줄 것이다. 동양기자는 겨우 돈 오원만 주어도 붓을 굽힌다는 말을 들었다. 그 잡보는 뜻밖에 효과가 비상하였다. 이탈리아 모든 신문지는 모다 그것을 초하여 보도하고 또 교제가 중에는 벌써 나에게 초대장 같은 편지를 보내는 이도 있었다. 나는 단련한 보람이 있어 그런 편지에 놀라지도 안 하고 웃지도 아니 하고 가장 항용 있는 일같이 무심하게 알고 무심하게 내어버리며 차근차근히 '나폴리'에 돌아갈 준비를 하고 있었는데, 이해 동짓달 중순에는 유행병이 온전히 정식되고 모든 것이 전과 같이 된 것을 들었으므로 내월쯤 해서 떠나려 할 즈음에 석반이 준비되었다고 알리러 온 보이가 무엇에 매우 놀란 모양으로,

"영감, 영감, 큰일이 났습니다."라고 부르짖는다. 나는 냉랭하게 돌아보며,

"무엇을 그래, 큰일이 무슨 일이야? 시실리 도(島)가 분화에 덮치었느냐?"

"아니오, 요 앞 공원에서 대적이 잡혔어요."

"도적이 잡히는 것이 당연한 일이지."

"도적도 여간 도적이 아니야요. 며칠 전부터 경찰서에서 찾고 있는 '칼메로내리'가 잡혔습니다. 어서 가 보세요."

하고는 뛰어나간다.

옛날 하준이 같으면 '칼메로내리'의 잡혔다는 말을 듣기가 무섭게 천방지축으로 뛰어가 볼 것이로되 오늘날 하준은 여간 냉랭한 사

람이 아니다.

용이히 놀래거나 떠들지 아니한다. 보이가 뛰어나간 뒤 유유히 생
각해 보니 저 해적왕은 나에게 이 위에 없는 은인이다. 나의 목숨
이 구해진 것도 그이때문이며, 원수 갚는 데 쓰는 운동비도 그가
준 것이다. 비록 멀리서라도 한번 그의 얼굴을 보고 마음 그윽이
그 은혜를 사례치 아니할 것 같으면 너무 그의 은혜를 저버림이며
나의 도리에도 차마 못할 바이니 어쨌든지 그가 잡힌 곳까지 가서
나 보리라 하고 모자를 쓰고 밖에 나오니 '내리'가 잡혔다는 소문
이 벌써 이 근처에 퍼짐인지 공원으로 통하는 길로 달려가는 사람
이 구름 같다. 나는 급히 걷지도 안 하고 '무엇을 야단이야.'하는
태도로 서서히 걸어 공원에 다다르니 한 백 명 가까운 사람이 모
인 가운데 우뚝하게 드러난 큰 사나이는 곧 '내리'일 것이다. 과연
전일 나포환 선장에게 들은 바와 같이 온 얼굴이 검은 털에 싸이
었고 날카로운 눈망울이 시커먼 눈썹 밑에서 반짝인다. 저러한 흉
악한 사람에게도 참사랑을 바치는 춘희라는 미인이 있거든 무슨
일로 나에게는 절조 있는 아내가 없었던가. 스스로 괴이함을 마지
아니하였다.

'내리'의 오른편 왼편에는 칼을 빼어든 헌병 둘이 서 있고 또 이
곳저곳에 몇 사람 순사가, 경비를 하고 있다. '내리'는 기색이 태연
하게 뭇사람을 두런두런 살펴보더니 웬일인지 그가 나를 보자마자,
이상하게 그의 눈이 번쩍이며, 마치 나의 폐간을 꿰뚫듯이 나의 얼
굴을 본다. 나는 의심스럽기도 하고 또 겁도 나서 견딜 수 없었다.
지금까지 한 번도 그를 본 일이 없으니 그가 나의 얼굴을 알 리가

없거늘 무슨 까닭으로 그는 뭇사람 가운데 홀로 나의 얼굴에만 시선을 붙는가. 나는 괴이하여 그 연유를 알 길이 없는 차 그는 오히려 나의 얼굴에 눈을 박고 몹시 높은 소리로,

"오오. 너의 모양은 참으로 잘도 변했것다. 나도 알아볼 수가 없으니."이라고 부르짖는다. 무슨 일에라도 놀래지 않으리라고 결심한 나이었건마는 이 말을 듣고는 머리 위로부터 냉수를 붓는 듯이 몸과 마음이 으쓱하여졌다.

너라 함은 누구를 가리킴인가, 묻지 않아도 나를 이름이다. 그래도 이 줄을 아는 사람은 다만 나뿐임인지 뭇사람은 끼리끼리,

"누구를 말인가, 누구야?"

하고 서로 묻는다. 그럴 사이에 헌병 하나가 곧 '내리'의 어깨를 잡으며,

"너는 누구한테 그런 말을 하느냐?"

라고 힐문하매 '내리'는 그제야 나의 얼굴에서 눈을 돌리며 하늘을 우러러 껄껄 웃는다.

"무얼 너 말이야 ……. 너같이 나도 용하게 모양을 변했던들 잡히지 않을 것을, 지금 되어서는 할 수가 없어. 그러나 너는 인제 근심이 없다. 딴 놈 들이 멀쭝게 외국으로 달아나 버렸으니, 너는 내 뒤나 조상을 하여 다오."라고 소리를 지른다.

나는 더욱더욱 간담이 서늘하였다. 이 말을 들추어 보면 그는 내가 하준인 줄도 알고 또 그의 재물을 훔친 줄도 아는 듯하였다. 그는 어떻게 하여 그것을 알았을까, 나는 곰곰이 생각하다가 문득 깨달음이 있었다. 알았다, 알았다. 나의 '넥타이'에 꽂은 핀 머리는 그의 야광주이다. 나는 인도로부터 돌아온 큰 재산가의 모양을 꾸미려고 그의 보물로 벌써 치장 품을 만들어 그 중 제일 좋을 것을 '넥타이'에 꽂아 두었었다. '내리'가 이것을 보고 제 물건인 줄 알았고, 나를 제 수하의 한 사람으로 모양을 변한 줄 생각하고 멀리서나마 나에게 작별을 고하며 뒤를 부탁함일 것이다. 그렇길래 '나도 알아볼 수가 없다 한 것일 것이다.'그는 내가 누구인 줄은 몰랐지만은 다만 비상한 야광주의 광채로 제수하루 여겼음일 것이다. 내가 이것을 깨닫는 동시에 경관도 이 가운데 '내리'의 수하가 모양을 변하고 숨어있는 줄 깨달았던지 내 곁에 있는 순사 하나가 제 동관에게 귓속말로,

"붉은 단도의 부하를 붙이고 있는 사람이 이 가운데 있지. 찾아보아!"하면서 이리저리 눈방울을 굴린다. 과연 붉은 단도는 '내리'의 기호이지 마는 다행히 나는 그런 기호를 몸에 붙이고 있지 않았으나 그래도 오히려 마음이 놓이지 않으므로 어찌하여 남모르게 이곳을 빠져나가고 싶다고 헛되이 마음을 괴롭힐 뿐이었다. 이때에 '내리'는 오히려 군중 가운데를 둘러보더니 무슨 까닭인지 얼굴에 분노의 빛이 드러난다. 아아, 그가 혹은 나의 본성을 알아본 것이 아닐까? 지금까지 나를 수하의 한 사람으로만 알았던 것이 자세자

세 봄을 따라 제 수하가 아니고 제 보고에 들어가 제 재물을 훔친 도적의 도전인 줄을 안 것이 아니었을까? 나는 더욱더욱 무서움에 몸을 떨었다. 나는 '내리'의 얼굴에 노색이 등등한 것을 보고 두려운 생각을 겉잡지 못할 즈음에 '내리'는 날카로운 성낸 소리를 내며,

"이 못된 놈아, 이리 좀 와! 이래 보여도 너 같은 놈에게 속을 '내리'가 아니다."

이런 말을 하면서도 그의 눈은 의연히 하늘만 쳐다볼 뿐이니 과연 전에 한 말과 같이 나에게 하는 소리인지 혹은 딴 사람한테 하는 말인지 확실히는 알 수 없어도 나의 편을 눈 주는 것 같았다. 이때 헌병은 또 다시 '내리'의 어깨를 누르며,

"네가 못된 놈이라 하는 것은 누구냐, 누구야?"라고 대질러 묻는다. '내리'는 대갈일성하며,

"남의 물건을 도적질하는 저 놈 말이다."

하고 오히려 제 소리를 억제키 어려운 듯이,

"'내리'는 남의 물건을 도적질하여도 너와 같이 남의 눈을 기이어가며 가만히 들어가 임자가 모를 사이에 훔치지는 아니한다. 백주 한낮에 정정당당히 쳐들어가서 임자가 눈을 등잔같이 뜨고 권총으로 '내리'를 쏘아 죽이려는 그 때에 물건을 빼앗는 목숨을 떼어놓고 하는 강도다. 사람을 죽이는 대신에 내 힘이 부족할 때는 맞아 죽어도 뉘우치지 않는다. 영웅이다 호 걸이다 하는 이가 전쟁을 일으켜 남의 나라를 빼앗는 것과 다름이 없다. 해적이라 하지마는 훔치지는 않고 빼앗는다. 이 도적놈아 이리 와! 경관과 여러 사람

이 있는 곳에 너한테 일러 듣길 말이 있다."

아아, 훔치는 것과 빼앗는 것이 이렇게 틀리는가. 나는 이런 생각을 할 겨를도 없이 다만 나의 운이 다한 것을 깨달을 뿐이었다.

'내리'의 꾸짖는 소리에 오직 한 사람도 응하는 자가 없으매 '내리'는 더욱더욱 분함을 못 이기는 듯이 한층 소리를 더 높여,

"이놈 배가타(裵駕陀)야, 춘희로부터 유언이 있다. 자아 이리 와. 그래도 아니 올 테냐?"

나는 배가타란 이름을 듣고 그러면 군중 가운데 누구인지 그런 사람이 있 서 '내리'가 지금 꾸짖고 있는 것은 내가 아니고 곧 그 사람인 줄 알았다. 그래서 겨우 울렁거리는 가슴을 진정하고 이편 저편을 둘러보니 나와 한 두어 사람 격해서 서 있는 한 삼십 가량 되어 보이는 신사 하나가 얼굴에 비웃음을 띠우고 천천히 걸어 '내리'의 곁으로 간다.

"오오, 해적왕인가. 끝끝내 잡히고 말았구나. 너 같은 놈에게 무슨 들을 말이 있겠냐마는 하도 야로를 치니까 자아, 들어 주지. 이 배가타에게 할 말이 무엇이냐?"

하니 '내리'는 대답을 하기 전에 입을 떡 벌려 그 신사의 얼굴에 탁 하고 춤을 뱉었다. 그 신사는 발연변색하며,

"이놈아!"하고 들이덤비려 하매 헌병이 그들의 사이를 막아서며 고만 '내리'를 잡아,

"이것이 무슨 짓이야!"하고 제어를 한다. '내리'는 재미스럽게 깔깔 웃으며 신사를 향하여,

"자아, 달려들고 싶거든 달려들어 봐. 내리의 두 손은 등 뒤에 잔

뜩 결박을 지고 있지마는 너 같은 놈 한둘은 차 죽일 수 있다."하고 그 신사가 손수건으로 얼굴에 묻은 춤을 닦기를 기다려 또다시, 너는 내 수하루 있으면서 제 얼굴이 곱다고 해서 아주 쉽게 내 아내 춘희를 훔치려고 내 눈을 기이어가며 춘희의 곁을 돌아 그를 속이기 시작하였지. 그러나 지금까지 너뿐 아니라 춘희에게 춤을 흘린 놈이 퍽 많았으되 모두 그 뜻을 이루지 못하고 낱낱이 춘희의 칼에 맞아 죽었다. 네놈은 춘희의 마음이 움직이지 않는 것은 나라는 방해물이 있는 까닭이라 하여 나를 없애려고 관헌의 개가 되어 우리의 소굴에 헌병을 인도해 들이어 이와 같이 나를 잡았으니 반드시 네 마음은 기쁘리라. 이러고 보면 춘희는 아주 네 것이 될 줄 알 것이다. 이 더러운 놈아, 칙칙한 놈아, 내 말을 자세히 들어 보아라. '내리'는 해적이라도 남의 아내는 훔치지 않는다. 물건을 훔쳐도 주 인의 눈을 속여 가며 가만히 훔치는 비루한 짓은 아니 하였다. 다 같이 악인은 악인이로되 사나이다운 악인이다. 그러므로 절조 굳은 아내도 있다.

"자아 네놈은 내가 잡혔으니 이후로부터 춘희는 네 것이 될 줄을 알겠지. 네 것인가 내 것인가 오늘밤이라도 춘희한테 가 보아라. 춘희는 웅장성대로 너의 오기를 고대 하고 있다. 그렇고말고. 왼 몸에 연지 같은 피를 바르고 노리개로 칼을 제 가슴에 꽂고 있다. 그 한 많은 열녀의 죽은 얼굴을 너에게 보이고 싶다더라."

이 독살스러운 말에 배가타는 깜짝 놀라며,

"응? 네가 춘희를 죽였구나."

'내리'는 이 말을 듣고 비웃는 어조로,

"왜 내가 죽여. 나는 춘희더러 내가 잡힌 뒤에는 나를 잊어버리고 배가타를 따라 꽃다운 얼굴을 헛되이 늙히지 말라고 타일렀지마는, 춘희를 그렇게 썩은 계집으로 알았습니까 하고 제 손으로 제 가슴을 찌른 것은 여기선 이 헌병이 보고 다 안다. 거짓말인 듯싶거든 내가 숨어 있던 산 가운데 가서 보아라. 춘희의 한 맺힌 눈이 너를 흘겨보리라. 타살인지 자살인지 한 번 보면 알 것이다."

한다. 배가타는 발 디딘 곳이 울렁거리는 것처럼 허둥허둥 비틀걸음으로 헌 병의 옆으로 물러선다.

나는 이 모양을 보고 무한한 느낌을 일으켰다. 해적을 참으로 사랑하고 해 적을 위하여 자살하는 여자가 지금 세상에 있는가, 나는 탄식을 하다가 또 생각하니 이런 일을 생각하고 있을 때가 아니다. 해적이 꾸짖은 것은 저 배 가타이었으나 그 전에 '네 모양은 나도 알아볼 수가 없다.'한 것은 정녕히 나에게 한 말이다. 이후에 그로부터 또 무슨 말을 물을 것 같으면 헌병의 의심이 두려운지라 고만 가는 것만 같지 못한다 하면서도 그를 돌아다보니 그의 눈은 또다시 나의 얼굴에 왔다. 무슨 말을 하고 싶은 듯이 눈 주는 것 같으므로 나는 달아나기가 벌써 늦은 줄 깨달았다. 차라리 대담스럽게 내가 먼저 나아가 위험을 무릅쓰면 도리어 헌병의 의심을 벗어날 수가 있을 듯싶었다. 이렇게 마음을 먹고 먼저 호주머니를 더듬어 돈 오원을 내어 헌 병의 손에 쥐어 주고,

"잠깐 해적과 이야기를 하고 싶은데요."

하매 헌병은 괴이쩍게 나를 바라보았으나 나의 가슴에는 붉은 단도의 기호도 없을 뿐 아니라 기색을 보든지 행동을 보든지 아모

괴이한 점이 없고 다 만 호기심에서 나온 줄 짐작함인지,

"오래 해서는 안 되오."

"무얼 한두 마디 하지요."

나는 조금도 두려운 빛이 없이 '내리'의 앞에서,

"나는 우충해란 자의 친구인데 무슨 그에게 전할 말이 없소?"

해적은 구멍이 뚫릴 듯이 나의 얼굴을 들여다보며 소리를 낮추어,

"모르겠다. 모르겠다. 암만해도 모르겠다. 아아, 이 검은 안경을 벗으면 당장 알지마는."

이라고 홀로 소곤거리었다.

과연 그는 나를 보고 제 수하의 한 사람이 모양을 변한 줄 알았 구나. 이윽고 그는 보통 소리로,

"아아, 우충해 말인가. '내리'는 악운이 다하여 아니 죽을 수 없게 되었다. 나 죽은 후 찬 밥 한 술이라도 물에 흘어 달라고 지중해 뱃사공에게 전하라고 일러 다오."

이런 말을 하고 그는 다시 소리를 죽이며,

"너는 비밀을 알겠지?"

라고 웃는다. 비밀이라 함은 무엇을 가리킴인가. 물론 나의 알 바 아니다.

생각건대 그는 이 말로 내가 참말로 그 수하인지 아닌지를 시험 코자 함인 가. 나는 문득 생각나는 일이 있었다.

"알다 뿐이냐! 무덤굴, 무덤굴."

이라고 대답하매 '내리'는 만족한 모양으로

"아아, 그것을 그냥 땅속에서 썩히는 것은 참 아깝다 하였다. 네

가 알면 그뿐이다. 남 몰래 끄집어내어 네 마음대로 써 버려라."

이 말 한마디로 나는 그의 막대한 재물을 유산으로 받은 사람이다. 나는 기쁨을 감추려고 한 말도 대답하기 전에,

"그래도 너의 모양이 너무 용하게 변해서 나는 너를 알아볼 수가 없다.

너는 누구냐?"

"누구라고 할 게 아니야, 그 비밀을 아는 다만 한 사람이지. 나밖에 그것을 아는 사람이 없으니 그만하면 알 것이 아닌가?"

나는 어찌하여 이런 대담스러운 대답이 내 입으로 나왔는가 스스로 놀랠 지경이다. 전일에 유하고 약한 성질은 찾아보려도 찾아볼 수 없고 강철같이 굳센 마음과 기막힌 위험을 눈앞에 무릅쓰고도 종용자약하며 기틀을 응하여 놀랠 만한 거짓말을 서슴지 않고 쓰게 된 것을 스스로 괴이히 여겼다. 나는 참으로 전일 하준이가 아니다. 환골탈태한 온전히 다른 사람이 되고 말았다. '내리'는 이 말을 듣고 빙그레 웃으며,

"아마 너인 줄을 짐작하였지마는……"

하고 그 뒷말을 미처 잇지 못하여 헌병은 그와 나를 갈라 세웠다. 물론 이런 문답은 작은 소리로 하였고 급히 한지라 헌병의 귀에는 들어가지 않았고 나는 내 몸에 의심이 없음을 보이기 위하여 '백작 오세환'이라는 명함을 보이매 헌병은 공손히 예를 하고 그냥 '내리'를 끌고 가더라.

〈21〉

비록 도적놈의 재물이라 할지라도, 비록 우리 집 대대의 무덤굴 속에 감춰 있는 것이라 할지라도, 비록 만부득이한 복수를 위함이라 할지라도, 칼메로내리에게 아무 말 없이 내어 쓰는 것은 얼마만큼 마음에 꺼림칙한 일이러니, 이제는 '내리'로부터 마음대로 내어 쓰라는 허락을 맡았다. 이로부터 나의 죄가 조금 가벼웠다 할 수 있으니 거리낌 없이 그의 재물을 내어 쓴들 어떠하랴.

그것은 어찌 됐든지 모든 준비가 다 되었으니 인제 이 땅에 오래 머물러 있을 필요가 없다. 내일도 원수 갚을 '나폴리'로 돌아가리라 하고, 여관에 돌아와 짐을 메어 그 이튿날 아침 배로 고장에 대었다. 이것은 내가 이 땅을 떠난 지 물론 백날 뒤이니 1814년 11월 그믐께었다. 내가 이 땅에 돌아온 것은 벌써 각 신문지에 보도한 바이므로 한다는 여관 여기저기에서 청 하였는데, 나는 그 중에도 제일 훌륭한 것을 골라 머물기로 하고 돈을 물같이 쓰며 방안의 치장을 고쳐 시키매 여관 사람들은 마치 천자나 하림하신 듯이 서로 마주 대하면 내 칭찬 내 자랑뿐이었다. 저녁이 되자 나는 산보 나간다고 하며 여관을 떠났다.

내가 지정해 가는 곳이 어디냐? 내가 일찍이 하준으로 있을 제 가위 밤마다 상춘이와 놀러 가던 그 당시에 유명한 오유관(遨遊館)이었다. 이 고을 신사들은 거의 다 이곳에 모이나니, 필연코 상춘이도 왔으리라 하고 걸어 들어가 넓은 방 한 옆 걸상에 앉았다. 그리고 방 가운데를 두리번두리번 살펴보았다. 나하고 몇 간 아니 떨어진 저편 탁자를 향하여 나야말로 당지에 제일가는 신사로라 하는 듯한 얼굴로 프랑스 신문을 읽고 있는 사람은 나 의 거짓 친구, 참말 원수, 나의 아내 화자를 도적한 간부 이상춘이었다. 그 새끼손가락으로부터 번쩍번쩍 빛나는 야광주 박힌 반지도 확실히 나의 것 이었다.

이때 보이는 나를 상등 객으로 알아보았는지 곧 내 곁으로 와서,

"영감, 이편 테이블은 깨끗합니다."

하고 나를 상춘이 곁으로 인도해 준다. 상춘은 슬쩍 나를 보았으나, 검은 안경을 쓴 백발 노신사, 그리 주의할 것이 아님을 알았던지 본 체 만 체하고 또다시 신문지에 얼굴을 숨겼다. 나는 벌써 전쟁에 들어선 마당이라, 백 일이나 갈고 간 흐릿한 소리로 보이에 게 커피를 가져 오라 하여 마시기를 마친 뒤 그 값을 치르고 또 많은 행하(行下)를 주매, 무엇을 생각함인지 상춘은 신문을 놓고 의미 있게, 또 걱정스럽게 나의 얼굴 옆을 바라본다.

얼굴 옆이 정면보담 본색이 나타나기 쉬움을 깨닫고 나는 손을 들어 신문을 찾는 체하고 상춘을 향하였다. 많은 행하를 고맙게 여기는 보이는 생색을 내며,

"신문이면 이것이 막 지금 온 것입니다."하고 접힌 그대로 있는 신문 한 장을 가져다준다. 나는 곧 그것을 펴보려 고도 안 하고 호강에 물린 사람이 게으름을 피우는 모양으로 뒤로 번듯이 의 자에 누우며 왼손으로 타는 담배를 들고 방안을 빙 둘러보며,

"보이, 여기 나폴리부의 신사는 거의 다 오신다는 말을 들었는데……"

"네, 다 오셨습니다."

"백작 하준은 어째 오지를 않았나?"

이 말을 듣고 상춘은 몸을 꿈틀한다. 보이는 벌써 알아차린 얼굴로,

"아아, 영감께서는 이 고을에 오신 지가 얼마 아니 되시나 봅니다 그려.

하 백작께서는 석 달 전에 돌아가셨습니다."

"아아, 무엇이 어째? 하준이가 죽었다. 나이 젊은데 그럴 리가 있나?"

"아니올시다. 이 고을 사람은 다 압니다. 그 당시에는 아니 아까워하는 사람이 없었습니다."

"흐응 저런 변이 있나! 모처럼 찾아 왔더니만."

나의 실망을 보이가 가엾게 여기는 얼굴로,

"영감께서는 하 백작을 찾아 오셨습니까?"

"아니, 그것만으로 온것은 아니다. 나는 하준의 부친하고 절친한 친구이었다. 외국에 있다가 오래간만에 돌아왔는지라, 좀 만나보고 싶었다. 아아, 내가 이 땅을 떠날 때에는 하준이가 아직 어린애더니 만 벌써 죽었구나. 필 연 유행병에 걸린 게지."

"그렇습니다."

"제 부친은 십여 년 전에 저 세상 사람이 되었고 지금 또 하준이마저 죽었으니 그러면 하 씨가 절손을 하였나, 혹은 하준이가 장가나 들었던가?"

"네, 아주 어여쁘신 부인이 계시고 따님 한 분까지 계십니다."하고 보이는 또 무엇을 말하고자 할 적에 상춘이란 놈이 무슨 일이

있는 듯 이 이리로 고개를 돌린다. 나도 또한 검은 안경을 그 흰 얼굴로 향하매 그는 교제에 익숙한 목소리로,

"실례올시다마는 지금 물으시는 하준이하고 나하고는 매우 절친하게 지내었습니다. 그의 일이면 별로 내가 모를 것이 없으니 물으시려면 내가 대답을 해 드리겠습니다." 라고 한다.

이 말을 하는 그 목청 그 말씨가 내가 형보담도 아우보담도 더욱 친밀하게 지내던 그 때 상춘의 목청, 그 때 상춘의 말씨와 조금도 다름이 없었다. 전 일에 듣던 노랫가락 모양으로 귀 익은 그 소리로 말미암아 분노의 가운데도 또 일층 슬픈 생각이 들며 당장은 대답할 말도 못 낼 지경이다가, 지금부터 이렇게 마음이 여려서는 안 되리라 하고 상춘이가 의심 내기 전에 얼른 탁 한 소리로,

"오오, 노형이 하준의 친구 되십니까? 그것은 무엇보담도 다행이올시다.

이후 더욱더욱 많이 사랑해 주심을 바랍니다."

하고 나의 명함을 내어 삼가 이상춘에게 전하니 그는 한 번 보고 놀래며,

"아아, 당신이 백작 오세환씨 되십니까? 당신이 이 땅에 오신단 말씀은 벌써 모든 신문지가 보도한 바이라, 우리 교제 사회에서는 발돋움을 하고 고대하였습니다. 그 오 백작께 내가 제일 먼저 뵈온 것은 나의 영광이올시다. 나야말로 많이 사랑해 주시기를 빌어야 되겠습니다."하고는 애교 있게 그 손을 나에게 내어민다.

내어 민 그 손을 나는 예의로 아니 쥘 수 없다. 나는 하도 징그러워 으쓱한 찬 기운이 안치며 왼 몸에 도들도들 좁쌀 낱이 솟는

듯하였다. 그래도 아니 쥐어서는 안 될 경우라 나는 장갑 낀 그대로 그 손을 쥐니 그가 열심히 잡아 흔드는 그 손의 온기가 시방 몸서리가 치이던 한기를 쫓고 마치 내 손 바닥을 지지는 것 같았다. 이 거짓과 간사로만 된 인물하고 사귀지 않을 수 없는 내 마음의 쓰림이어! 이것을 지금 와서 다시금 놀랠 일이 아니로되 나는 거의 내 마음을 걷잡을 수 없었다. 그러나 지금 한 번 이 쓰린 것을 참고 보면 마치 첫 번 맞는 침을 참는 것 모양으로 이 뒤로는 그의 손을 얼마든지 쥐어도 아무렇지 않을 것이다. 그에게 절친한 친구같이 보이고 웃기도 하며 즐기기도 하리라. 먼저 본색이 탄로되지 않는 것만 다행히 여기었다.

내가 가만히 손을 빼매 그는 나의 가슴이 시끄러운 줄은 알지도 못하고 제 명함을 내어 나를 주며,

"나는 되지 못한 화공 이상춘이올시다. 이로부터 당신의 충복이나 진배없습니다."

"천만에, 나야말로."

"그러면 잔을 기울여 이 교제를 축하합시다."

하고 그는 보이를 불러 술을 가져 오라 하고, 그 올 때까지 나에게 담배를 내어 놓는다. 담배는 물론이고 그 갑까지 나의 것이었다. 나는 그것을 손에 들고 바라보며,

"참 훌륭한 미술품입니다그려, 응 'H'자가 새기어 있군. 그러면 고인의 기념품인가요?"

"그렇습니다. 하준의 유물이올시다."

"옳지! 그래서 그 자를 새긴 것입니다그려."

"그래요. 하준이가 죽을 때까지 가지고 있던 것을 장사한 선교사가 다른 물건과 함께 부인한테 보낸 것입니다."

"그것을 부인이 당신에게 드렸단 말씀입니다 그려."

하고 나는 억지로 웃음을 띠웠다. 그는 기쁜 듯이,

"그렇습니다."

하고 제 장래 아내를 소개하고 싶었는지 웃는 얼굴로,

"당신은 언제라도 부인을 만나시겠지요마는, 놀래서는 아니되어요. 이 세상 가운데 있는 미인이란 미인을 다 본 태양한테 물어볼지라도 아마 그런 아름다운 얼굴을 비췬 일은 없다고 하겠지요."

나는 지어서 냉담하게,

"아아, 그렇게도 미인인가요?"

"그냥 미인이라고만 할 수 없지요. 폐월수화지모(閉月羞花之貌)와 침어락지용(沈魚落雁之容)을 가졌다는 옛날 절세가인도 그이만 하였는지 의심이 날 지경이에요. 화식 먹는 사람으로는 그럴 수가 없지요. 참으로 옥경루대의 선녀이지요. 당신이 젊었으면 이런 말도 아니 하겠습니다마는 연세가 많으시니까 이런 말을 하여도 상관이 없겠지요. 참말 선녀올시다. 하준이 같은 자의 아내로는 너무 아깝지요."

하준이 같은 자라 함은 어찌 하는 말인가?

더욱이 그 아내로는 너무 아깝다 함은 그는 그다지도 나를 멸시하였던가?

나는 짐짓,

"그래도 하준이가 어릴 때에는 매우 장래성이 있었는데……."

"칭찬해 말하면 착한 사람이고 공평하게 평하면 어리석기가 짝이 없지요. 죽은 친구를 험담하는 것이 아니라, 하준은 천치였어요.아 아, 이 사람의 가죽을 쓰고 짐승의 마음을 가진 놈아!"

〈22〉

속으로 이놈 죽일 놈, 하면서 말끝에 물어 보았다.

"그러면 노형은 하준을 친구로 사랑하셨습니까?"

"아니, 사랑했다고 할 정도는 못되지요. 다만 그는 나의 그림을 많이 사 주어서 장사가 단골을 생각하듯 그를 생각하였을 따름이 지요. 가난한 화공은 아무튼지 사 주는 사람을 추어올리는 법이 아 닙니까? 친구가 아니고 단 골로 추어올리었지요. 그리고 그는 장가 를 들었으니까요."

"옳지 아내가 노형과 하준의 사이를 성글게 하였단 말입니다그 려."

"아니, 그런 것도 아닙니다. 곧 장가를 들면 아모라도 남에게 서 름서름하여지는 게니까요."라고 하기는 하였으되, 그래도 그는 이 런 말을 하기 싫은 기색을 나타내며 화제를 변하려 한다.

"그럭저럭 술도 없어지고 밤도 여덟 점을 지났었군. 이리저리 산 보나 하고 오는 것이 어떻습니까?"

나는 훌륭한 시계를 내어보며,

"과연 여덟 점이 지났습니다그려. 보시는 바와 같이 나는 안질이 있어서 불빛이 부신 곳은 싫어요. 그리고 밤을 너무 깊이 있어서는

늙은 몸에 병이 날까 싶으니 고만 여관으로 돌아가겠소. 나 있는
데를 같이 가 보시렵까?"

하고 일어섰다. 그도 동정한 것처럼 나를 따라 그곳을 나왔다.

나는 걸어가면서,

"그런데 노형이 그린 그림을 보고 싶습니다. 하준이가 산 것처럼
사 드리지요. 하준의 대신에 오세환이란 단골이 생겼다고 생각하면
좋지 않습니까?"

"그것은 매우 감사한 말씀입니다. 되지 못한 것이지마는 꼭 보여
드리지요. 그런데 다행으로 나도 하준이가 있을 때같이 곤란하지는
않습니다. 인제부터 여섯 달만 지나면 화공 노릇을 고만두려고 합
니다."

"그건 참 고마운 일입니다. 누구에게 유산을 물려받기로나 되었습
니까?"

"그렇습니다. 유산을 물려받는 것은 아니나 곧 그와 다름이 없습
니다. 큰 재산가 부인과 결혼을 하게 되었으니까요."

아아, 이 짐승 같은 놈아, 지금부터 여섯 달만 지나면 나의 아내
화자와 결혼할 것이요, 그리고 보면 내 재산이 네 재산이 될 줄
믿고 벌써부터 이런 큰 소리를 하는가?

아아, 상춘아, 네놈은 여섯 달 뒤에 결혼할 것을 벌써 결정된 듯
이 튼튼히 믿지마는 그 여섯 달 동안에 무슨 일이 일어날지는 어
찌 알 수 있으랴! 진미가효(珍味佳肴)도 접시에서 입으로 들어갈 때
에 젓가락을 떨어뜨리는 것을 알지 못하는가. 네가 즐겁게 기다리
는 여섯 달 동안은 나의 복수 계획이 무르녹을 때이다.

그는 흥에 겨워 기쁨을 못 이기건마는 만일 제 곁에 저를 방자하는 백발귀가 있는 줄 알았던들 이다지 마음이 가볍고 즐겁지 않을 것을.

나는 이런 생각을 하면서 가만히 그의 얼굴을 엿보았다. 그는 내가 보는 줄 알았는지 나를 향하며,

"그런데 백작, 당신께서는 모든 나라를 유랑해 보셨으니 반드시 미인도 많이 보셨겠지요?"

나는 매우 서름서름하게,

"미인 말씀입니까? 미인이고 사랑이고 돈만 있으면 살 수 있는 물건으로 아니까요. 나는 다만 돈벌이 하는 데만 정신을 쏟노라고 미인을 엿볼 틈이 없었습니다. 미인을 미인으로 생각지 않으니까. 미인과 추물의 구별조차 나는 할 수 없습니다."

상춘은 웃으며,

"아아, 하준이도 미인에게는 냉담하였지요. 당신께서야 많은 경험을 쌓아 그러시지마는 하준은 경험도 아모 것도 없으면서 다만 어리석어서 그렇지요. 그러므로 미인을 보기가 무섭게 그 뜻이 변해져서 미친 듯이 혼례를 하였지요."

"그러면 아주 기막힌 미인인가 봅니다그려."

"미인이고, 말고요. 미인과 추물의 구별도 못하신다는 당신께서도 한번만 보면 과연 이 세상 가운데 모든 여자는 낱낱이 추물로 여기시겠지요. 물론 당신은 부인과 만나시겠지요?"

"하준의 과수댁 말씀입니까?"

"그래요."

"천만에, 그것만은 고만두겠습니다. 보시는 바와 같이 이렇게 어룩한 노인이라 여자에게 말을 사근사근하게 잘 할 수 없을 뿐더러 더구나 남편을 잃고 주야 울고만 있는 여자는 딱 싫습니다."

싫다고 하면 더욱더욱 보이고 싶어 할 것은 정한 이치라, 그는 소리를 낮추며,

"그런데 그렇게 울고만 있지는 아니하여요. 꼭 내가 소개해 드리지요."

간부가 정작 남편한테 그 아내를 소개하려 함은 고왕금래에 없는 일이리 라.

이럴 즈음에 우리의 발길은 벌써 나 있는 여관 문턱에 다다랐다. 나와 상춘은 걸음을 멈추었다. 나는 상춘을 보며,

"그렇습니까? 그렇게 울지 않습니까?"

"진정한 미인은 그리 어리석지 않습니다. 그리고 또 슬퍼할 만치 하준을 사랑도 안 하였습니다. 도리어 싫어하였으니까요."

나는 층층대로 올라가면서,

"들어가서 잠깐 담화라도 하는 게 어떠하십니까? 자랑이 아니라, 맛 좋은 포도주병도 있으니까. 한 병 마개를 빼지요. 아아, 그렇습니까?"

상춘은 나에게 끌리어 안으로 들어가며,

"여간한 재자가 아니면 그런 가인에게 사랑을 받지도 못하지요."
라고 제 스스로 재자로 자처하는 듯하였다. 이윽고 나 있는 방에 이르러 내 가 문을 열고 들어오기를 청하니 그는 그림을 감상하는 눈으로 방안의 장식을 둘러본다. 나는 혼잣말같이,

"재자가 아니면 사랑을 못 얻어요? 네, 그런가요? 나는 돈만 있으면 잘났든 못났든 사랑을 받으려니 하였더니만."

하고, 포도주를 가져왔다. 상춘은 한잔을 기울인 후,

"백작! 당신은 참말 만승천지라도 미치지 못할 호강을 하십니다그려. 방이고 음식이고."

"웬걸요, 내가 오늘날까지 고생한 것과 모은 재산을 비교해 보면 아직도 멀었지요. 이만한 호강으로는 오히려 부족지탄이 있습니다."

너하고 화자의 목숨을 빼앗지 아니하면, 하는 뜻을 비추었건마는 귀신이 아닌 그로서야 어찌 그 뜻을 알 것이랴!

웬일인지 그는 조금 이맛살을 찡그리며,

"백작!…… 세상에 같은 사람이 많겠지요마는 당신의 뒷모양은 하릴없는 하준입니다."

나는 이 말에 아니 놀랠 수 없었다. 그래도 침착하게,

"키가 큰 사람은 대개 뒷모양이 비슷한 법입니다. 노형의 절친하던 친구 와 내가 같은 점이 있으면 그건 이 위에 없는 만족이올시다."라고 얼렁뚱땅하였다.

그는 오히려 의심이 풀리지 않는 것 같이 나의 얼굴을 바라본다. 이럴 때에 조금이라도 겁을 내어서는 안 되리라 생각하고 그를 딱 마주보며,

"얼굴도 같은 점이 있습니까? 하하하 나와 같은 얼굴로야 하준이가 제 아내에게 미움을 받은 것도 괴이치 않다."

라고 농담을 하였다. 물론 같은 점이 있을 것이로되 하준의 시절

에는 말갛게 밀었던 턱이고 뺨에, 지금은 온통 수염이 날대로 났을 뿐 아니라, 그 터럭은 백설같이 희다. 다만 하나 표적이 될 만한 눈조차 검은 안경에 가리었으니 누가 능히 하준의 후신인 줄 알아내래요. 더구나 나의 대담스러운 행동이 넉넉히 그를 속이고 남았었다. 그는 그제야 의심이 풀리었다. 그는 마음을 놓았다. 술이 다할 때까지 웃고 즐기다가 아홉 점 반을 치는 소리에 놀래 일어선다.

"그러면 또 이후 종종 뵈옵겠습니다. 좌우간 당신의 말씀을 백작 부인께 여쭈지요. 부인은 반드시 즐거이 면회를 하실 것입니다."

나는 성가시다 하는 듯이,

"아니, 나는 여자의 잔소리는 당초에 듣기 싫습니다. 어느 부인이라도 마 치 어린애 모양으로 쓸데없고 할 수 없는 소리만 하니까요. 나는 일일이 그 대답을 하기가 귀찮습니다."

하다가 무엇을 생각하는 척하고,

"그러나 아아 그렇다, 노형께 부탁하는 게 좋다. 나를 위하여 그 부인께 말씀을 전해 주실는지요?"

"당신의 말씀이라면 무엇이고……."

"그런데 노형은 언제 새나 부인을 만나실지는 모르시지요?"

상춘은 잠깐 얼굴을 붉히면서도,

"아니, 기실 오늘밤으로 부인한테 갈 일이 있으니까……."

독자여! 내가 화자에게 말을 전하라 함은 물론 이 자리에서 생각한 것은 아니다. 이것도 일찍이 정해 두었던 나의 한 계책이었다. 나는 시침을 뚝 떼고 아주 그럴 듯한 어조로,

"기실 내가 이곳을 떠날 때에 하준의 부친한테 여비까지 괴로 움을 끼치었습니다. 은혜나 원망이나 충분히 갚지 않고는 마지않는 나의 성질이라, 될 수만 있으면 이 세상에 드문 보수를 하려고 ……. 이런 말을 하면 스스로 자랑하는 것 같습니다마는…… 이십 년을 두고 간단없이 주의하여 가장 좋은 주옥, 보석 가지를 모았습니다. 유감천만이지마는 그 은혜를 준 아비는 구천으로 돌아가고 곧 그의 아들 하준이가 대를 이었단 말을 듣고 그 사람한테나마 전하리라 하여 멀리멀리 가지고 왔더니 그마저 불귀지객이 되었으니 이 은혜를 갚을 곳이 없습니다. 그래도 가만히 생각해 보니 하준이가 살아 있었더라도 장식품이니 반드시 그 아내의 것이 되었을지라. 그리고 본즉 하 준은 없더라도 그 부인에게 보내는 게 마땅할 듯싶지마는, 부인이 받아 주실지 말지, 노형이 잘 부인의 의향을 들어보아 주시기를 바랍니다."

상춘은 나의 말 한마디 한마디에 입이 벙긋벙긋 벌어지며,

"그런 심부름이면 불감청이언정 고소원이올시다. 더구나 부인으로 말하면 주옥, 보석이 그 아름다운 모양에 깔축없이 어울리는 터이니 얼마나 기뻐하실는지 모르겠습니다. 모처럼 하시는 부탁이니 당신의 뜻을 잘 알려 드리겠습니다."하고 한시 바삐 부인을 기쁘게 하려고 궁둥이가 자리에 잘 붙지 않은 모양.

나는 알심 있게,

"그러면, 내일이라도 부인의 전갈을 들려주십시오."하여 은근히 인제 고만 가도 좋다는 뜻을 보이매, 그는 춤추는 걸음걸이로 돌아 갔었다.

나는 그가 돌아간 후, 그의 하던 말 한마디 한마디를 생각하매, 시방껏 감추고 감추었던 분노가 마치 방축을 무너뜨린 듯이 솟아 나와 자려도 잘 수 없고 날이 밝도록 침대 위에서 분함의 눈물을 지우고 있었는데, 다섯 점을 치는 소리를 듣고야 간신히 잠을 이루었다. 잠도 내 몸이 아귀가 되어 상춘 과 화자의 모가지를 물어뜯는 꿈만 꾸었다. 온몸에 찬 땀을 흘리며 가위가 눌리어 눈을 뜬 때는 벌써 아침 아홉 점이었다.

큰일을 꾀하는 자가 이렇게 쉽사리 성을 내어서는 안 되리라 하고, 냉수로 몸을 씻어 거울을 대하여 모양을 다스린 후 막 아침을 마친 때에 뛰어 들어 오는 자는 상춘이었다. 그는 어제 저녁보담 더 친숙하게,

"아침결부터 폐를 끼쳐서 미안합니다마는."하고, 벙글벙글 웃으며,

"백작 부인의 심부름으로 아니 올 수가 없이 되었습니다. 이것을 보면 사 내란 미인의 노예인가 보아요."

"그럴 듯도 하지만 또 나 같은 미인을 두려워하는 괴물도 있지요."

"오늘 아침은 전혀 부인의 심부름으로 왔습니다. 부인이 말씀하시기를……."

하고, 말을 꺼내기 시작하는 것을 내가 막으며,

"그러면 노형은 어젯밤으로 부인을 만나 보신 모양입니다그려."

상춘은 잠깐 얼굴을 붉히며,

"무얼, 겨우 오 분밖에 안 되어요."

하고 변명한다. 여섯 달 뒤에 혼인한다는 말은 이미 나에게 일렀지마는 저 편이 하준의 미망인이라고는 하지 않았었다. 상춘은 말을 이어,

"그런데 당신의 말씀을 부인께 곧 전했지요. 그러니까, 부인의 말씀이 감사하기는 짝이 없지마는 그래도 당신께서 부인을 방문하시어 서로 친숙하게 된 뒤가 아니면 그냥 그런 것을 받는 것이 너무 실례라고 합니다. 여하간 한 번 모시고 오는 것이 좋을 듯이 말합디다. 내 생각에도 그러는 것이 마땅할 듯싶어요. 그렇지 않습니까? 그러면 언제 당신이 부인을 방문하겠습니까? 부인은 여간한 면회를 모두 사절하시는 터이나 당신은 하씨 댁의 세교 인 까닭에 특별히 방문을 허락하겠다 합디다."

나는 털 끝만치도 기뻐하는 빛이 없이,

"그렇게 말씀하신다 하니 이 위에 없는 영광이고 감사하나 아직 동안은 방문을 하지 못하겠습니다. 어떻게 거절을 하여야 좋을는지 교제사회에 쓰는 말에는 아주 생소하니까, 노형이 둥그스름하게 거절을 해 주시오."

"네? 당신은 정말 귀부인의 초대를 거절하십니까? 더군다나 특별한 초대를!"

"그렇습니다. 나는 고집 센 늙은이라, 귀부인을 위한다든지 미인을 위한 다든지 해서 제 뜻을 굽힐 수 없습니다. 그리고 얼마 동안은 볼 일도 많으니까, 그 일이 다 끝난 뒤에는 모르겠습니다마는 그 전에는 할 수 없습니다. 귀부인의 친절하고 고상한 말씀을 들으면 나 같은 것은 무어라고 대답 할 줄 모르고 그저 머리만 지끈지

끈 아플 따름이올시다."

상춘은 웃음을 참다못하여 소리를 내어 웃으며,

"아하, 아하, 당신은 참말 이상한 양반이올시다. 참으로 미인을 미워하십니다 그려."

"아니, 미운 것도 아닙니다. 미운 것도 아니고 싫은 것도 아닙니다. 곧 치지도외(置之度外)할 물건이라고 생각합니다. 그건 꼭 그렇습니다. 비유해 말하면 미인은 곱다란 종이에 싸놓은 짐입니다. 사람들은 그 싼 종이의 고운데 눈이 어두워 너도 나도 하며 그것을 짊어지지요. 그러나 곱게 싼 종이는 고만 구겨지고 찢어져 버리고 남는 것은 무겁고 무거운 짐뿐입니다. 여자란 참 무거운 짐이라, 버리려도 버릴 수 없지요. 끝에는 그 무게에 견딜 수 없고 그것에 눌리어 머리도 들 수 없게 되는 사람이 오죽 많습니까?"

상춘은 얼굴을 찡그리며,

"과연 그렇게 말하면 그런 것입니다."

"아니, 노형은 꽃다운 미인과 달콤한 사랑을 주고받을 나잇살이고 나는 벌써 백발이 성성한 늙은이니 미인을 논란하여서는 도저히 뜻이 아니 맞을 것입니다. 그것보다 의기가 상합할 그림 이야기나 합시다. 옳지, 어젯밤에 약속한 대로 오늘은 노형 댁에 가서 노형의 그린 것을 구경시켜 주실는지요?"

"그러하다 뿐입니까? 불감청이언정 고소원이올시다."

"다행히 오후 세 시와 네 시 사이에는 틈이 비니 세 시쯤 하여 폐를 끼치겠습니다. 그때에 무슨 다른 일이나 없는가요?"

"그 때가 꼭 좋습니다."

"그런데 노형의 것만 보는 것도 무엇 하니까, 그 부인에게 드릴 보물을 보 여 드릴까요?"

상춘은 보고 싶은 듯이

"네, 좀 보여 주십시오."

나는 일어나 벽장으로부터 일찍이 '파렐모'에서 만들어둔 장식품 넣은 상자를 꺼내었다. 그리고 그것을 상춘의 앞 테이블 위에 놓고 뚜껑을 열었다. 그 가운데서 찬연히 빛나는 것은 '칼메로내리'의 보물이었다. 그 휘황찬란한 광채에 나도 다시금 놀래었으니 처음 보는 상춘이야 더욱 놀랠 것이다.

"에! 백작, 당신은 어찌하여 이런 희귀한 보물을 모았습니까? 이 야광주, 이 '루비', 이 '에메랄드', 이 '사파이어'"라고 탄성을 마지않는다.

과연 이 말한 것은 아무리 돈을 들이어 구하려 할지라도 구할 길이 없을 것이다. 그 낯이 큰 것과 빛이 혼란한 것은 짝이 없는 것이었다. 그래도 나는 조금도 애석해 하는 빛이 없이,

"내가 하준의 부친에게 받은 은혜는 이까짓 것으로 갚았다 할 수 없습니다."

"아니, 어떠한 은혜인지는 모르겠습니다마는 이것이면 갚고 남을 것입니다. 이렇게 훌륭한 것은 면류관에도 많이 있지 않을 것입니다."

그런 칭찬을 나는 듣는 둥 만 둥하며,

"그렇다면 나에게 더할 수 없는 만족이올시다. 제발 노형의 힘으로 이것을 부인께 전하고 싶은데……."

"그건 나의 즐겁게 하고자 하는 일입니다마는, 그래도 당신은 부인을 한 번 방문하는게 좋지 않습니까? 부인도 이만한 보물을 받고야 곧 뵈옵고 치사를 아니 드릴 수 없겠지요."

나는 거의 낙담한 얼굴로,

"그러면 하릴없습니다. 부인을 방문하기로 하지요. 그렇지마는 오늘로는 아니 되겠습니다. 지금은 행구를 정돈도 하여야 되겠고 있는 방도 다 꾸미지 못하였으니까요. 이것저것을 다 마치고 심신을 진정한 후 교제사회에 나서려 할 때에 부인을 뵈옵게 합시다."

"그것은 언제 말씀입니까?"

"무얼요, 한 사나흘만 지내면 되겠지요. 늦더라도 오늘부터 닷새 뒤에는 방문을 하겠습니다. 그 전제(前提) 겸 선사 겸으로 이것을 노형이 전해 주십시오."

하고 갑에 뚜껑을 덮고 열쇠까지 내어 놓으매 상춘은 겉으로는 황당한 빛을 띠우면서도 부인이 이것을 받음은 곧 제 장래 아내가 받는 셈이니 여섯 달 만 지내면 제 것이 될지라. 거의 기쁨을 감출 길이 없었다.

"백작, 당신은 참말 교제사회의 인군이올시다. 인군의 말씀을 저버려서는 큰일이니, 내가 마땅히 특명전권공사 셈으로 여황께 올리겠습니다."하고 그 갑을 집어 든다.

나는 하준의 시절에 상춘이가 이다지 돈 있는 사람에게 아첨을 부리는 비열한 성질이 있는 줄은 알아보지 못하였을 뿐더러 가난은 하나마 기상이 있는 사내로 여겼더니 지금은 그의 비열하고 비루한 본성을 분명히 알아보았다. 알기는 알았으되 물론 그런 사색

을 드러내 일 것이 아니라, 지어서 웃으며,

"그러면 상춘 씨, 나는 이로부터 볼일도 많으니까. 나중에 노형의 화실에서 뵈옵겠습니다."

"그렇습니까? 그러면 곧 부인께 전하고 집으로 돌아가 왕림하심을 기다리겠습니다."란 말을 남기고 상춘은 희불자승하여 허둥지둥 나가 버렸다.

〈24〉

그 후 오후 석 점까지 별로 적을 일이 없다. 다만 내가 어제 이 집 주인에게 정직하고 진중한 시중꾼 하나를 구해 달라 하였더니 마침 적당한 자가 있다고 해서 나이 이십칠팔 세쯤 되어 보이는 돌쇠란 자를 데리고 왔다.

나는 그자를 시험해 보매 시종 드는 데도 매우 익숙한 듯싶고 또한 진중하고 정숙한 듯한지라, 당장 고용할 약속을 하였다. 그리고 이로부터 내가 교제사회에 발을 들여놓을 요량으로 당지 신사들에게 혹은 편지, 혹은 선사, 혹은 명함만 분배를 하였는데 이 일이 끝난 때에는 상춘을 방문할 적호한 시각이 되었었다. 나는 훌륭한 옷을 또 갈아입고 안경을 말갛게 닦고는 여관을 나왔다.

상춘의 집도 언덕 위에 있다. 전일에 몇 번이나 가 본 일이 있으므로 분명히 알건마는 이 아는 것조차 숨기지 않을 수가 없다. 한 손으로 상춘에게 얻은 명함을 가지고 그 번지를 보아가며 찾아가서 몇 번을 초인종을 울리매 상춘이가 몸소 맞으며 곧 이층 화실로 인도하더라. 그는 내가 죽은 뒤로부터 벌써 그림을 팔지 않아도 살아갈 수 있게 되었음인지 내 생전에 그려둔 그림뿐이고 새로이 그린 것이란 하나도 없다. 방 한가운데 꽂아둔 꽃도 우리 집 뜰에서 꺾어온 것이었다.

나는 이리저리 둘러보며,

"상춘씨, 이런 아름다운 화실에서 노형의 얼굴을 보니 노형의 직업도 미술이려니와 노형의 모양도 천연적 미술품이올시다 그려."라고 칭찬을 하였다.

그는 웃으며,

"백작께서도 남을 잘 추어올리십니다 그려."

하다가,

"깜박 잊었어. 아까 그 보물은 곧 백작 부인에게 전하였습니다. 부인의 기뻐하심은 이루 형용할 수가 없습니다."

나는 그런 말은 듣기 싫은 듯이 다만 간단하게,

"그것은 매우 수고를 하였습니다그려."

하고 다시 화실을 둘러보며 잘도 못 그린 것을 칭찬도 하고 그중 제일 크고 값비싼 듯한 것을 골라 몇 개를 사 주니 상춘은 나를 대접함이 조금이라도 소홀할까 염려하며 온갖 재미스러운 이야기를 끄집어내었다.

이럴 즈음에 누구인지 마차를 타고 이 집에 들어와 문턱에 수레를 멈추는 소리가 들린다.

나는 상춘을 뚫어지듯이 바라보며,

"누구하고 만나실 약속이나 하셨던가요?"

그는 조금 당황해하는 웃음을 띠우며,

"아니 그런 일이…… 저어……."

라고 어물어물할 즈음에 벌써 초인종 소리가 난다.

상춘은 불현듯이 일어나서 다짜고짜 밖으로 나갔는데,

독자여! 나는 그 온 손님이 누구인 줄 짐작하였다. 독자도 응당 추측하시 리라. 나는 설레는 가슴을 억지로 가라앉히며 강적을 기다리는 전사 모양으로 마룻장을 힘 있게 디디고 일어서 검은 안경을 똑바르게 고쳐 쓰고는, 속은 산란하게 겉은 고요하게 버티고 있노라니, 이윽고 상춘의 뒤를 따르는 가벼운 발소리와 비단옷이 서로 스치는 소리가 사르륵사르륵 들린다. 나의 가슴이 터질 듯이 두근거릴 사이에 상춘은 마치 여왕이나 모셔 들이는 듯이 조심조심 문을 연다. 문지방에 선뜻 나타나 나와 얼굴을 마주보고 있는 사람은, 그 누구인가.

독자, 독자여! 나의 아내, 나의 원수 화자이다.

〈25〉

화자와 마주 다닥친 나는 머리가 힝 하고 내둘리는 듯하였다. 햇발을 보아도 부시지 않던 안경이건만, 그 보람도 없이 눈앞이 캄캄해진 것은 물론 마음과 몸이 한꺼번에 뒤흔들리는 듯하였다. 아아, 독자여! 화자는 어쩌면 저다지도 어여쁜가, 아름다운가! 절세미인은 보면 볼수록 더욱 어여쁘고 더욱 아름답다 하더니, 과연 화자는 그들의 한 사람이다. 그의 아름다움은 일찍이 아는 바이로되 그래도 백날이나 못 본 나의 눈에는 거의 처음 보는 것과 같았다. 면 사포로 살짝 가린 속으로부터 아른아른해 드러나는 희고도 붉은 얼굴! 가닥가닥이 빛나는 검고도 누런 머리! 아담하게 차린 소복은 도리어 맑은 풍정을 자아내는 듯. 여자를 싫어하던 옛날 하준으로 한 번 보고 눈이 어두워진 것도 용혹무괴한 일이다. 시방은 그때보담도 몇 십 갑절이나 더 아름다워 세상에 없을 청춘과부이다. 그러나 내가 정신을 잃은 것은 그 자 태뿐이 아니고 속아 나려온 지난 일이 일시에 복받친 까닭이다. 나는 나무로 깎아 세운 사람 모양으로 멀거니 서서만 있을 사이, 화자는 문턱에 선 채 쉽사리 들어오지 안 하고 아리따운 중에도 가장 아리따운 웃음을 띠우며 나를 바라보고 있다. 내가 손을 벌리고 제게로 달려오기를 기다리는 모양이었으나 나는 나아갈 수도 물러갈 수도 없었다.

그는 잠깐 부끄러운 빛을 보이며 가만가만 소리를 낮추어 잘못이면 어찌할 까 염려하는 모양으로 몹시 말하기 어려운 듯이,

"당신이…… 오…… 백작…… 되십니까?"하며 묻는다.

나는 죽을힘을 다하여 대답을 하려 하였으나 혀가 굳어지고 목이 말라 소리가 가슴에 막히고 말았다. 내 스스로 면목이 없어 이 당황을 감추노라고 간신히 고개를 숙이매 저편은 이걸로 '그렇습니다.'는 대답으로 알았는지 또한 걸음 기쁜 듯이 다가든다.

나는 나의 사내답지 못함을 스스로 분해하였다. 그 부끄러워하는 것이 진 정한 부끄럼이며 그 어려워하는 것이 참말 어려워함이랴. 제 스스로 이 세상에 짝이 없는 절색인 줄 안다. 어느 남자라도 제 앞에는 창자가 녹고 혼이 사라질 줄 안다. 그의 눈에는 남자란

풀이고 티끌일 따름이다. 짐짓 수태와 난색을 보임은 다만 제 아름다움을 높이는 수단이고 속으로는 비웃을 뿐 멸시할 뿐. 내가 이런 줄을 모름이 아니건만 알고도 어찌할 수 없음은 무슨 까닭인가. 그것은 어쩌겠든지 숙인 고개가 대답이 되어 따로 입을 벌리지 않더라도 괜찮게 된 것은 만번 다행이다 하매 점점 가슴이 진정됨을 따라 막혔던 목구멍이 툭 터지며 시방껏 목에부터 있는 "예!"란 한마디 가 불쑥 소리 높게 튀어나오고 말았다. 이때의 겸연쩍음이야 무엇으로 형용하랴.

화자의 등 뒤에 섰던 상춘이도 과연 백작은 여자 교제를 못해 본 사람이라고 비웃었으리라. 그러나 나의 눈에는 모든 것이 보이지 않았다. 화자도 우스워 못 견뎠으련만 그런 사색은 조금도 보이지 않고 더욱 기쁜 듯이,

"아, 그렇습니까? 저는 하 백작 부인이올시다. 당신께서 이 화실에 계시다는 말씀을 듣고 일시라도 일찍이 뵈옵고 치하를 올려야 되겠다 싶어서 이러고 왔어요. 참 그런 진귀한 보물은 보기도 처음이었습니다."하면서 가는 손을 벌려 쥐기를 기다린다.

나의 마음이 너무도 약하고 어린 것을 스스로 꾸짖고 있던 나는 이에 이르러 있는 용기를 다 내어 되는 대로 그 손을 잡아 부서지라 하고 힘 있게 쥐었다. 반지가 손 사이에 끼어 아프기도 하였으련만 그래도 아프단 소리는 하지 못하였다. 나는 이걸로 정신을 수습하고 일찍이 공부해 두었던 탁한 소리로,

"부인께서 그렇게 말씀하시면 도리어 부끄럽습니다. 더구나 천붕지변(天崩之變)을 당하신지 얼마 되지도 않는데 그런 물건을 보냄

은 너무도 경우를 모르는 짓이라, 오죽 무례한 놈이라고 여겼겠습니까? 부인의 슬픔을 모르는 게 아닙니다. 만일 슬픔을 논할 수 있다 하면 얼마도 시방쯤은 그의 손을 거쳐 부인께 올렸을 줄 생각하고, 상춘 씨에게도 그런 말을 일러 전한 것입니다. 슬플 때에 당치 않은 물건을 보내었다고 책망을 하시지 않으니 감사한 말씀을 무어라 여쭐 수가 없습니다."

목청은 지은 목청이로되 말씨야 마디마디가 교제 사회에서 추리고 뽑은 것 이니 만일 상춘이 가까운 데서 들었으면 내가 귀부인 앞에서 입도 벌릴 줄 모른다는 것과 그 말씨의 너무 능한데 놀랬을 것이로되 그는 다행히 차와 과자를 준비하노라고 밑층에 나려가고 그 자리에는 없었다. 화자도 얼마간 나의 말씨가 처음과 딴판임을 이상히 여겼던지, 또는 그 외에 무슨 의심나는 점이 있었든지 내가 말을 하는 사이에 얼굴빛이 푸르러지며 거의 무서운 듯한 눈매로 나의 안경을 바라보다가 슬며시 쥐었던 손을 놓는다. 나는 조금도 두려움 없이 그를 마주 바라보며 교의를 들어 안기를 권하매 그는 마치 조회를 파하고 사실에 물러나온 여왕 모양으로 비스듬히 걸어앉은 뒤에도 무슨 생각을 하며 나를 바라볼 뿐이었다. 이때에 상춘이가 올라와 만족 한 웃음을 웃으며,

"어떻습니까? 마침내 내 꾀에 넘어가시고 말았지요. 당신의 마음에 맡겨 두면 어느 때 부인을 만나실는지 알 수가 없어서 나와 부인이 의론하고 오늘이 면회를 꾸민 것입니다."라고 한다. 모르괘라. 이로부터 간부와 오장이를 진 본남편과 세 사람의 교제가 어떤 방면을 향할는지?

〈26〉

과연 상춘은 불의에 나와 화자를 대면시킬 작정으로 미리 맞추어
둔 것이리라. 나는 기쁜 듯이,

"그런 꾀이면 몇 번을 속아도 좋습니다. 저렇듯 아름다운 부인의
얼굴을 무망중에 뵈옵는 것같이 놀랍고도 고마운 일이 이 세상에
또 있겠습니까? 더군다나 남편이 돌아간 지 얼마 아니 된 슬픔도
잊어버리고 예까지 와 주신 것은 몸에 넘치는 영광으로 생각하는
바이올시다."

화자는 이 말을 듣고 마치 죽은 하준을 생각하는 듯이 슬퍼서 못
견디는 소리로,

"어찌해서 하준이가 죽었는지 시방 생각해 보아도 꿈속 같습니다.
참말 죽었다고는 생각할 수가 없어요."

생각할 수 없을 것이다. 하준은 이같이 살아 있으니까 하고, 속으
로 냉소 하였다. 화자는 거의 울음의 목소리로,

"그가 살아있었던들 얼마나 당신의 돌아오신 것을 기뻐하였으리
까? 그것을 생각하매 저의 가슴은 새삼스럽게 슬프고 애달파 견딜
수 없습니다."하는 사이에 벌써 두 눈에 눈물이 돈다. 눈물이 돈다
고 상춘이보담 낫다 하지 말라. 독부란 눈물 같은 것은 마음대로
뜻대로 흘릴 수 있는 것이다. 협협한 남자가 계집에게 빠지고 속는
것은 이 거짓 눈물을 참 눈물만 여기는 까닭이다. 나는 만 삼년
동안 화자를 아내로 삼아 몇 번이나 그가 나로 하여 울고 나로 하
여 슬퍼한 경우를 알기 때문에 그 눈물에 속기는 새려 저것 이 사
람 속이는 수단이로구나 하매 미웁기 한량없었다.

그럴 때 하준을 여지없이 타매하던 상춘의 모양은 어떠한가 하고, 슬쩍 그리고 눈을 돌리매 상춘은 겸연쩍었던지 돌아서서 기침을 한다.

아아, 빈 눈물과 헛기침! 다 같이 거짓은 거짓이로되 사람 속이는 데 들어서는 화자가 훨씬 상춘의 이상이라 하겠다. 나는 이런 생각을 하다가 다시금 그럴듯한 위로하는 목소리를 지어,

"시방 한탄한들 쓸 데가 있습니까? 차라리 병환이나 아니 나시도록 단념 하는 편이 낫지 않을까요? 또 부인같이 꽃다운 청춘에야 그리 슬퍼하실 것도 없지요. 곧 위로해 드릴 이가 생길 것이고 따라서 즐거운 일도 많을 터 이니까."

화자는 눈물을 거두고 상춘이도 이 말이 은연히 자기를 가리킴인 줄 알았던지,

"참말 그렇습니다."라고 찬성한다. 그래도 화자는 쉽사리 풀어지지 않으며 도리어 설움이 가득한 어조로,

"과연 그렇기도 해요. 슬퍼하는 것만 헛일이라고 단념은 합니다마는 저를 위로해 주는 사람이 어디 있어요? 첫째로 당신까지도 제 집에 오려지 않으시는걸 뭐."

하고 원하는 듯 한하는 듯 나를 쳐다본다. 그 눈에는 무한한 의미가 품겨 있었다. 당신까지도의 그 '까지도'에 말할 수 없는 깊은 뜻이 숨은 것은 장님이라도 환하게 볼 수 있다.

장님 아닌 상춘은 벌써 눈치를 알아채었다. 그리고 비웃는 듯이,
"부인께서는 아직 백작이 어떻게 여자를 싫어하고 미인이란 글자만 보아도 몸서리가 치이는 줄 모르십니다 그려. 그렇지요?"

하고 나를 다짐은 은연중에 예방의 그물을 치는 것이리라. 이만하면 그 마음의 깊이가 얼만지를 알 것이 아닌가. 그러나 여기 이르러서는 나도 여간 꾼이 아니다. 가장 가벼운 어조로,

"그렇습니다. 항용 미인 같으면 몸서리도 칩니다마는 선녀라 할 만한 절세미인의 웃는 얼굴에야 어찌할 수 있겠습니까?"

하고 안경 너머로 화자의 얼굴을 바라보매 그제야 화자는 슬픈 빛을 씻어 버리고 영롱하게 두 눈을 번쩍인다. 이것은 묻지 않아도 나의 간을 녹여 제 노예를 삼자는 작정, 곧 요부의 요부 된 본성을 드러냄이리라.

벌써 그 솜보담도 더 보드라운 손끝을 내 손 위에 얹으며,

"에그머니, 제가 그 선녀란 말씀이야요? 그런데 선녀의 말을 거역을 못하는 법입니다."

"어찌 거역을 하겠습니까?"

"그러면 내일 저를 찾아주신단 말씀입니다그려. 그러면 상춘……."

하다가 급히 말을 고쳐,

"그러면 이 선생님, 내일 꼭 모시고 오셔요."

모시고 오란 말이 어째 나를 높이고 저를 낮추는 듯 한지라 상춘의 안색은 더욱 좋지 않아지더니 다시금 비웃음을 띠우며,

"허허, 나는 아무리 청을 해도 듣지를 않으시던 백작이 부인의 말한 마디에 마음을 돌린 것은 기쁜 일이올시다."

마음을 돌린다는 말은 너무도 굉장하다. 딴말이 없지 않으련만 그는 일부러 이런 귀에 거슬리는 말을 쓴 것이리라. 화자는 그 후에 또 내 편을 들어,

"그야 어째 이 선생 말씀과 내 말을 같이 들으실 리가 있나요? 그렇지 않습니까? 백작!"

이 한 마디는 상춘의 인격을 거의 발부리에 짓밟는 듯하였다. 짐짓 상춘을 놀리고 애먹일 요량이리라. 나도 짐짓 그 말을 맞추어,

"그렇고말고요. 부인의 얼굴만 봐오면 두억시니라도 마음이 아니 부드러워질 수 있습니까?" 하였다.

〈27〉

화자는 그 후에도 상춘을 거의 안중에 두지 않는 듯이 나하고 이런 이야기 저런 이야기 하다가 처음 만난 자리에 너무 오래 있는 것도 예의에 꺼리는 줄 알았는지 고만 일어선다.

나는 웃는 얼굴로,

"참말 선녀의 하강이올시다. 아름다운 옥안을 충분히 뵈옵기도 전에 벌써 가시려고 하십니까?"

화자도 웃으며.

"그래도 당신의 언약을 믿고 돌아갑니다. 내일 오시지 않으면 선녀가 벌을 나릴 것입니다."

나는 복수의 일념에 모든 것을 잊었으되, 오직 나의 딸 경숙이가 마음에 걸리고, 또 그 고약한 어미를 봄을 따라 경숙의 안부가 듣고 싶은지라 말끝에,

"저 상춘 씨께 들으니까 하준 씨에게 어린 딸이 있다고요?" 화자는 처음으로 생각이 난 듯이,

"네, 제 아범을 퍽 많이 닮았습니다. 내일 오시면 보여 드리지요."하고 다시금 뜻 깊은 눈과 함께,

"꼭 오셔요!"란 말 한 마디를 뒷붙이면서 다시금 그 손을 나의 앞에 내어밀었다.

나는 벌써 그 손을 쥐기에 조금도 겁내지 않을 뿐이라, 한층 더 대담하게 그 손에 입술을 대매 화자도 조금도 괴이히 여기지 않으며 나의 하는 대로 맡기고 나의 검은 안경을 바라보다가, 이윽고 손을 빼며,

"당신은 안질이 있는가 봅니다그려."

"그렇습니다. 오래 열대 지방에 있었고 또 나이도 많으니까요."

"그렇게 연세가 많은 것 같지도 않은데요. 제 눈으로 보면 퍽 젊어 보이는데." 한다.

이것은 아첨뿐이 아니라, 차라리 나의 불그레한 뺨 빛을 보고 괴이히 여기는 것 같으므로, 나는 일부러 놀라는 척하며,

"이런 신대가리를 오히려 젊다고 하십니까?"

"젊어도 머리 흰 사람이 얼마나 많은데요, 대머리는 여자가 싫어하지마는 백발은 도리어 존경을 받는 것입니다. 저도 그 중에 한 사람이올시다.

머리가 검으면 도리어 마음을 놓을 수가 없습니다……. 덜 미덥다고 생각합니다."

이런 말을 하며 문지방으로 걸어 나가므로 나와 상춘이가 좌우로 손을 잡아 부축할 제, 화자는 상춘을 밀치고 내 손에 매어 달리어 마차를 탈 때까지 나의 팔에 기대고 있었다.

화자를 태운 마차가 그 그림자조차 사라질 때까지 우리는 그의 뒤끝을 바라보고 있다가, 다시 화실로 돌아왔다.

　그런데 상춘은 웃는 빛이 없어지고, 그는 눈썹과 눈썹 사이를 몰아붙이고 매우 근심되는 일이 있는 것처럼 입도 떼지 안 하고 망연히 무엇을 생각하고 있다. 나는 벌써 그가 무엇 때문에 그러는 것을 알았다. 그는 화자가 제 손을 내어버리고 특별히 내 손을 쥔 때문에 그 배 가운데에 질투란 독한 벌레가 생기어 따끔따끔하게 그의 가슴을 뜯는 줄 알았다. 이다지 속이 옅은 남자면 나의 원수 갚기는 더욱더욱 쉬우리라고 마음속으로 기뻐하면서,

　"여보 상춘 씨, 무엇을 그렇게 생각하십니까?"하고 그 어깨를 두드리매, 그는 다만 꿈틀할 뿐이고 아모 대답이 없다.

　나는 담배 한 개를 들어,

　"왜 이리 성이 잔뜩 나셨소? 고만 이것이나 한 개 붙이시오."하고 그를 주며,

　"대관절 그런 미인을 보고 무슨 짝에 그렇게 성을 내신단 말이오? 과연 절세가인인데요. 나는 한번만 보아도 정신이 상쾌한데요."

　그는 담배도 먹지 안 하고 다만 손가락만 튀길 뿐이다가 몰풍스럽게 내 얼굴을 보며,

　"그래서 내가 미리 말을 하지 않았소. 천지개벽 이래로 처음 있는 미인이 라고, 미인을 싫어하는 당신이라도 고만 홀려 버렸지요."하고는 비웃는 듯이,

　"당신은 매우 마음이 튼튼한 줄 알았더니만."

천만뜻밖에 그렇지 않다는 뜻이 분명하다.

나는 조금 놀란 빛을 띠우며,

"내가 홀리었단 말입니까? 아직 홀리지는 않은 것 같습니다마는
여하간 경국가인이란 점은 전혀 당신과 동감이었습니다."

그는 조금 날카롭게,

"동감이시면 어찌하실 작정입니까!"

"아니, 그저 동감만 하였을 뿐이지, 어찌할 작정은 없어요."

그는 잠깐 생각하다가 딱 나를 노려보며,

"그러길래 내가 미리 말을 하지 않았습니까? 이후로는 주의치 않
으면 아니 되어요."

나는 알 수 없다는 듯이,

"무엇을 주의하란 말씀이오?"

"아니, 그 부인에게 대하여."

"부인에게 대하여 무엇을 주의하란 말이오? 그런 미인도 위험한
점이 있나요?"

"아니, 그런 것이 아니어요. 처음 대면하는 사람에게도 아주 친절
히 구는 게 부인의 버릇이오. 버릇인 줄 모르고 무슨 특별한 뜻이
있는 줄 생각하여 서는 큰일이 날 터이오."

"흐응, 그런 일이 있었습디까?"

"아니, 아직 있지는 않았으나 지금 당신이라도 말이오. 교제상 항
용 쓰는 말씨를 갖다가 참말인 줄 여기고 깊이 들어가게 되면."

나는 처음으로 알아챈 듯이,

"아하, 그런 의미로 주의하란 말입니까? 참으로 우스운 일도 많

다. 내가 이 나잇살로 부인의 사랑에 미혹할 줄 알았습니까? 허허 그것만은 안심해 주시오. 염려하는 것부터 쓸데없습니다. 나는 거의 부인의 부친 뻘이나 되니까요."

이 성실한 말에 그는 적이 안심이 된 듯하였으나 오히려 주의를 모아 내 얼굴을 바라보며,

"그래도 부인은 당신을 보고 그리 노인으로 보이지 않는다는 둥 또 어쩌고 말을 하지 않았어요?"

나는 속으로 그의 근심하는 것을 가장 우습게 여기며,

"자아, 그게 교제상 말솜씨라는 것이오. 그것을 누가 참으로 여기겠습니까? 물론 부인인지라도 남편을 잃은 뒤에 의지할 곳 없는 신세이니 아비가 제 아들을 보호하는 것처럼 부인을 보호해 드리는지는 모르지요마는 당신이 근심하는 애인은 틀렸습니다. 부인이 만일 애인을 구하실진댄 제일로 노형을 선택하실 것입니다. 노형이야말로 부인과 어금버금한 미남자이지 나와 비교나 해 볼 것입니까?"

그제야 그는 마음을 가라앉히고 안심된 모양으로 담배를 받아들며 마치 변명하는 듯이,

"기실 하준의 생시에 나를 친형친제같이 여기고 나와 부인을 거의 차별도 안 하였으므로 나와 부인의 정의도 형매간이나 진배없었습니다. 하준이가 죽고 보니 나야말로 부인을 내 누이같이 보호해 주지 않으면 안 되지요. 그리고 보시는 바와 같이 부인은 나이도 젊고 또 자칫하면 몸을 그르칠 뿐이라 그 까닭에 내가 보호를 말지 아니하며 당신한테까지 주의하라고 한 것입니다. 알아들었습

니까?"

"예, 잘 알았습니다. 그것은 물론 그렇지요."

나는 진국으로 고개를 끄덕이었다. 참말 잘 알았다. 그의 뜻은 물건을 훔치려는 도적을 방어하려 함이다. 그로 말하면 그러는 것이 당연하겠지만, 제가 벌써 도적놈으로 주인 없는 틈을 타서 제 것을 만든 놈이니 참말 주인 되는 나로 말하면 당치도 않은 일이다. 나의 속에는 별로 나의 생각이 있는 것은 저 도적놈은 알지 못하는가.

그렇기는 하건마는 제 어찌 나의 깊은 뜻을 알리요. 화자가 나를 두터이 대우한 것도 온전히 항용 쓰는 교제수단에 지나지 못하고 나를 말하여도 제 백발을 부끄럽게 알아 질투를 받을 만한 행동을 안 할 줄 스스로 깨달은 듯하였다. 그는 점점 마음을 놓으며 내일 부인을 방문할 시간을 정하였다.

이윽고 상춘을 작별하고 여관에 돌아와 나 있는 방에 들어오니 '테이블' 위에 풀줄기로 얽은 아름다운 광주리가 있고 그 가운데는 온갖 과실이 담겨 있다. 나는 하준의 집에 이런 과실이 많은 것을 생각하고 누가 여기에 두었는가 하며 그것을 들어보매, 거기에는 명함 한 장이 있고 그 명함 가운데에 두어줄 글월이 있다.

'명일 왕림하겠다고 말씀하신 아까의 약속을 잊으시지는 않도록 후원의 과실을.'

하 백작 부인으로부터 오 백작께 올림.

그것은 보던 글씨이다. 화자의 필적이 분명하다. 아아, 그는 나의 돈이 많음을 탐내어 벌써 나를 사로잡을 양으로 이런 짓을 하는구

나. 나는 지금까지 참고 참았던 분노가 일시에 치받쳐 올라 그 광주리를 방 한 구석에 부서 져라 하고 집어던지었다.

〈28〉

그 이튿날 정오가 조금 지난 뒤에 나는 상춘을 데리고 화자를 방문하였다.

그 문을 들어서매 제일 먼저 내 귀를 울리는 것은,

"어서 오십시오!"

하고 나를 맞는 화자의 소리였다.

이것이 꿈인가 생시인가. 나는 우리 집 뜰에 섰고 나의 아내는 반가이 나를 맞는 도다. 그러하거늘 나의 몸만 딴 사람이다. 한참 동안은 나의 마음이 천 갈래로 흩어지고 만 갈래로 헛갈리어 보아도 보이지 안 하고 생각하려도 생각할 수 없었다.

다만 눈 익은 툇마루에 눈 익은 나뭇가지가 축 늘어져 있고, 옛날 내 집이던 이 집, 옛날 이 몸이 놀고 즐기던 양이 마치 주마등 모양으로 눈앞에 어른거릴뿐.

나는 기계 모양으로 한 발자국 두 발자국 걸음을 옮김을 따라 차츰차츰 정이 돌아오며 이것이 꿈이 아니고 모두 또렷또렷한 사실임을 깨닫자, 문득 가슴의 속의 속으로부터 눈물이 끌어올라 나의 목을 막는다.

제 아무리 돌 같은 마음과 쇠 같은 창자를 가진 사람이라도 때 있어 아니 우는 수 없고 울면 그 눈물이야말로 피눈물이리라. 시방 내가 마음대로 울기만 하면 내 눈에서 떨어지는 것은 흰 눈물이 아니고 새빨간 핏방울일 것이다. 대문도 후원도 나무도. 돌도 별로 변함이 없건만 변한 것은 내 처지와 신세뿐 이로다!

그러나 자세히 살펴보니 변하지 아니한 가운데도 변한 것이 없지 않다. 툇마루에 놓아두었던 나의 글 읽는 책상은 거기에 달린 푹신푹신한 안락교의 와 함께 간 곳이 없고 내가 사랑하던 꾀꼬리 넣은 새장도 보이지 아니하며 나와 상춘을 맞아들이는 나의 종자(從者)도 싱싱한 기운이 사라지고 맥이 풀린 듯하다.

화자는 나의 얼굴을 걱정스럽게 바라보며,

"백작, 당신께서는 여기 오신 걸 벌써 후회하십니까?"

나는 깜짝 정신을 차리며,

"천만에! 마치 지옥에 빠져든 혼령이 극락세계에 들어온 것 같습니다. 그렇습니다. 지나친 기쁨은 말이 없는 법이외다."

하고 그 얼굴을 쳐다보매, 화자는 부끄러운 듯이 눈을 살짝 내리킨다.

우리는 넓고 시원한 객실로 인도되었다. 여기도 변한 곳이 있다. 내가 열다섯 살 먹던 해에 만들어 두었던 나의 초상도 없어지고 조정에서 내리신 장미 꽃 화분도 보이지 않았다. 다만 그대로 남아 있는 것은 상춘과 화자가 나란히 앉아 타고 놀던 음악대(音樂臺)뿐인데, 요새도 날마다 쓰이는지 뚜 껑까지 열려 있다. 나는 부지불각에 깊은 한숨을 내어 쉬며,

"과연 전일과 같구나."

하였다.

상춘이가 의심스럽게,

"전일과 같다니요?"

"아니, 하준 씨의 부친이 살아 계실 때와 같단 말이어요."하고, 이런 이야기 저런 이야기 하는 가운데 화자가,

"그런데 저번에 백작께서 우리 경숙을 보시려 하였지요. 시방 보여 드릴까요?"

나는 펄떡거리는 가슴을 애써 가라앉히며,

"부인과 하준 씨의 따님이면 나는 손녀같이 생각하겠습니다. 곧 보여 주십시오."

화자는 곧 하인을 불러 경숙을 데려 오라 한다. 이윽고 어리고 약한 손으로 문을 열고자 손잡이를 트는 듯하더니 나의 딸 경숙이가 문지방 위에 나타난다.

나는 한번 보고 경숙의 몹시 변한 모양에 아니 놀랠 수 없었다. 내가 집을 떠난 지 겨우 백날이 못 되거늘 어쩌면 저다지도 변하였는가. 파리하고 야윈 것은 말할 것도 없거니와 어디인지 두려워하고 겁내는 빛이 보인다. 웃음을 머금은 그 눈에는 슬픈 그림자도 떠돈다. 어른이 이리하여도 불쌍하다 하겠거늘 네 살이 못 된 어린애가 벌써 이러한 풍정을 띤 것은 창자가 끊어질 일이 아닌가. 내가 죽은 뒤로 마치 의붓자식이나 무엇같이 학대를 받은 것은 이걸로 분명하다. 방 가운데 들어서자 첫째로 상춘을 흘겨보며 몸을 움직이지 않는다.

상춘은 웃으며.

"왜 악마나 보는 듯이 나를 흘겨보느냐? 오늘은 무어라 안 할 테

니 이리 들어와. 이 어른이 네 아빠를 잘 아신단다."

아빠란 말에 조금 눈에 영채가 돌더니 이상하게도 화자에게 아니 가고 바로 나에게 달려와서 그 가는 손을 내 손에 댄다. 닿은 그 손의 보드랍고 따스함 — 나의 마음 깊이 스며들어가는 듯하였다. 나는 고만 얼굴을 바로잡을 수 없었다. 키스한다는 핑계로 경숙의 이마에 허리를 구부려 얼굴을 감추었다. 눈물을 아니 흘리려 하였건만 저절로 흘러나와 나의 검은 안경을 적신다. 마음의 어림을 스스로 꾸짖으며 입술이 찢어지도록 울음을 물어 멈추어 간신히 얼굴을 바로잡았는데 경숙은 나의 검은 안경에도 흰머리에도 무서워하지 않고 나의 무릎에 올라앉아 얼없이 나의 얼굴을 쳐다보며 그 슬픈 눈 가운데 사라졌던 웃음이 돌고 온 얼굴에 기쁜 힘줄이 드러나자 일찍이 제 아빠 하준을 키스하던 모양으로 나의 키스를 받는다. 나는 참다 참을 수 없어 창자가 마디마디 끊어지는 듯, 바싹 내 가슴에 껴안으며 다시금 내 얼굴을 그 부드러운 머리에 파묻었다.

〈29〉

나의 숨어 우는 모양, 경숙의 따르는 모양, 혹은 사람의 의심을 끌지 않을까 하고 슬쩍 그들을 엿보매, 그들은 별로 괴이히 여기지 않는 것 같으므로 나는 안심을 하고 하준의 음성과는 얼토당토않은 탁한 소리로,

"아가씨의 이름이 경숙이라지? 구슬같이 맑고 아름답단 말이지?"

경숙은 내 소리가 저의 아빠 소리와는 다른 것을 의아히 여기는 듯, 잠깐 생각한 후,

"네, 아빠도 그랬어요."

"그렇겠지, 그렇겠지."하고,

내가 머리를 쓰다듬으매 화자가 곁에서,

"아빠가 너를 너무 귀애하기 때문에 말을 아니 듣지. 아빠가 있을 때는 그렇지 않더니만."

경숙은 이 말을 듣고 무슨 말이 하고 싶은 듯이 입술을 떨었으나 그래도 말은 하지 못하였다. 나는 다만 경숙이만 향하며,

"이런 어여쁜 애기를 귀애 안 하고 어찌해요? 말을 안 듣다니 그럴 리는 없겠지요. 그렇지 아가?"

경숙은 오히려 말은 못하건마는 마치 어른이 괴로울 때에 내어 쉬는 깊은 한숨으로 그 작고 어여쁜 가슴에 물결을 친다. 말을 하기만 하면 더욱 야단을 맞을까 싶어서 두려워함이겠으나 철모르는 이 어린애에게 누가 이런 조심 많고 두려움 많은 버릇을 가르쳤는가.

이윽고 경숙은 그 머리를 나의 어깨에 대고 하소연하는 듯 한눈으로 나를 쳐다보며,

"아빠를 보았나요? 어디 있어요? 아빠는 언제 와요?"

라고 묻는다.

'아아 네가 찾는 아빠는 곧 나다. 네 얼굴이 보고 싶고 너를 악한 연놈의 틈바구니에서 구해내려고 지금 이와 같이 들어왔다. 아모 걱정 말아라. 경숙아!라고 하고 싶었다, 또 안고 싶었다. 참으로 나

는 오늘날까지 갈고 갈았던 복수의 칼을 집어던질지라도 경숙을 나의 딸이라고 부르고 경숙에게 아빠 소리를 들어 보고 싶다. 아아, 나는 무슨 죄가 이렇게도 많은가. 눈앞에 나의 딸을 보면서 아빠란 소리를 들어 보지 못하고 또 아비라고 해 보지도 못하고 이러한 괴롭고도 쓰린 맛을 보는가. 무량한 감개가 샘솟듯 가슴에 끓어올라 한참 동안은 소리도 낼 수 없었다.

이 정경을 어떻게 보았던지 상춘은 스스로 경숙의 말을 답하라는 것처럼 나아와,

"이 쪼끄맹아!" 한다. 이름 있는 사람을 쪼끄맹이라 부르는 것부터 귀에 거슬린다.

"네 아빠는 죽지 않았니!"라고 다시 나의 얼굴을 보며,

"죽었단 말을 모르니 할 수가 없지."

혼잣말같이 하고는 또 다시,

"먼 데로 가 버렸어, 네가 너무 장난을 치기 때문에 너 같이 성가시게 구는 애가 없는 곳으로 달아났다. 네가 말을 잘 듣기까지는 돌아오지 않아."

아아 이 어쩌면 모질고도 몰풍스러운 소리인가. 내가 집을 떠난 뒤로는 항상 이런 말로써 경숙을 구박하고 두 마디만 하면 장난, 장난이라고 꾸짖는 까닭에 경숙의 어린 가슴에 어찌하면 야단을 맞지 아니할까, 어찌하면 아빠가 돌아올까 하는 근심이 가득 차서 저절로 모양이 파리해진 것이 아닌가.

그것은 그렇다 하고 경숙은 이 말을 듣고 울지도 안 하고 겁도 내지 아니 하고 나를 방패로 상춘을 타매하고 멸시하는 것처럼 노

려본다. 어린애가 이런 눈살을 주는 것은 이상한 일이로되 실로 우리 하씨 집안의 특유한 눈짓 이었다. 우리 부친으로 말하여도 웃을 때에는 어린애도 따르게 하지마는 성낸 눈은 삼군(三軍)을 물리친다. 또 멸시해 보는 그 눈은 그 사람으로 하여금 등에 냉수를 끼얹는 듯이 으쓱하게 하였다. 다른 사람은 모르지마는 나는 그 눈을 보는 족족 그렇게 생각하였다. 나의 눈도 그와 같은 것은 몇 번이나 아는 사람에게 평판을 들었다. 과연 하씨 집의 혈통을 받은 경숙은 어리지만 그 특색이 있다고 내가 마음 그윽이 만족할 겨를도 없이 상춘은 그 눈을 보고 웃으며,

"저것 봐, 저 건방진 눈을 좀 봐. 하릴없는 하준의 눈이다. 저 얼굴에다 수염만 붙었으면 조그마한 하준이가 될 거야."

하고는 경숙을 꼭 붙들어, 그 나풀나풀한 머리끝을 쥐어다가 마치 윗수염처럼 경숙의 코밑에 대려 한다. 경숙은 싫어도 하고, 성도 내며 그 손을 뿌리 치고 나에게로 달려오려 한다. 뿌리칠수록 더욱 단단히 붙들며 차마 볼 수 없게 애를 먹이건만 소위 어미란 것은 웃고만 있다.

아아 무정한 연놈도 있다 하고, 나는 분노가 치받쳐 올라 거의 빼앗듯이 경숙을 끌어내어 내 손에 단단히 안고는 대갈일성으로 상춘을 타매하려다가 억지로 그것을 참고 다만 소리를 가다듬어,

"너무 그러지 마시오. 약한 자를 구박하는 것은 금수의 행위올시다."라고 하였다.

나는 매우 부드럽게 말한 셈이로되, 그리 부드럽지도 못하였는지 상춘은 웃으면서도 무안한 듯이 마치 주인에게 야단을 맞는 원숭

이 모양으로 창곁에 멀리 가서 바깥을 내다볼 뿐이었다. 나는 화자를 향하여.

"어린애는 기르기를 잘 길러야 됩니다. 어릴 때에 너무 구속을 하면 자라 서 마음이 좋지 못하게 됩니다. 더구나 하씨 집안은 옛날부터 은원을 아니 잊는 성질이니 어린애라도 업신여길 수 없습니다."

화자는 그 말에 찬성하는 눈치로 나를 향하며,

"그렇다 뿐입니까? 그 대신 당신같이 친절히 하시면 그 은혜는 자라서도 잊지 않겠지요. 어미도 감사하게 생각하겠습니다."

아아, 요부의 입부리는 공교하고도 볼 것이다.

그럴 사이에 하인이 올라와서 식당의 준비가 다 되었다 하므로 나는 경숙 과 아니 떨어질 수 없게 되었다.

더구나 화자가,

"자아 백작, 식당으로 가시지요."하고 곁눈으로 경숙을 흘겨보며,

"어서 가거라."하는 뜻을 보이매, 경숙이도 그 눈치를 알아채었는지 섭섭하게 나의 무릎으로부터 일어선다.

나는 작은 소리로,

"가끔 와서 안아 주지요."하매, 경숙은 기쁘게 고개를 끄덕이며 하인을 따라 가 버렸다. 나는 나중에 경숙을 나의 수양딸로 얻을 마음이 있어서 그 앞잡이로 먼저 경숙의 어여쁜 얼굴과 영리한 행동을 칭찬을 마지아니하였다. 화자고 상춘이고 경숙의 칭찬 받는 것을 좋아하지 않는 빛이 그 눈에 역력히 나타난다.

이윽고 우리는 식당에 들어왔다. 화자는 나를 주석(主席)에 앉기

를 청하며,

"당신은 이 집안 세교시니까 제발 주인 자리에 앉기를 바랍니다."
하면서 이전 하준이가 앉던 자리에 나를 앉히고 자기는 나의 아내
처럼 나의 오른편에 앉고 상춘은 지나가는 손님 모양으로 나의 왼
편에 앉게 하였다.

〈30〉

식탁이 어울려 들어감을 따라 화자는 그 능란한 말솜씨를 내어놓
기 시작하였다. 그 옥을 바수는 듯한 청아한 음성으로 때를 따라
풍자도 하고 해학도 섞어가면서 듣는 이를 웃기고 놀래게 하고 즐
겁게 하는 묘리를 그는 잘 알았다.

이런 재변(才辯)은 여류 사회에 얻기 어려운 바이로되, 나는 여러
번 들어 벌써 귀에 젖은 바이고 또 말씨가 묘하면 묘할수록 일어
나는 분노를 걷잡을 수 없었으되 짐짓 슬근슬근 말을 맞춰 주니
우리 둘의 사이에만 이야기꽃이 필 대로 피고 상춘은 있으나 없는
것같이 되매 그는 더욱 화를 내는 모양이었다.

나는 일부러 말을 그에게로 건네며,

"상춘 씨, 그렇지 않아요?"

하였건만 그것은 헛일이었다. 그는 마지못해 '네.'라든가 '아니오.'
라든가 쓸쓸한 말 한 마디로 나의 말을 좇을 뿐인데, 그것조차 노
기를 머금은 소리이었다.

화자도 벌써 짐작하였던지,

"이것 보셔요, 백작! 상춘 씨는 도모지 애교란 게 없습니다그려.
그래서 야 어디 교제사회에 내어 놓겠습니까?"

하고는 다시 상춘을 향하며,

"당신도 어쩌면 그렇습니까? 백작을 모시고 와 놓고 무슨 짝에
화가 잔뜩 난 듯이 하고 계시단 말이오? 이런 친한 좌석에 말공부
를 해 두지 않으면 언제든지 남의 앞에 나갈 수 없어요."

이것은 상춘을 발로 누르고 땅속에 파묻는 수작이니, 상춘이 어찌
견디리요. 그의 눈은 더욱 번쩍인다. 그러나 화자는 상춘의 그러는
것을 도리어 재미스럽다는 듯이 마음 사나웁게 웃을 뿐이다. 그리
고 상춘의 성낼 틈도 없이 다시금 말을 잇는다. 상춘은 견딜성도
인제는 다 했는지 그의 얼굴은 푸르고 그의 입술은 떨린다. 지금
기회만 있으면 나에게나 화자에게 달려들 것 같았다.

나는 어찌해서든지 그를 위로하여 곧 진정을 시키지 아니하면 안
되리라고 근심을 하였다. 화자는 벌써 이 눈치를 보고,

"고만 저 혼자만 떠들었습니다그려. 남자는 남자끼리 여자의 듣는
데 못할 이야기도 있을 테니까 저는 물러가겠습니다. 이 뒤에 두
분께서는 제 흉이든지 세상 여자의 이야기든지 마음대로 하십시오.
그 대신 저는 툇마루에서 커피차나 달이고 있겠습니다."

하고 나에게 팔분, 상춘에게 이분, 어여쁜 웃는 얼굴을 보이며 일
어선다.

나는 마치 여왕이나 보내는 듯이 경의를 표하며 앞서서 친히 나
갈 문을 열어주매 화자는 입과 눈으로 함께,

"이건 매우 고맙습니다."

하고 나갔다.

나는 다시 식탁에 돌아와 먼저 술을 상춘의 잔에 부으며 앉았다. 상춘은 아모 말도 하지 않고 다만 날카로운 눈으로 번쩍이는 은 접시를 보고만 있는 것은 마치 제 마음을 거울에 비추어 그 분노가 여간이 아님을 바라보는 것 같았다. 나도 한참 동안은 잠자코 속으로 가만히 복수할 방침을 궁리하고 있었다. 그러다가 나는 거의 혼잣말같이,

"아아 정말 미인이다. 아마 천하의 무쌍한 미인이 될 것이다. 그 마음이 나 그 지혜나."라고 중얼거릴 사이에 상춘은 번쩍 고개를 든다.

나는 그 먼저,

"상춘 씨, 노형의 감정에는 감복하는 수밖에 없습니다."

그는 노기등등한 음성으로,

"무엇이 어쩌고 어째요?"

"아아 젊다 젊어. 노형은 아직, 나이 젊다."하고 웃으면서,

"무슨 짝에 내게 그렇게 숨기려고 든단 말이오, 노형이 이토록 생각하는 것을 부인이 아무렇게도 생각지 않으면 그야말로 부인이 숙맥이올시다."

그는 눈이 둥그레지며,

"예? 그러면 당신은……."

"그렇습니다. 나는 죄다 알았습니다. 노형이 부인을 사랑하고 있는 것을 명약관화로 알았습니다. 뿐만 아니라 나는 그것을 찬성합니다. 지하에 있는 하준이도 반드시 찬성하겠지요. 제일로 그렇게

젊고 어여쁜 아내가 일평생을 홀로 늙을 리는 만무하겠고, 이미 홀로 지내지 못한다 하면 얼굴도 못 보고 마음도 모르는 사람에게 가느니보담은 자기의 친형제같이 지내던 절친 한 친구에게 가는 게 낫겠지요. 나는 하준을 대신해서 찬성하겠습니다. 저 런 어여쁜 미망인을 갖다가 만일 하준이가 미워하는 사람의 아내나 만들고 보면 하준 뿐만 아니라 그의 숙부나 진배없는 나까지 유감이올시다. 노형이 면은 제 뒤를 제 동생에게 이어준 것처럼 만족히 여기겠지요."하고 기쁘게 한 잔을 들이키매 천착한 천치 상춘은 아까 의심이 고만 아침 해를 만난 서리처럼 스러지고 기쁨에 저를 잊고, 열심히 나의 손을 쥐 흔들며,

"백작, 지금까지 당신을 의심하여서 미안합니다. 나는 질투로 미칠 듯하였습니다. 당신이 부인의 사랑을 얻으려는 줄 알고 당신을 죽이려고까지 하였습니다. 참으로 경박한 죄를 용서해 주십시오." 하고 내 앞에 꿇어 엎드릴 듯이 제 죄를 사례한다.

나는 마음이 풀어진 상춘이와 한동안 술을 권커니 잣거니 하다가 식당을 나오니 툇마루에 있던 화자는 상춘의 풀어진 모양을 보고 매우 안심한 듯하였다. 살피건대 화자는 아까부터 상춘이가 질투로 말미암아 무슨 사나운 행동을 않을까 하고 마음 그윽이 두려워한 것 같다. 상춘의 행동이 벌써 화자를 두렵게 함은 나의 원수 갚는 데 편리를 주는 것이매 스스로 기뻐하였다. 이윽고 화자가 달여 온 커피를 마시고 일어서매, 상춘이가 기어이 내 여관까지 데려다 주려 하였으나 나는 혼자 가는 것이 편하다고, 굳게 사절 한 후 달빛을 밟으며 그 집을 나왔는데 가만히 생각해 보니 이 뒤에 그 연

놈들이 필연 나의 비평을 할 터이라. 그것을 듣지 않으면 마음을 놓을 수 없다 하고, 나는 일전 모양으로 그 뒷문으로 들어가서 후원을 돌아 나무 그늘에 몸을 숨기고 엿보니, 아니나 다를까, 상춘은 남볼상 사납게 화자의 허리를 얼싸안고 질투를 머금은 소리로,

"화자, 몹쓸 것도 있지, 왜 백작에게 추파를 건네어 남을 못살게 군담."

화자는 천연덕스럽게,

"건네고 말고야 내 마음에 달렸지, 노인이라도 훌륭한 신사가 아니냐. 그 검정 안경만 벗고 보면 너보다 더 잘나 보일는지 몰라."

하고 상춘의 붉으락푸르락하는 얼굴을 슬쩍 보며,

"그것은 거짓말이지만, 그렇게 비위를 살살 맞춰 주면 야광주를 또 줄는지 아니."

"야광주만 주면 사랑할 터란 말이냐? 그렇지 않겠지. 그러면 왜 남의 간을 그렇게 태운단 말이냐?"

화자는 무슨 생각을 하였는지 얼굴빛을 바로 하며,

"그런데 내 마음 탓인지 모르지만 그 백작이 어쩐지 하준과 비슷하지 않든?"

"나도 처음 보고 그런 생각을 하였어."

"그런 생각을 하니 어째 마음이 좋지 못한걸."

"뭘, 나는 귀족 명감을 들쳐보고 고만 의심이 풀리었다. 그는 하준의 어 머니의 오라비란다. 인제 돈푼이나 모았다고 그런 말을 하지 않지마는 그는 하준의 외삼촌인데, 밤낮 노름만 하다가 나중에 먹을 것이 없어서 인도로 갔던 거야. 혈맥이 가까우니 닮기도 하겠

지. 일기가 점점 차지는걸. 인제 고만 안으로 들어가자."

하고, 손목을 마주잡고 저편으로 그림자를 사르고 말았다.

그들의 수작이 이러하니 도저히 내가 하준의 후신인 줄 알아낼 수가 없을 것이다. 그들을 죽이든지 살리든지 내 손에 달렸으니 무엇을 근심하며 무엇을 염려하랴.

〈31〉

그 후 한 달 동안은 물 흐르는 듯 지나갔다. 나의 가슴 가운데 원수 갚으려는 크나큰 목적이 없었던들 나는 오세환이란 거짓 이름으로 일생을 마쳤을는지 모르리라. 오세환이란 새 귀족은 옛날 백작 하준이보담도 더욱 존경을 받고 후대를 받으며 거의 교제장 리의 왕 노릇을 하게 되어 무엇 하나 부족한 것이 없게 되었다. 영화도 내 마음, 호강도 내 뜻대로 하게 되었다.

나의 소문은 도처에 사람의 입에 오르고 신문지는 나의 일거일동을 보도하며 넉넉한 사람, 가난한 사람 할 것 없이 오세환의 재산만은 헤아릴 수 없다고 떠들게 되었다. 그것은 무리한 일이 아니다. 나의 여관에 여덟 필의 좋은 말을 매어두고 그 중에 네 마리는 두 마리씩 교대하면서 나의 마차를 끌게 하고 남은 네 마리는 나와 교제하는 신사, 아모에게라도 맞고 보내는데 쓰게 하였다. 이 외에도 가장 상등 가는 마차 두 채, 선유하는 증기선 한 척이 있다. 그것을 나폴리 바다 안에 띄워 놓고 널리 교제가의 타기에 맡기는 둥, 사치란 사치는 부릴 대로 부리는 판이니 어느 연회라도 백작 오세 환의 얼굴이 보이지 아니하면 연회가 불성모양이다. 그리고 과년의 따님을 둔 부모들은 이 백발 노인을 사위로 삼으려고 기회만 있으면 공교하게 제 딸 소개를 한다. 그 모양이 마치 노예 장사를 하는 사람이 노예를 대갓집 뜰에 늘어 세워 놓고 주인의 골라내기를 다행히 여기는 것과 다름이 없었다. 더구나 놀랠 것은 묘령의 아가씨들이 "남편은 부자라야 쓴다."는 당 세의 격언을 가슴에 담아 나를 나이 젊은 미남자보담도 더욱 사모하는 꼴, 아양을 부리는 꼴, 호리려 드는 꼴, 모두 늙은이의 넋을 사리었다. 연회에 가면 나의 왼편, 오른편에 반드시 몇 무리의 미인이 에둘러 있고 그 속살거리는 말 가운데는,

"어쩌면 머리털이 저렇게 고와!"라고 하는 소리가 새어 흐른다. 센 머리라도 그 사람에게 돈만 있으면 청년의 검은 머리보담도 더 아름답게 보이는 모양이다. 물론 이런 터이니까 시내의 장사란 장사는 너도 나도 하며 내 일을 맡으려고 온갖 뇌물을 나의 종자 돌쇠에게 주건마는 돌쇠는 드물게 정직한 자이라 뇌물에 눈이 어두워 나를 속이는 일이 없고 일일이 그 일을 고하며 나의 가르침을 기다린다. 나는 뜻밖에 좋은 종자를 얻은 것을 기뻐하였다.

이런 가운데도 내가 가장 마음을 쓰는 것은 나의 원수 상춘에 대한 응징이었다. 복수의 크고 무거운 쇠뭉치로 그의 행복을 부수기 전에 먼저 나는 그를 안심시키고 그의 절친한 우인이 되어 그의 마음을 턱 놓게 만들지 않으면 아니 된다. 옛날 하준이가 그를 믿던 것과 같이 그로 하여금 나를 믿게 만들지 아니하면 나의 원수를 충분히 갚을 수 없다. 그러므로 있는 친절을 다하여 그의 노름

빚을 몰래 갚아 주어 그로 하여금 기쁘게 하고 놀래게 하며, 혹은
그가 하고 싶은 듯이 말하는 것을 사 보내는 둥, 가려운 곳에 손
이 닿도록 하여 주며 몇 주일이 못 가서 그는 전혀 나에게 쏠아져
나를 믿기를 제 몸 믿듯 하게 되었다. 이렇게 상춘의 환심을 사면
서 또 한편으로 화자에게 친숙하게 굴어 어느 날 어느 때라도 자
유자재로 그 집에 드나들 수가 있게 되었다 어느. 때는 나의 서재
에 들어가 내가 일찍이 애독하던 책을 내어 읽기도 하고 혹은 경
숙을 무릎 위에 안고 놀기도 하였다. 이것은 남으로는 이 위에 없
는 특권이라고 하겠다. 그러나 화자의 남편 하준으로는 참말 이상
야릇한 특권이니 바람 소리에도 하인의 그림자에도 주의를 안 할
수 없다. 더구나 내가 힘쓸 것은 조금도 상춘의 의심과 질투를 아
니 일으키려는 것인 까닭에 한 번도 화자한테서 밤이 이슥하도록
있은 일이 없고 반드시 상춘이보담도 먼저 돌아왔다. 그리고 화자
에게 대하여는 아비가 자식을 귀애하듯 누구의 눈에라도 거슬리지
않도록 정성된 마음만 보일 뿐이니요 부는 내가 상춘의 질투를 몹
시 꺼리는 줄 알아채고 벌써 상춘을 놀린다든지 성나게 한다든지
하는 행동이 없고 상춘이가 보는 데에는 나에게 대하여 시침을 따
는 것이 꼭 옛날 하준의 앞에서 상춘에게 대하여 시침을 따는 것
과 다름이 없었다.

그러나 상춘이가 일각이라도 그 자리에 없으면 화자는 별안간 추
파를 띠우며 은은히 정을 건넨다. 혹은 상춘을 멸시하고 나를 일으
켜 세우며 나에게 의의히 떨어지기 어려운 표정을 보이고 나도 또
한 목석이 아닌 것을 보이며 어느 때는 그의 손을 잡아 흔들어도

화자는 허물하지 않았다. 쥐인 손을 빼지도 안 하고 가만히 있을 뿐 아니라 도리어 그것이 오래 못 갈까 봐 염려 하는 듯하였다. 그리고 이야기에 정신을 잃어 제 손이 내 손에 닿은 줄 모르는 것 같이 꾸미며 조금도 나에게 창피한 꼴을 보이지 않는다. 그뿐만 아니라 아침마다 의중의 사람끼리 서로 찾는 것 모양으로 나에게 과실 같은 것을 보내었건만 나도 이것을 다른 데 말하지 않았고, 돌쇠도 말을 낼 사람이 아니다. 그러므로 상춘은 이것을 알 길이 없다. 이것저것으로 미루어 볼 진대 화자는 확실히 상춘의 눈을 기이어 가며 나의 환심을 얻으려 하는 것이고, 나 또한 그러는 것을 좋아하는 터이다. 내가 어느 곳 초대를 받아 다른 부인에게 후대를 받았다 하면 화자는 그 얼굴에 마치 스스러워하는 것같이 분명히 불쾌한 빛을 보이는 것도 또한 재미스럽다. 나는 나의 계획이 착착히 진행된 것을 깨달았다. 때때로 상춘의 질투를 일으켜 보려고 말을 비추어 보아도 인제는 상춘이도 깊이 나를 믿고는 조금도 시기를 아니하는 것이 마치 전자에 하준과 같다. 저가 그런 줄은 모르고 그는 때때로 나에게 하준을 평하되,

"그는 참 불쌍한 숙맥이었습니다. 그렇게 속이기 쉬운 사람은 없었습니다."라고 한다.

이런 말을 하는 저야말로 불쌍한 숙맥이 아닌가, 가련한 천치가 아닌가.

내가 자주 화자를 방문함을 따라 경숙은 제 아빠나 진배없이 나를 따랐었다. 나는 전날 하준이가 이야기를 하던 옛날이야기를 들려주매 경숙은 이야기를 들으면서 내 무릎 위에서 편안히 잠을 자기도 하였다. 경숙을 기르는 할멈은 나도 길러낸 사람이라 혹 내 이야기와 하준의 이야기와 같은 것으로 나를 의심할까 두려워하였으나 벌써 나이가 워낙 늙어 귀도 먹고 눈도 어두운 모양이라, 그리 주의할 것이 없었다. 그래서 나는 몇 번이나 경숙을 그에게 업히어 내 여관으로 데려오니, 할멈도 경숙이도 더할 수 없이 기뻐하며 온종일 놀고 가기도 하였다.

섣달도 보름이 지난 때, 웬일인지 경숙의 몸이 점점 여위어 가며 붉던 뺨 빛도 하루 이틀에 쇠해 가는지라, 나는 그윽이 걱정을 마지않으며 할멈에게 주의를 시켰으되, 할멈은 어미의 몹시 구는 것을 탄식하는 듯이 깊은 한 숨을 쉴 뿐. 또 화자에게 어린 애 기르는 법을 일러 듣기며, 요사이 경숙의 모양을 걱정하였건만 그는 들은 체 만 체하고 다만,

"무얼요, 그 애는 너무 과자를 많이 처먹는 탓이지요." 한다.

그년은 제 남편을 사랑하지 않을 뿐 아니라 제 자식까지 사랑하지 않는구나 하고, 속으로 타매하였으되 어찌할 도리가 없었다.

기후가 점점 치워 감을 따라 야회가 성하게 될 때가 되었는지라, 나는 하룻밤 무도회를 열까 하고 그 준비를 하고 있던 차에 하늘의 도움인지, 나의 원수 갚기를 하루라도 속히 할 뜻 안 한 다행이 생기었다. 이 달 열이렛날, 낮이 조금 겨워서 상춘이가 황황히

우리 방에 들어와 한숨과 함께 그 몸을 교의에 던진다. 나는 괴이쩍게,

"왜, 무슨 걱정이나 생겼습니까? 무슨 걱정이오? 돈 걱정입니까? 그러면 내 돈을 은행에서 꺼내시지요."하매, 그는 고마운 듯이 웃었으나 그래도 허둥허둥하며,

"아니, 그런 일도 아닙니다."

"그러면 부인의 마음이 변해서 당신과 결혼을 않으려고 하심이나 아닙니까?"

이 점에는 득의양양한 듯 웃음을 띠우며,

"아니, 그런 일도 아닙니다. 설령 부인이 싫어도 싫단 소리를 못하게 하 지요."

"그것은 굉장하십니다 그려. 하고 보면 무슨 일인가요?"

"다른 게 아니라 당분간 이곳을 떠나 로마에 아니 갈 수 없게 되었습니다."

이 소리를 들으매 나의 가슴은 기쁨에 뛰었다. 이곳을 떠난다는 것은 전장을 비워 적군인 나의 유린에 맡기는 것이다.

"로마에 가요? 그것 큰일났습니다 그려."

"큰일이라도 어찌할 수가 없습니다. 기실로마에 있는 삼촌이 시방 죽어 간다고 합니다. 그 삼촌이 일찍이 나를 상속인으로 정하였으니 죽기만 하면 그 재산 전부가 내 손에 들어올 판인데 만일 임종을 않으면 어떻게 마음이 변해서 그 유언서를 고쳐 쓰는지 모릅니다."

"그렇습니다. 그것은 아니 가실 수 없습니다그려."

"변호사 말도 시방 가 보지 않으면 삼촌의 유산을 남에게 빼앗기겠다 하여요."

"그러면 가시지요. 모든 일은 내가 있으니."

"그렇게 말씀해 주시니 얼마나 안심이 되는지 모르겠습니다. 당신께 내 목숨보담도 더 중한 것을 맡겨야 되겠으니까요."

"목숨보담도?"

"그렇습니다. 그것은 부인 말입니다. 그런 화용월태를 보고 춤을 흘리는 자가 한둘이겠습니까? 나 없는 동안에 누가 엄중하게 간검을 하고 아무도 부인을 가까이 못하게 하지 않으면 나는 하루라도 이곳을 비울 수 없습니다. 당신이면 지위로 말하든지 연세로 말하든지 이 위에 없는 파수, 아니 파수란 건 실례올시다 마는 이 위에 없는 보호자이니까 내가 돌아올 때까지 잘 간검하셔서 부인에게 잘못이 없게 해 주십시오."

나는 아주 진실하게,

"노형이 그리 부탁 안 하실지라도 나는 그 집 대대의 세의를 보아 그만한 주의는 할 의무가 있으니까요."

"그것은 너무나 고마운 말씀이올시다."

"고마울 거야 무엇 있습니까? 더구나 당신은 장래 부인을 남에게 맡기고 길을 떠나는 것이니 여북 걱정이 되겠습니까? 내가 맡아서 부인을 보호하는 것은 친구 된 자 — 마땅히 할 의무이지요."

"참으로 고맙습니다."

"그러면 언제 가시나요?"

"내일 아침 차로 가려고 합니다."

나는 테이블 위에 놓인 연회 초대장에 눈을 주며,

"나는 그런 줄을 모르고 일간 무도회를 개최하려고 보시는 바와 같이 초대장까지 쓰는 중이었으나, 그러면 노형이 돌아오실 때까지 물리는 수밖에 없습니다. 안 계시는 동안에 교제 같은 것을 많이 하면은 자연히 부인을 보관하는 책임에 소홀할 테니까."

"백작, 이 은혜야말로……."

"은혜가 무슨 은혜입니까? 그 대신 노형에게 무슨 곤란한 부탁을 할는지 알아요? 그런데 노형은 내일 아침 차에 떠나신다면 지금 가셔서 짐 같은 것을 매어야 되겠습니다 그려."

이 말을 듣고 그는 내가 참으로 친절한 사람인 줄 알고 돌아감을 고한다.

나는 다시 내일 정거장에서 만나자 하고, 문 밖까지 보내었는데, 그는 과연 짐을 메고 있었던지, 밤이 되어도 오지 않았다. 아니 짐을 메는 게 아니고 그는 화자한테 갔으리라. 저 없는 동안에 화자의 몸가짐을 염려하여 위로도 하고 달래기도 하였으리라. 그가 화자를 얼싸안고 이별을 아끼는 보드라운 말을 속살거리는 양이 눈앞에 떠나왔으나, 나는 성도 안 내고 샘도 안 내고 오늘 밤이 상춘과 화자가 서로 만나는 마지막이다, 하고 홀로 웃는 내 마음도 또한 무섭다 하겠다.

〈33〉

 그 이튿날 아침 약속대로 상춘을 정거장까지 보내고 돌아오는 길에 저편에서 씨근벌떡 달려오는 사람은 나의 종자 돌쇠였다. 돌쇠가 나를 보자, 주춤 발을 멈추더니 '지급(至急)'이라 쓰인 편지 한장을 전한다. 그것은 화자가 보낸 것인데 사연은 간단하게,

 "속히 와 주십시오. 앓는 경숙이가 당신을 뵈옵고자 하나이다."하였을 뿐이었다. 나는 복수의 일념이 가슴에 찬 가운데도 항상 경숙의 일이 마음에 걸리던 차라 이것을 보고 깜짝 놀라며 부랴부랴 그 집을 향하고 달음박질하였다. 다다르니 대문은 열려 있다. 경숙의 있는 곳을 하인에게 물어 그 병실 문을 가만히 열었다. 그 방에 들어서니 들창의 광선을 가리노라고 주렴이 반만 내리었는데 어슴푸레한 방 가운데 조그마한 침대가 있다. 거기 경숙을 누이고 그 곁에 할멈이 앉아서 염불을 모시고 있다. 이 광경을 보기만 하여도 나는 벌써 자아치는 슬픔을 참을 수 없어 말없이 섰노라니, 할멈이 알아보고,

 "영감이고 아가씨고……잘사는 것은 악인뿐입니다."라고 소곤거리며 나를 경숙의 머리맡에 앉게 하였다.

 "아빠!"란 한 마디, 가늘고 약한 소리가 침대 한복판에 일어나 앉은 경숙의 입으로부터 간신히 떨어진다. 뺨은 열로 하여 발갛건마는 더할 수 없이 지치고 여윈 것은 그 큼직하게 뜬 눈만 보아도 알 수 있다. 나는 가엾어 견딜 수 없는지라 팔을 늘여 안으려 하매 경숙은 바싹 마른 입술을 반 쯤 열어 나에게 키스하려 한다. 나는 거기 뺨을 대며,

"아가, 괴로워도 참고 가만히 누워 있어야 돼. 곧 나을 테니."하고 고이 누이매 경숙은 그대로 누웠건만 그 고사리 같은 손은 오히려 내 손을 놓지 않는다. 나도 이것을 빼려 않으며 가볍게 그 몸을 만져 주니 할멈은 경숙의 숨쉬기가 괴로운 줄 살피고, 물로써 그 조그마한 입술을 적시며 의사로부터 맡은 물약 몇 방울을 집어 넣는다. 거기에 힘을 얻었던지 경숙은 입을 열어 "아빠!"라고 불렀다가, 내가 얼른 대답지 않는 것을 보고 어린 마음에도 조금 무안한 듯이,

"당신이 아빠가 아니야요? 내 아빠가 아니야요?"하고, 물으매 할멈은 저 혼자 알아채고,

"아아 돌아가신 영감마님이 데리러 오셨는가 보아요. 아기의 눈에는 영감마님이 보이는 게지요."

하면서 아까 보담도 더 골똘하게 염불을 모시기 시작한다. 경숙은 이윽고 잠이 들려는 듯이 눈을 감으면서도 오히려 나의 손에 매어 달리며,

"아빠, 목이 아파. 아빠도 못 낫게 해요?"

그 아픔을 내 몸에 옮길 수 있었으면…… 나는 사람의 무능함을 탄식하면 서 겨우 경숙의 머리를 어루만지며,

"가만히 있으면 절로 낫는다."라고 달랠 뿐. 내가 만일 원수 갚을 생각이 없었던들,

"내가 너의 아빠다. 너의 아빠는 여기 있다. 경숙아, 마음을 놓아라."하였으면 얼마만큼 그 괴로 움을 잊으련만, 시방은 그 소리조차 할 수 없는가 생각하매, 가슴에 북받치는 슬픔을 금할 길이 없

었다. 이것도 필경 상춘 이와 화자의 탓이니 나의 원수는 더욱 짙어 간다 하면서, 나 스스로 이를 갈았다.

또 얼마 있다가, 경숙은 내가 일찍이 로마에서 사 가지고 온 것을, 이게 네 동생이다 하고 주었던 인형이 시방도 오히려 머리맡에 있는 것을 가리키며,

"아빠, 동생도 나와 같이 아빠가 돌아오시기를 기다렸어요. 동생보담 내가 더 기다렸어요."

하고, 일어나 인형을 안으려 한다. 이때에 할멈의 모양이 눈에 띄었던지,

"할멈은 왜 울고 있어? 아빠가 오셨으니 기쁘지 않아?" 하자마자, 문득 온몸을 뒤트는 급격한 경련을 일으켜 호흡조차 막히고 그대로 사라질 듯하다 나와. 할멈은 급거히 일어나 경숙을 부축하여 또 고이 누이매, 그 아픔은 진정되었으되 이걸로 힘이 많이 지쳤던지 얼굴빛이 푸르러 지고 이마에 구슬 같은 땀이 맺힌다. 나는 진정을 시키고자

, "아가, 인제 말을 하지 마라. 가만히 있어야 나을 테니."

경숙은 내 얼굴만 볼 뿐이다가,

"키스해 주세요, 키스해 주시면 낫겠어요."

나는 사랑스럽고 가여워서 내 본디를 나타내어 키스를 해 주매 경숙은 안 심한 듯이 눈을 감고, 잠이 들었는지 몸을 움직이지도 않고 말도 하지 않았다. 10분, 20분 — 경숙은 또 눈을 떠 나를 보더니 또 일어나려 한다. 나는 어루만지며,

"또 목이 아파?"

하며 물으매 경숙은 거의 들리지 않는 가는 소리로,

"아니야요. 난 인제 다 나았어요. 아빠가 왔으니, 할멈, 옷을 입혀 줘, 놀러 나가게."하고 나의 목에 매어 달리며,

"아빠는 왜 검은 것을 눈에 썼어? 그것도 안경이야? 누가 아빠의 눈을 상 했어요? 아빠, 그 안경을 벗어. 아빠의 눈을 보여 줘 ……."

나는 이 청을 어쩔 줄 몰라 한참 주저하였으나 이것이 죽어 가는 내 딸의 마지막 청이니 아니 들어주고 견딜 것인가. 나는 좌우를 돌아보니 마침 할 멈은 염불을 모신다고 고개를 숙이었고 할멈 외에는 제 어미 되는 화자는 제 딸의 열병을 두려워하여 한 번 거들떠보지도 않았으니 물론 거기는 없었다. 내가 얼른 안경을 벗어 내 본 얼굴을 보이매, 경숙은 기뻐 못 견디는 듯이,

"아 아빠다. 아빠다."

라고 불렀으나 그것이 마지막 말이고 다시금 경련을 일으켜 안긴 채 나의 무릎 위에서 숨지고 말았다. 독자여, 이때의 광경은 자세히 그리려도 그릴 수 없다. 생각만 하여도 나에게 눈물의 씨이다.

〈34〉

나와 화자의 새를 얽어매 놓은 경숙이 죽었으니 인제 하루바삐 이 원수 갚기를 서둘러야 되겠다. 경숙이 죽은 후에도 나는 자주 부인을 찾아갔으되, 전보담도 훨씬 냉담한, 차라리 준엄한 태도를 보이며, 부인으로부터 오라는 편지가 없으면 좀처럼 가지 안 하고

간대도 부인과 마주 앉아 있으면서도 철학 같은 재미없고 어려운 책을 무릎 위에 놓고 부인이 말을 건네지 않으면 내가 먼저 입을 벌린 일이 없다. 부인은 있는 아양을 다 피어 나의 마음을 사로잡으려고 더욱 애를 쓰는 모양, 마치 상춘이 없는 동안에 나를 제 수중에 넣고 말려는 것 같았다.

이러는 가운데도 상춘의 편지는 거의 날마다 왔었다. 화자에게 오는 것이야 그 속에 무슨 말이 쓰여 있는지 나의 알바가 아니로되, 나에게 쓴 편지에는 전과 다름없이 천착한 구절이 많았었다. 경숙이 죽었다는 전보를 보고 한 답장에는 이런 사연도 있었다.

"물론 나에게는 더할 수 없는 장애물이 없어진 셈이니 도리어 안심이 되나이다. 나와 화자의 새는 이후일지라도 될 수 있는 대로 하준을 잊어버리는 것이 행복이올시다. 경숙이란 것은 항상 그 잊고 싶은 것을 못 잊게 하는 성가신 물건이었습니다."라 하였고 또 한 구절에는,

"병환 중에 계시는 나의 백부는 벌써 널리 열린 천당 문에 다다랐을 텐데, 오히려 주저주저하시고 들어가기를 않나이다. 참말로 지루해서, 견딜 수가 없습니다. 어느 때는 백부의 유산 같은 것을 버릴지언정 한시라도 속히 화자에게 돌아가고 싶습니다. 나는 화자와 떠나고는 조그마한 행복도 없습니다. 당신께 화자를 감독해 달라고 부탁은 하였습니다마는 어쩐지 마음에 키이어, 밤에도 잠을 잘 수가 없습니다."

나는 이 일절을 특별히 높은 소리로 화자에게 읽어 들려주니 화자는 그것을 들음에 따라 두 뺨에 붉은 빛이 짙어가며 부지불식간

에 성을 낸다. 그리고 그 입술까지 발발 떨면서,

"실례의 말도 분수가 있지."

라고 소리를 지르다가 또 여자의 몸가짐이 유한정정해야 된다는 것을 돌아 봄이런지 소리를 낮추며!

"이것으로 상춘 씨의 추근추근한 것을 알았습니다. 당신이 이 편지를 아니 보여 주셨으면 미처 생각을 못할 뻔 하였습니다. 기실은 하준이가 생존해 있을 때에 너무 상준을 귀애한 까닭에 그는 고만 나를 제 누이같이 여기고는 오라비가 누이동생을 두르듯, 나에게 추근추근한 짓을 하겠지요. 나도 남편의 친구라 억지로 참고 있었지만 이렇게 되고야 그냥 둘 수 없습니다."

나는 쓸쓸한 웃음을 띠었다. 될 수 있는 대로 참는다 함은 무엇을 이름인 가. 상춘이가 제 몸을 만지고 제 목을 쓸어안으며 입을 대는 것도 참고 있었단 말인가. 과연 참는다고 애를 많이 썼으리라. 그래도 나에게 있어서는 여기가 말을 붙일 자리가 되므로,

"그렇습니까? 그래도 상춘 씨는 일간 부인과 결혼한다던데요."

화자는 의외에 가벼웁게 받으며,

"농담이라도 그런 말씀은 마셔요."

"천만에, 농담을 어찌 하겠습니까?"

화자는 불같이 성을 내며 벌떡 일어나더니 다시 내 곁 빈 교의로 옮겨 앉아 열심히 나의 얼굴을 치어다보면서,

"예? 상춘 씨가 저와 결혼을 한다고요! 그런 고약하고 염치없는 소리가 어디 있어요? 그래 상춘 씨가 본정신으로 그런 말을 합디까?" 나는 어이가 없었다. 그리고 그 거짓을 참으로 해는 행동과

말씨의 교묘함에 놀래면서도 간단하게,

"물론 본정신으로 그랬어요."

화자는 거의 울음의 소리를 떨면서,

"당신까지도 그 말을 본정신이라 하심은 너무도 박정하신 게 아닙니까?

내가 그래 그런 사람을 남편으로 삼을 줄 아신단 말씀입니까?

나는 이 기막힌 거짓말에 거의 정신을 잃고 한참 동안은 대답도 할 수가 없었다. 계집이란 것은 이다지 사람을 속임에 교묘한 것인가. 또는 화자는 벌써 상춘과 주고받던 깊은 비밀조차 잊어 버렸는가. 화자의 마음은 석판과 같이 차디차서 한 번 쓰인 사랑이란 글자조차 한 조각 해면(海綿)으로 흔적도 없이 닦아 버리고 마는가. 아아. 독자여, 나는 상춘을 불쌍타 아니할 수 없다. 그도 또한 내가 속은 것과 같이 속을 지며 나와 같은 경우를 당하고 말 것이다. 그렇다. 그는 전혀 나와 같은 경우를 당하고 말 것이다. 그래도 나는 지금 와서 또다시 무엇을 생각하며 무엇을 불쌍하게 여길 건가. 그도 나와 같이 속고 같은 경우를 당하게 하는 것이 나의 원수 갚는 본의가 아닌가. 눈을 빼거든 같이 눈을 빼고 손을 자르거든 같이 손을 자르는 것이다.

이것이 옛날부터 원수 갚는 대경대법(大經大法)일지니라.

나는 속으로 이런 생각을 하면서도 겉으로는 시침을 딱 떼며,

"아니 알고 어찌합니까? 상춘 씨로 말해도 나이도 젊고 얼굴도 아름다울 뿐더러, 또 이번로마에 있는 그 삼촌이 죽으면 웬만한 재산가도 되지 않습니까? 남편으론 조금도 부족할 게 없을까 합니다.

159

또 부인의 남편과 절친한 친구가 아닙니까?"라고 힘 있는 구실을
꺼내어 무슨 대답을 하는가 기다렸다.

〈35〉

그러나 화자의 교묘한 거짓의 입부리는 이로써 꺾어지기는커녕
도리어 좋은 말거리를 얻은 듯이,

"그렇길래 더군다나 내 남편은 될 수가 없단 말이야요,"

"그것은 또 무슨 까닭인가요?"

"그건 돌아간 남편의 친구인 까닭이지요. 설령 내가 상춘 씨를 사
랑한다 치더라도 전남편의 친한 친구를 둘째 번 남편으로 삼기는
싫은 일입니다. 하물며 그이의 속된 행동에는 하준의 살아있을 적
부터 진저리를 치던 터이겠습니까."

어쩌면 저렇게도 서슴지도 않고 거짓말을 잘 하는가 하면서, 어이
없이 그 입술만 쳐다보고 있노라니, 화자는 마치 천리마가 제 말굽
소리에 기운을 얻어 더욱 달음질하는 모양으로, 제 입부리의 교묘
한 것에 더욱 신이 나서,

"생각해 보면 아실 일이지요. 내가 그와 혼인을 해 보시오. 남의
말하기 좋아하는 세상 사람들이 옳다구나 하고 화자 부인은 하 백
작의 생전부터 상춘이와 무슨 까닭이 있었다고 지껄여 대지 않겠
어요?"

용하기는 용하다만, 하준이가 만일 죽지 않았던들 독약을 먹여 죽
이더라도 상춘과 살겠다는 말을 들은 내 귀는 속일 수 없다. 더군

다나 이 변명은 곧 제 더러움을 까바치는 것이나 진배없는 것이니 마음이 깨끗한 사람이야 어찌 예까지 용의주도하랴. 아아, 누가 하늘에 입이 없으나 사람으로 하여금 말하게 한다 하더뇨. 화자야말로 그 적당한 예라 하겠다.

〈36〉

그것은 그러하고 내 또한 시방은 오세환이란 이름부터 거짓으로 뭉친 사람이다. 거짓으로 거짓을 갚으며 속은 것만치 나도 속여야 된다.

"그런 걱정은 하실 필요가 없지요. 하잘것없는 오세환이올시다마는 이 몸이 살아있는 동안에는 결코 부인으로 하여금 비난을 듣지 않게 하리다. 비늘 하나 건드리지 못하게 하지요."하여, 화자가 기쁜 듯 고마운 듯 웃으며 끄덕이는 것을 본 체 만 체,

"그런데 부인께서 상춘 씨를 싫어하신다는 말은 그게 참말인가요?"

"참말이고말고요."

"참으로 부인이 상춘 씨를 싫어하신다 하면 상춘 씨는 얼마나 실망낙담을 하겠습니까? 하나 또 한편으로 생각하면 나는 기쁩니다."

"기쁘다니요?"

"기쁠 게 아니에요? 상춘 씨가 싫어지면 시방까지 상춘 씨를 꺼리어 주춤 하고 있던 사람도 기탄없이 부인 앞에 나와서 타는 가슴을 하소연할 수 있지 않아요?"

화자는 기쁜 듯이 몸을 소스라쳤으나 다시 절망하는 빛을 보이며, 그러면 나도 행복하겠지요마는

"그것은 안 돼, 안 되어요. 그 내 앞에 나 오려는 사람에게 상춘 씨가 나올 수 없도록 나를 간검하는 이를 두었으니까요."

아아! 말은 더욱 더욱 위경에 가까워 간다. 나는 스스로 말의 진행이 너무 속히 되매 아니 놀랠 수 없어 한참은 말도 못하고 묵묵히 있노라니까, 화자는 가벼웁게 한숨을 쉬며,

"나는 상춘 씨가 오기 전에 이곳을 떠나려고 합니다. 곰곰이 생각해 본 즉 이곳을 떠나는 수밖에 없어요."

"그것은 또 무슨 까닭입니까?"

화자는 두 뺨을 붉히며,

"그가 돌아오면 얼마나 저를 성가시게 굴는지는 모르지요. 당신한테까지 나를 아내로 삼는다 하니까 다시는 그와 만나지 않도록 이 땅을 떠나는 게 상책이지요."

나는 '그까짓놈!' 하는 듯이 어깨를 삐쭉하는 것을 화자가 벌써 보고, "당신께서 보호를 해 주시니 안심이 되기는 됩니다마는 그렇다고 언제든지 당신의 보호를 받을 수도 없고……."

이 말이 내가 기다리고 있는 것이라, 교의를 그의 곁으로 잡아붙으며,

"무엇 때문에 언제든지 나의 보호를 받을 수가 없습니까? 부인의 마음 하나로 될 일인데."

화자도 이에 이르러 견딜 수 없는 것처럼 교의로부터 반쯤 일어나다가 또 다시 주저앉으며,

"제 마음 하나라니요?"

그 웃는 말도 떨렸다. 또 걱정스럽게 그 종기에 손을 대는 것보담도 더 조심조심하는 모양, 거짓이면 이 위에 없는 고수이고 참이라면 기막힌 열심이다. 거짓인지 참인지는 다만 읽는 이의 판단에 맡기노라. 나는 마음을 돌보 담도 더 단단히 먹고 부인의 얼굴을 쳐다보며 매우 침착한 어조로,

"그렇지요, 부인의 마음 하나에 달렸지요. 언제든지 내 보호를 받으려면 받을 수 있는 겁니다. 그렇지 않습니까? 내 아내만 되시고 보면."

아아, 지금까지 애를 무진 쓰던 것도 이 짧은 말 한 마디를 할 기회를 만들려고 한 것이다. 이 말에 화자는 무어라고 답하는지……. 끝에서 끝까지 생각하고 생각한 나이건만 팔딱팔딱 뛰노는 이 가슴을 어찌할 수가 없었다.

〈37〉

그러나 화자의 대답은 어떠하였는가? 그는 제 몸이 복수란 사나운 물결에 끌려 들어가는 줄은 꿈에도 모르고 다만 기쁘게,

"아아 백작!"하고는 또 무슨 말을 하려는 것을 나는 손짓으로 그 말을 막으며,

"부인 보시는 바와 같이 나는 나이도 나이일 뿐더러, 젊을 적부터 간난신고(艱難辛苦)를 겪은 까닭에 벌써 얼굴도 말이 못 되었고 건강도 남보담도 못한 신체이올시다. 당신의 남편으론 부적당한 줄

모르는 바가 아니올시다.

그래도 다행히 재산도 있고 지위도 있으니 부인께서 남으로부터 괴로움을 받는 것을 방어하는 데는 적당한 호위병(護衛兵)인가 합니다. 그리고 또 많은 재산을 남은 날이 많지 않은 나 혼자 아무리 쓴대도 다 쓰지 못할 터인 즉 늘 같이 즐겁게 쓸 사람이 있었으면 하였습니다."

나는 화자의 얼굴을 뚫을 듯이 바라보며 또다시 말을 이어,

"더군다나 부인 모양으로 어느 편 하나 비난할 것이 없는 절세가인을 적막한 규중에서 속절없이 홀로 늙히는 것도 아까운 일, 여황(女皇)에 지지 않을 부귀영화를 누릴지라도 오히려 부인의 아름다움에는 부족한 느낌이 있을 것입니다. 어찌하여 그 아름다움에 마땅한 처지를 만들어 드렸으면 좋겠다고 언제부터 생각하고 있었습니다. 그것도 부인이 나를 싫어하신다면 그 뿐이지요마는 만일 일평생을 같이할 생각이 계시거든 조금도 숨기지 마시고 대답을 해주십시오. 나는 젊은 사람 모양으로 중언부언만 하지 않으려 합니다. 끓는 피도 차고 뛰는 맥도 더딘 노인입니다만도 그 대신 혈기방성한 사람과 달라 무슨 일이라도 깊이 생각하고 말을 하는 것이니 말한 것만은 꼭 실행해 보이겠습니다."

이것은 모두 다 비열한 말이라 하겠으되, 부귀와 영화밖에는 고상한 희망이 없는 화자에게는 재산 없는 젊은 신사의 비단 같은 말씨보담도 그 보람이 있었으리라. 그리고 나는 그 결과가 어떻게 되는 것을 가만히 보고만 있었다.

내가 말을 시작할 때부터 그의 얼굴은 몇 번을 붉으락푸르락하며

그 변할 적마다 말할 수 없는 아름다움을 더하더니 듣기를 마치고 한참동안 묵묵히 앉았다가 문득 '소원성취'한 것같이 복받쳐 나오는 웃음에 입술이 움직이 기 시작한다.

이윽고 화자는 무릎 위에 놓인 하던 옷을 나려 놓더니 바싹 나의 곁에 다가 앉는다. 아아, 화자가 이렇게 나와 밀접하게 앉던 것은 벌써 십 년 전 일이로다 아니 그동안 세월이야 십 년이 못 되건만 나에게는 일생을 격한 일이다. 지나간 그 때의 일은 벌써 황홀한 꿈속이었다. 뺨에 서리는 화자의 입김은 옛날의 따뜻한 맛이 있고 애교를 머금고 쳐다보는 눈은 지금도 오히려 나의 간장에 사무친다. 나라도 나무가 아니고 돌이 아니다. 기실 눈물도 많고 원한도 많은 사람이니 어찌 옛일을 그리워하며 느끼는 정이 없으랴!

나는 창자 밑부터 나의 신경이 어지러워지는 듯하였다. 하건만 웬일인지 나는 꼼짝도 안 하고 돌부처와 같이 가만히 있었다. 화자는 애정이 넘치는 부드러운 소리로,

"그러면 저와 혼인은 하여도 저를 사랑은 안 하신다는 말씀이십니다 그려."

하고 한하는 듯, 하소연하는 듯 나를 쳐다보며 그 희고 가는 한 편 팔을 기운 없이 나의 어깨에 걸치고는 들릴 듯 말듯이 가는 한숨을 쉰다. 나는 거의 창자가 녹아나리는 듯하였다. '오오, 화자더냐!'하고 옛날 사랑을 다시 이룰 생각이 나도 모르게 불같이 일어났지마는 내 마음 어느 구석에서 문득 나를 조롱하는 소리가 들린다.

'어리석다. 어리석다 하여도 너 하준이 같이 어리석은 사람은 없

다. 네가 한 번 원수 갚을 뜻을 먹고 지위도 버리고 명예도 버리고 정도 모르며 욕(慾)도 잊고서 오히려 목적의 만일도 달하지 못하였거늘 또다시 화자의 꿀 같은 혀끝에 희생이 되고 말려는가!'라고 꾸짖는 소리가 들린다. 이것은 나의 명령일 것이다. 화자가 괴이히 여기도록 나는 몸을 떨었으나 죽을 애를 쓰고 나의 튼튼한 결심을 도로 찾았다. 그리고 먼저 부드럽게 화자를 안으니 화자는 더욱 가녀린 소리로,

"아니, 알아요. 알았습니다. 당신이 저를 사랑하지 않습니다. 그것은 꼭 그렇지요. 그래도 저는……."하고 더욱 소리를 낮추어,

"저어 저는 …… 진정으로 당신을 사랑합니다."

라는 소리는 모기소리보담도 더욱 가늘었다. 그리고 당홍빛같이 붉게 된 얼굴을 나의 가슴에 파묻는다.

⟨38⟩

나를 사랑한다 하며 얼굴을 감추니 참으로 나를 사랑함인가. 나는 물론 그것이 거짓인 줄 알건마는 그래도 화자의 손을 쥐며 그것을 참으로 속고 기뻐하는 빛을 보이며 같이 가는 소리로,

무엇이오? 나를 사랑하여요? 아무리 생각해도 그것은 참말이라고 생각할 수 없습니다. 그런 일이 있을 리가 있습니까?"

화자는 숙였던 고개를 조금 들었으나 오히려 나의 얼굴을 쳐다보지는 아니 하고 부끄럼을 못 이기는 듯이,

"참말이고말고요. 처음 뵈올 때부터 오래 이분과 교제를 하고 보

면 반드시 사랑해질 듯싶었어요. 나는 남편 하준이도 사랑을 하지 않았습니다. 부부라는 것은 이름뿐이고 그에게 참된 애정이 나지를 않았습니다. 당신은 어딘지 하준과 비슷한 점이 있지마는 마음의 튼튼하신 것이든지 또 모든 하시는 일이 하준의 따를 바 아니고 참말 이 세상에는 둘도 없을 듯싶어요. 아 모리 이런 말을 한대도 참으로 알으실지 몰라도 제 마음만은 참이올시다.

제가 참으로 남자를 사랑해 본 일은 당신이 처음이올시다." 당신이 처음이라 함은 확실히 화자가 상춘께도 한 말이다. 처음이란 것은 두 번도 있고 세 번도 있을 수 있는 것인가. 양심의 가책을 조금도 아니 받고 그런 말을 몇 번이나 잘도 하는 도다. 이런 불쾌한 생각이 와락 나면서도,

"그러면 나와 부부가 된다 말입니까?"

"부부가 되다 뿐입니까? 그리고 백작……."

하다가 이미 부부가 될 약속을 하고야 백작이란 존칭을 부를 것이 아니라, 그 이름을 부르는 것이 친숙함을 보일 것인즉,

"아니 세환! 당신의 이름이 세환이지요?"

라고 또렷또렷하게 묻는다. 나는 기계적으로,

"예, 세환이올시다."

"저는 이후부터 세환이라 부르겠습니다. 당신도 나를 화자라고만 불러 주 어요."라고 벌써 얼마만큼 어조까지 허물이 없게 된 것은 괴이할 것이 없지만 나는 그래도 이상하였다.

"그러면 세환 씨! 지금은 나를 아니 사랑한대도 얼마 아니 되어 당신의 마음에도 애정이 생겨서 나를 사랑하게 되도록 내가 힘을

쓰지요."하고 날씬한 몸을 슬쩍 내 몸에 스치며 애교가 철철 넘치는 얼굴로 나를 쳐다보면서,

"키스를 하여 주셔요, 자아 키스를 하셔요."

하고 입술을 내어 밀고 기다리는 모양, 이 계집이 일찍이 상춘에게 대하여 하던 짓과 다름이 없다.

나의 머릿속에는 회오리바람이 일어나는 듯하며 눈이 핑핑 돌리건마는 피 하려도 피할 수 없는 경우라 굽혀서 나의 입술을 대기는 대었으나 그 쓰고 쌀쌀한 맛은 마치 독사의 입을 맞춘 것과 같았다. 더군다나 이 고약한 계집 이 이렇게도 거짓으로 나를 농락하여 나로 하여금 이런 쓰린 맛을 보게 하는가 하매, 불덩이같이 치받쳐 올라오는 분노를 견딜 수가 없었다. 가슴에 안았던 화자의 몸을 그저 자리로 밀치며 성난 날카로운 소리로,

"그래, 정말 나를 사랑하여요?"

"그렇습니다. 참말이 아니고야 어찌 이런 말을 하겠습니까? 또 할 수가 있겠습니까?"

"그리고 남자를 진정으로 사랑한 것은 내가 처음입니까?"

"네, 처음이올시다."

"상춘을 사랑치 않았습니까?"

"결코, 결코 없어요."

"그도 내가 지금 한 것 모양으로 당신을 키스한 일이 없었습니까?"

"단 한 번도 없습니다."

묻는 대로 서슴지 않고 줄줄 대답을 한다. 그 말의 상연한 것은

거짓으로 생각하지 않을 뿐 아니라 참으로도 보통 부인으로는 이렇게 할 수 없을 것이다. 나는 마치 시골 사람이 저 오색 종이를 입으로 뽑아내는 요술쟁이에 게 홀려서 그 입만 바라보는 것처럼 한참 동안은 다만 화자의 입만 볼 뿐이 다가 이윽고 정신을 가다듬고 먼저 화자의 가느다란 손을 쥐어 내가 하준으로 있을 적에 그 손가락에 끼워둔 반지를 하나씩 둘씩 낱낱이 빼고는 내가 미리 준비해 두었던 값진 야광주 박힌 반지를 갈아 끼워 주니 화자는 천금을 얻은 것보담도 더욱 기뻐하며,

"오오 어쩌면 이렇게도 고와! 당신은 참말 나를 잘해 주었습니다."하고 옆으로 얼굴을 내어 밀어 나를 키스하고는 그냥 부드럽게 나에게 기대면서, 반지 낀 손을 들어 그 광채를 바라볼 뿐이러니, 이윽고 무엇인지 조 금 걱정되는 모양으로,

"이 결혼식은 언제 하시렵니까?"

라고 묻고, 그래도 이것만으로는 뜻이 다하지 않은 것처럼 또다시,

"곧 상춘 씨에게 알려 주시지는 않겠지요?"

그 근심이 어디 있는 것이 분명하나, 나는 짐짓 안심시키기 위하여,

"알려 주면 그가 놀라서 곧 뛰어올는지도 모르니까 돌아올 때까지 그냥 내어버려두지요."

화자는 하도 만족하고 너무 기뻐서 황홀히 이것저것을 잊어버린 것 모양으로 몇 시간 동안은 나와 얼굴만 마주보고 웃을 뿐이었다. 만일 화자로 하여금 나야말로 제가 속인 그전 남편인 줄 알았던들,

기쁘게 웃지 못 할 것을, 아아 키스도 못할 것을! 귀신이 아닌 제야 어찌 알 것인가. 이리하기를 몇 시간이 지나자 마침내 화자는 고개를 들고 한량없는 애교를 그 눈에 띠우며,

"그런데 내가 한 가지 청할 일이 있어요. 청이래도 야릇한 것이어요."

나는 진국으로,

"아니, 그렇게 말씀할 것이 아니라 부인의 청이면 무어라도 듣겠습니다. 인제는 서로 허물이 없는 터이니까요."

화자는 또 웃으며,

"딴 게 아니라 잠깐만 그 검은 안경을 벗어요. 당신의 눈을 안경 없이 보고 싶습니다."

⟨39⟩

검은 안경을 벗고 나의 눈을 보이라 함은 나의 아내 되려는 자에게는 지당한 청이라 하겠으되 나에게는 더할 수 없이 어려운 문제이었다. 나는 최후의 날이 오기까지 이 눈을 가무려 두지 않으면 아니 된다. 그러므로 나는 아니 놀랠 수 없었다. 그래도 가장 냉담하게,

"그것만은 용서해 주셔야 되겠습니다. 안경을 벗으면 광선 때문에 아플 뿐더러 나중에는 치료도 할 수 없이 눈이 멀고 만다고 의사의 경계도 있으니 까요. 그래도 보여 드릴 때가 있겠지요."

"때는 어느 때 말입니까?"

"결혼식을 마치고 첫날밤에 보여 드리지요."

화자는 갑작스럽게,

"에그, 멀기도 멉니다그려."

"멀기도 먼 것은 나도 그렇지요. 될 수 있는 대로 속히 결혼식을 하기로 지금부터 준비는 하지요. 뭘요, 이 달이 섣달이니까 내년 이월쯤 하지요."

화자는 기운 없이,

"남편과 사별(死別)한 지도 얼마 되지 않고 또 경숙의 죽은 지도 어제 같은데."

"그게 무슨 말씀입니까? 내년 이월이면 하준의 죽은 지가 반년이 나 되지 않아요? 부인 같이 젊으신 이가 반년이나 홀로 지냈으면 갸륵하지요. 그리고 또 경숙의 죽은 것은 더욱 부인의 고적한 것을 더할 테니 그것 때문에 혼례를 속히 한대도 무리한 일이 아니지요. 가령 이러니저러니 하는 자가 있으면 그들의 입을 틀어막을 수단 은 얼마든지 있지요."라고 마치 비방하는 자와 결투라도 해서 너를 위하여 그 사람을 죽이기까지도 하겠다는 뜻을 보이었다.

화자는 나를 이다지도 심취케 하였음을 스스로 만족히 여긴 것같 이 웃음을 머금고,

"그러면 그리하지요. 그리고 또 지금까지 여자를 싫어하기로 유명 하던 당신께서 열심히 나를 연모(戀慕)하게 되어 그다지 힘을 써 주시면 나도 그 명예 갚음으로 만사를 당신의 하라는 대로 하겠습 니다."

"그래도 부인! 나는 세상에서 말하는 애인과 같은 열심히 연모하

는 애 인은 아닙니다. 물론 속히 혼례를 하고는 싶지마는."

"왜 속히 혼례를 하고 싶습니까?"

"그것은 어떻다고 설명을 할 수가 없습니다. 그저 부인을 하루라도 일찍이 내 것으로 만들고 싶습니다. 다른 사람이 두 사람 사이에 가로서지 못하게 부인을 꼭 나 한 사람의 것, 나의 몸과 같이."

화자는 또 웃는다.

"그게 곧 애정이란 것입니다. 당신은 부지불식간에 나를 사랑하고 있습니다. 물론 당신의 신분으로 나 같은 것을 사랑한다는 것은 스스로 믿을 수가 없겠지만 전혀 나를 사랑하시는 때문에 그런 마음이 드는 것입니다."

나는 한동안 말이 없다가,

"글쎄요, 그럴는지도 모르지요. 이런 일에는 도모지 경험이 없으니까 제 마음이 애정인지 아닌지 그것조차 구별을 할 수 없습니다마는 부인이 혹 남의 것이 되지나 않을까 하매 어쩐지 속이 상해서 견딜 수가 없어요."

"그것이 질투의 시작이올시다. 질투 없는 것은 참된 사랑이 아닙니다."

"그럴까요? 대관절 일시반시라도 부인의 곁을 떠나면 마음을 놓을 수 없습니다."

"당신이 그렇게 생각하시면 결혼한 뒤에라도 이 몸은 더욱더욱 행복이겠습니다."

그 후 얼마를 지나 나는 교의를 떠나며,

"그럭저럭 밤도 깊었습니다. 나는 기실 병인이나 진배없는지라 밤이 이슥하도록 있을 수 없으니 오늘밤은 이만하고 돌아갈까 합니다."

화자도 같이 일어나며 떠나기를 아끼는 듯이,

"그런 병객도 아니실 듯 한데요. 그리고 또 내 손으로 간병을 해드리면 곧 낫겠지요."

"그도 그렇겠습니다마는 이런 노인, 아니 병객을 남편으로 정한 것을 곧 뉘우치실는지도 모르지요."

화자는 단연히,

"왜 후회를 하겠습니까? 후회한다는 건, 사랑 없는 사람의 말이올시다. 참으로 사랑만 하면 사람의 병을 제가 대신 앓기를 원하는 것입니다. 그리고 당신의 몸은 그리 약하시지도 않은 것 같습니다."

〈40〉

이로부터 날마다 한 번씩은 꼭 화자를 방문하였다. 그는 더욱 정답게 굴고 친숙하게 굴었다. 그러면서도 교태수태(嬌態羞態)를 섞어 보이어 만일에 그가 참으로 나를 사랑하기 비롯하였는가를 의심할 지경이었다. 그래도 그것이 수단이고 그가 타고난 장부의 간장을 녹이는 묘한 방법인 줄 알았다.

이럴 사이에도 나는 마치 동물학자가 제 집 개를 관찰하는 것처럼 냉담한 비평안(批評眼)으로 화자의 사람됨을 살피고 또 살피었다. 그는 온전히 아름다운 가죽으로 더러운 마음을 뒤집어씌운 괴물이었다. 그의 욕심은 끝이 없다. 남이 주는 것이면 금은보화는 물론이고 너절한 풀꽃 같은 것도 겸양은커녕 기쁘게 받아들인다. 결코 내 물건 된 것에만 만족을 하지 못하였다.

그가 남편 한 사람만 지키지 못하고 남의 남자를 보는 것도 또한 이 욕심의 한 까닭이라 할 수 있다. 살피면 살필수록 그 속이 환하게 보이어 더욱더욱 밉살스런 생각이 들 뿐이다. 끝에는 비록 한 번일지라도 어째 저런 계집을 사랑하였는가, 스스로 그때의 마음을 의심할 지경이었다. 그것은 그렇다 할지라도 그의 용모의 아름다운 것은 참으로 기막힐 것이었다. 누구라도 한번 보면 혼이 하늘가로 아니 날아갈 수가 없었다. 그대도록 밉고 싫어하는 나 일지라도 조금만 마음을 놓을 때는 거의 거의 달려들 뻔도 하였다. 생각컨대 남자의 마음이 아무리 단단할지라도 도저히 여자의 어여쁨에는 이길 수 없고 여자에게 홀리도록 만든 것인가. 화자는 특별히 여하한 남자라도 호리도록 아름답게 만든 것인가. 섣달도 벌써 그믐이 가까웠을 제 로마에 있는 상춘으로부터 편지 한 장이 왔는데 그 뜻은 대개 이러하였다.

"반갑다. 백부는 마침내 죽었다. 그 유산은 낱낱이 내 것이 되고 말았다.

백작이어, 나는 참말 날아가고 싶지마는 그 재산을 나의 명의로 고치자니 또 몇 가지 일이 남았다. 그것이 끝나면 이십 칠팔일 경에는 반드시 돌아갈 터이다. 그런데 화자에게는 이런 말을 말지니 나는 뜻밖에 돌아가 화자가 놀래고 기뻐하는 꼴을 보고 싶다. 물론 화자로부터는 몇 번이나 애정이 넘치는 편지가 왔다. 나를 고대하는 것은 대강 짐작할 터이나 애인끼리의 마음은 또 특별한 것이 있는 것을 살필 줄 안다. 또 백작에게 그 동안 괴로움을 끼친 많은 빚은 이번 재산을 얻은 것을 다행으로 돌아가면 곧 갚으리라."

나는 몇 번을 반복해 읽으면서 속으로 웃었다. '화자로부터 애정이 넘치는 편지가 왔다.'함은 그가 화자의 마음이 나에게로 옮긴 줄은 모르는 것이로다. 그는 지금 나와 화자 때문에 농락을 받는 것이 옛날 내가 그와 화자에게 속은 것과 못지 않다. 화자는 필연코 그가 속히 돌아올까 보아서 그를 안심 시키려고 그런 편지를 한 것이다. 나는 또 나에게 대하여 '많은 빚'이라 하였지만 그것이 얼마나 많은지는 자기도 알지 못할 것이다. 부채(負債)라도 항용 부채는 아니다. 금전으로는 도저히 갚을 수 없고 목숨을 바쳐도 오히려 부족한 줄 그는 모르는가.

그렇기는 해도 그가 돌아오고만 보면 나의 원수 갚는 크나큰 무대에는 첫 막이 열리게 될지니 나는 그 때까지 다소간 준비를 아니 해 둘 수 없다. 그래서 그에게 이런 답장을 하였다.

친우여, 백완장의 재산이 그대 것으로 된 것은 나도 기뻐하노라. 돌아오는 것을 화자에게 알리지 말고 출기불의(出其不意)하여 놀래고 기뻐하게 하려는 것, 애인의 정이란 참으로 부럽기 짝이 없다. 그것은 물론 말대로 하겠고, 그 대신 나도 그대에게 한 가지 청이 있다. 오는 이십팔일 밤으로써 나는 그대의 돌아옴을 축하하기 위하여 평일에 친한 신사만 초대하여(여자는 섞이지 말고) 조그마한 연회를 배설할 터이니, 그대도 그 날로 돌아올 것이며 부인에게는 가지 말고 먼저 나에게로 와서 그 연회에 참례하라. 그 대는 물론

한시바삐 부인과 만나고 싶겠지만 그것을 두 시간이나 끌면 더욱 더욱 생각이 간절할 것인즉 만나는 기쁨은 몇 배나 더할 것이 아닌가. 도착 하는 시간을 전보로 통지해 주면 나는 정거장까지 마차를 보내 두었다가 곧 그대를 잡아 연회석까지 인도하겠노라. 이만한 청을 아니 들을 그대가 아닌 줄 믿고 의심치 않는다.

이것을 부친 후 나는 마치 전사가 전장에 다다름같이 벌써 일각이라도 마음을 놓을 것이 아니므로 위선 화자와 의론해 둘 일도 있어 화자에게 향하였다.

〈41〉

화자와 마주 앉게 되자, 나는 인사도 없이,

"상춘에게서 편지가 왔습니다."

라고 첫밭에 말을 꺼내었다. 화자는 꿈틀 놀래면서도 아무렇지 않은 모양을 보이려고 애를 쓰며 그 말 뒤를 기다리고 있다.

"상춘 씨는 내일이나 모레나 돌아온대요. 돌아오면 필연 부인이 기뻐할 것이며 무엇보담도 그것이 즐겁다는 둥 어쩌니 하였어요."

이 말을 듣고야 화자는 태연히 있을 수 없었으나, 변명을 하려고 입술을 쭝긋쭝긋 하였으나 말이 잘 나오지 않는다.

나는 또 말을 이어,

"그가 돌아와 부인과 내가 결혼 약속을 하였다는 말을 들으면 반드시 실망하겠지요. 혹은 성을 내고 부인을 몹시 괴롭게 할는지도 몰라."

화자는 그렇다고도 할 수 없고 그렇지 않다고도 할 수 없다. 그렇다 하면 지금껏 상춘과 튼튼히 약속해 둔 것을 자백하는 것과 같을 것이며 그렇지 않다 하여도 그가 돌아와 성을 내는 때에는 저의 거짓이 아니 드러날 수가 없다. 나는 그 어려워하는 꼴을 보고,

"그야 무슨 부인이 그와 약속한 것도 아니겠고 임의대로 나와 부부가 된다 하기 로니 상춘의 원망을 살 거야 없지마는. 그래도 상춘이란 자는 사리를 모르는 사람이니 의외에 부인을 원수로 삼을는지 알 수 있습니까?"

화자는 한숨을 쉬며,

"참말로 그렇습니다. 참 그래요. 그는 기막히게 자부심(自負心)이 많은 자이야. 나를 제 아내나 된 듯이 생각하고 있는 것 같으니까요."

"그래요? 그러면……. 여하간 부인이 일시 상춘을 피하는 게 어떨까요?"

"네?"

"딴말이 아니라 얼마 동안만 상춘과 대면을 아니 하도록 이 집을 떠나서 일갓집으로 가시든지 또는 온천(溫泉)에라도 가서 수양이나 하다가 상춘의 정이 식거든 돌아오시기로 하면 어떨까요? 내가 온 것은 실상인즉 이것을 권할 작정이었습니다."

나는 기실 잠깐만 화자를 상춘의 눈에 뜨이지 않는 곳에 숨기고 싶었다.

화자는 이윽히 무엇을 생각하는 척하더니 물론 좋아할 것이라.

"당신이 그리하라면 그리하지요. 만서도 그의 원망을 살 까닭은 도모지 없습니다."

"그야 물론이지요. 그 까닭이 있고 없는 것은 상관이 없습니다."

"그렇기는 한데 그가 또 당신에게 사나운 거조를 할는지도 모르니까 당신도 나와 같이 이곳을 떠나가십시다."

저 없는 동안에 내가 상춘의 입에서 온갖 소리를 들을까 두려워함인가.

"무얼요. 나는 남아 있어 그를 달래는 게 낫지 않을까요? 둘이 다 이곳에 없고 보면 그가 어디까지 찾아올는지 압니까?"

이 설명에 화자도 그럴 듯이 여긴 것 같았다. 나는 말 끝에,

"부인은 상춘에게 편지를 하였다는구려."

아주 무심하고도 가볍게 물었건만 화자에게는 뜻밖의 일이고 가장 어려운 문제라 주저주저하다가,

"저어……. 이전 남편이 너무 그를 사랑하였고 유언(遺言)에도 만사를 그 와 상의해 하라고 했겠지요. 겉으로만 이라도 집안 살림살이를 그와 의론을 안 할 수가 없어요. 그래서 이번에도 편지를 한 것입니다 만서도 염치없는 그의 일이니 필연코 당신에게는 내가 여러 번 편지를 한 줄로 말하겠지요.

더구나 바로 내가 사랑의 편지나 한 듯이 자랑을 쳤을 듯합니다. 그렇지요?

백작!"

아아 지긋지긋하게도 공교한 입부리로다. 내가 꼭 찍어서 말하기 전에 미 리 방패막이는 하고 만다. 나는 그윽이 아니 놀랠 수 없

었다. 나의 얼굴이 간지러웠다. 그러면서도 앞에 말끝을 이어,

"이곳을 떠나기로 하면 언제나 출발을 하실는지요?"

화자는 나의 가슴에 일어나는 의심 구름장이 벌써 사라진 줄 짐작하고 스스로 안심을 하며 한결 진중한 태도로,

"내가 시집오기 전에 이곳으로부터 한 사십 리가량 되는 이원(尼院)에 있었습니다. 가면 그리고 갈까 싶어요?"

온천장(溫泉場)을 마다하고 이원(尼院)에 몸을 숨기고자 함은 상춘을 몹시 겁내는 까닭일 것이다. 나는 바로 감동한 빛을 보이며,

"그것은 과연 갸륵한 마음이올시다."

화자는 그 틈을 타서,

"아니 그런 것도 아닙니다. 이 집에 온 뒤로 이것저것에 골몰하노라고 기도(祈禱)에도 소홀하고 신앙(信仰)에도 해태해져서, 짐짓 그런 것은 아니건 만 어째 하느님을 섬기는 것이 부족한 듯싶으니까 당신과 결혼하기 전에 신앙도 튼튼히 해 두고 하느님의 도움도 빌어 두고 싶습니다. 이럴 때가 아니고야 다시 언제 마음을 가라앉혀 기도를 올릴 때가 있겠습니까요?"

너의 그 추악한 입으로 기도를 올림은 하느님의 신성을 더럽히는 것이로다. 나는 분노조차 벌컥 일어났지마는 그나마 제 양심에 가책이나 받게 해 보려고,

"부인의 맑고 깨끗한 입에서 나오는 기도의 말씀은 하느님도 반드시 감동하시겠지요. 고인이 된 하준을 위해서 축원을 올리시오. 부인의 절조 굳은 것은 실로 여자의 본받을 것이라고 칭찬이 자자한 터인즉 하느님은 반드시 부인의 깨끗한 마음을 알아주시겠지

요."

이 말에는 제 아무리 독부라도 가슴이 술렁대는 듯이 교의에 걸터앉은 채로 몸을 이리저리 틀고 있었다.

"그런데 부인은 언제 새나 그 이원이란 데로 가실 작정입니까?"

"오늘이라도 가지요. 상춘은 의심이 많은 사람이라 모레 온다고 해 놓고 불쑥 들이닥칠는지도 모르니까요. 귀신이 지시하심인지 야릇하게 마음이 조마조마하여요. 지금부터라도 곧 떠날 준비를 하겠습니다."

오늘 당장 달아나려 함은 상춘에게 감잡힌 것이 여간 아닌 것을 가히 알 수가 있다. 그걸 아는 것이 나에게 상쾌할 것은 말할 것도 없는 일이다.

화자가 상춘을 두리는 꼴이 더욱 분명하지마는 오늘로 당장 달아나려는 것 이 나에게는 다행이니 어찌 찬성치 않으리요.

"그러시면 더욱 좋지요. 그러면 이원(尼院)으로 가신대도 나는 가면 면회 할 수 있겠지요. 다른 사람과 달리 허혼한 남편이니까요."

"물론이지요. 언제든지 만나도록 그곳 간검하는 사람에게 부탁해 두지요.

이원은 규칙이 꽤 엄중하지만 나로 말하면 옛날 학생이랄 뿐이고 지금은 학 생이 아닌즉 그만 자유는 허락하겠지요. 그 대신 당신은 때때로 만나러 오셔야 되어요. 나도 걱정이니까요."

"짬을 보아 만나러 가고말고요. 그런데 오늘은 또 준비를 하실 것이 있을테니 나는 고만 돌아가겠습니다."

이렇게 말을 하고 내가 몸을 일으키매 화자는 잡으려 하는 것처

럼 따라 일어서며,

"그저는 못 가요. 키스가 끝나기 전에는"라고 방글방글 웃으며 가까이 달려온다.

"그저는 못 가셔요. 키스가 끝나기 전에는."

얼마나 보드라운 말씨인가, 달콤한 말씨인가. 그 말 속에는 아무리 철석간장을 가진 장부라도 아니 끌어 갈 수 없는 마력이 숨어 있었다. 그리고 이 말을 하는 그 눈매, 그 입매에는 말할 수 없는 풍정이 있고 애교가 흐른다. 거기는 나도 혼을 아니 빼앗길 수가 없었다. 나도 모를 사이에 두 팔이 저절로 벌어지며 그를 안으려 하다가 문득 번개같이 이것도 또한 거짓 웃음임을 깨달았다. 상춘이가 속은 것도 이 웃음 때문이다. 나의 일평생을 그르치고 혁혁한 하씨 집안을 망친 것도 이 웃음 때문이다. 이를 생각하면 너를 안는 것은 불을 안는 것보담 독사를 안는 것보담 더 싫고 더 고통이다. 하 건만 이 또한 원수를 갚는 계제라 하고 그 모든 것을 이를 악물고 아니 참을 수 없었다. 화자의 하자는 대로 하며 사랑에 빠져 앞뒤를 모르는 애인의 흉내를 내고 돌아왔었다.

여관에 돌아오니 그리 급박한 일은 없다. 상춘이가 돌아올 때까지는 한가 한 몸이니 온갖 일을 준비하여 두어야 된다. 나는 벽장에서 가죽으로 만든 이상한 가방을 꺼내었다. 그리고 종자 돌쇠를 불러 그 뚜껑을 열라 하매 그는 괴이쩍게 나의 얼굴을 바라보면서도 그 직무를 잘 지키었다. 쓸데없는 말 한 마디도 아니 하고 명령대로 그 짐을 열었다. 그 속에서 나타나는 것은 훌륭하게 만든 한 쌍 두 자루 권총(拳銃)이었다. 그는 그것을 요모조모 검사해 보더

니,

"두 자루를 다 닦아서 두어야 되겠습니다." 한다.

"그래, 속히 닦아 두어라."

그는 하도 이상스러워 두리번두리번 나를 치어다보며,

"영감께서도 이런 것을 쓰실 때가 있습니까?"

"있을는지 없을는지 가만히 보면 알 것이다."

이 냉랭한 대꾸에 그는 문득 제 직무를 생각한 것처럼,

"시키시는 대로 하옵지요."

라고 가는 소리로 소곤거리고 그 권총을 가져가려 한다. 나는 그를 다시 불러,

"이애 돌쇠야, 너는 요사이에 드문 젊은 애로 나의 시중을 잘해 주었다마는 불원해서 또 너에게 기막힌 일을 시킬는지 모른다. 아무리 곤란한 일이 라도 말없이 거행할는지?"

돌쇠는 놀래기는커녕 도리어 기뻐하는 모양으로,

"영감마님, 돌쇠 이놈은 병정도 다녀 본 일이 있습니다. 아직도 군인의 정신이 남아 있습니다. 제 직무가 무엇인가는 아옵니다."

"그것은 고맙다."

"영감마님을 위해서 총받이를 하는 것도 싫어 아니 하겠습니다."
그 확연한 대답 가운데에 적지 않은 용기를 보이므로 나는 속으로 칭찬하면서, 그의 손을 힘 있게 잡아 주니 그는 구부려 내 손에 키스하고 아모 말없이 나가 버렸다.

그 이튿날 아침에 상춘으로부터 전보가 왔다. 그 글에 하였으되,
"말씀대로 오는 이십팔일에는 돌아가겠고 그 곳 정거장에 도착되기

는 오 후 삼십분일 듯 하외다. 화자에게 가기 전에 제일 먼저 백작에게로 가서 그 연회에 참례하겠습니다. 나를 위하여 이다지도 진력해 주신 은혜는 뵈옵고 사례하고자 하나이다." 하였더라.

나는 이것을 보고 피곤한 것도 잊고, 안된 기분도 잊고, 모든 것을 잊고, 마치 말머리를 마주 대고 싸우려는 장수 모양으로 온몸에 건장한 힘이 넘치는 것을 깨달았다.

〈42〉

상춘이가 돌아올 이십팔일이 되었다. 그를 환영하는 연석은 내가 필생의 심혈을 뿌린 크나큰 복수의 첫 막이 열리는 것이므로, 나는 아침결부터 심신(心身)을 경도(傾倒)하여 그 준비에 급급하였다. 그 연회를 베풀 자리는 곧 나려갈 계하(階下) 되는 대청인데, 지금일지라도 매우 훌륭한 연회석이 건마는 나는 가일층 사치를 더하려고 여관의 주인에게 많은 돈을 주어, 수 일전부터 전에 있던 장식을 말갛게 뜯어 버리고, 벽에 걸 거울로부터 마루에 깐 자리까지도 그 곳에서 살 수 있는 값진 것을 준비하며 교의 하나라도 여간한 집에서는 살거리를 장만할 만한 돈을 먹이었은즉, 창을 가리는 포장이고 상을 덮는 보까지도 모조리 깡그리 진선진미(盡善盡美)한 것이었다.

궁사 극치한 임군으로도 이에 미치지 못할 만치 되었다. 이를 따라 손님을 대접하는 주효도 또한 놀랠 만한 것이 있나니 술 한 잔에 십 원이 넘게 걸리도록 만들었다. 그리고도 나는 아무렇게도 생

각하지 않았다. 여관 주인과 보이들이,

"어떤 연회인지는 모르지마는 이것은 너무 과한데요."라고 평하는 것을 나는 다만 웃을 뿐이었다. 그리고 그것을 맡은 직공들이 혀를 내두르며,

"상감님의 혼례라도 이렇게는 못할걸."이라고 소곤거렸지만, 나는 속으로,

"뜬세상의 모든 즐거움을 내어 던지고 원수 갚는 것밖에 아모 목적이 없는 이 몸이니 그 복수의 준비로 세계에 드문 것을 못할 것이 무엇이랴!" 하였다.

이날 내가 초대한 사람은 상춘과 나의 아는 사람으로부터 고른 것인데, 그 수효 열세 사람, 나와 상춘을 넣으면 열다섯이 된다. 모두다 초대에 응하겠다는 답장을 보내었으므로 나는 더욱 만족하게 기다리고 있는 사이에 벌써 오후 여섯 점이 되었다. 나는 상춘에게 약속한 대로 정거장에 마차를 보내고 나는 옷을 갈아입을 양으로 돌쇠를 데리고 방에 들어와서 장 속으로 새 옷 일습을 꺼내고 그 다음에는 광채 찬란한 야광주 단추를 내어 그것을 돌쇠를 주며 속옷의 가슴에 끼우라 하매, 돌쇠는 그것을 받아 제 소매로 닦은 뒤에 고이 끼워 주었다. 나는 천천히 그를 향하며,

"돌쇠야!"

"왜 그리하십니까?"

"오늘 밤 연회에 너는 내 교의 뒤에 서서 술을 붓기로 하여라!"

"예, 명대로 하겠습니다."

"그런 중에 상춘 씨의 잔에 주의를 하여라. 그를 내 오른편에 앉

힐 터이니 언제든지 그 잔에 술을 가득 부어야 된다. 일순간이라도 그 잔이 비어 있으면 곧 너의 실책으로 치부할 테야."

"예, 그리하겠습니다."

"그리고 또 무슨 일이 일어나는 한이 있더라도 결코 놀래지 말아라. 연회가 끝날 때까지 나의 명령 없이 그 곳을 떠나서는 아니 된다."

"예, 그리하겠습니다."라고 대답은 하면서도 무슨 일로 이런 엄중한 명령을 받는가 하고 의아해 하는 빛이 나타남도 무리한 것은 아니다. 나는 가벼웁게 웃고 한 걸음 나아 가 그의 어깨에 손을 대며,

"전일에 가져간 권총은 어찌하였느냐?"

"두 자루를 모두 잘 닦아서 언제든지 사용되도록 저 방 탁자 위에 얹어 두었습니다."

나는 기쁜 빛을 보이며,

"응, 그래. 그러면 너는 손님이 올 때까지 불편할 것이 없도록 객실을 둘러보아라."

돌쇠는 그리하겠다는 듯이 몸을 굽히고 제 갈 데로 가 버렸다.

그 후 나는 거울과 마주 앉아 정신을 들여 화장을 하였다. 나는 하준으로 있을 때부터 의복에는 매우 주의를 하는 편이었으니, 때를 따라 철을 맞춰 옷을 갈아입을 줄 잘 알았다. 더구나 세상 가운데는 아무리 화려한 의복을 입을지라도 모양이 아니 나는 사람이 있지마는 나는 다행히 풍채 좋고 옷 입은 거리도 있는 사람이었다. 옷 갈아입음과 화장하기를 마치매, 거울에 비친 나의 신수는

나도 몰라볼 지경이었다. 이리할 즈음에 문밖 모래를 바 삭 거리면서 들어오는 마차 소리, 그것은 말할 것도 없이 상춘을 맞으러 보낸 나의 마차인 줄 알았다. 나는 먼저 나의 적수가 전장에 다가오는 것을 깨달았다 뜨거운 피가 한꺼번에. 얼굴에 벌컥 올라오며 몹시 가슴이 펄떡거렸다. 그래도 스스로 마음을 진정하여 그를 영접하러 마루로 나왔다.

내가 마루에 나오자마자 상춘과 딱 마주쳤다. 그는 오랫동안 백부의 시탕을 하노라고 얼마만큼 그 얼굴이 파리하였으나, 백부의 유산을 제 것으로 만든 기쁨은 그 파리한 것도 감추고 말았다. 그의 얼굴에는 즐거운 빛이 넘쳐 흐른다. 그는 나를 보자마자 기쁘게 웃으며,

"참, 백작께서는 화장법이 매우 교묘한데요. 감복할 수밖에 없습니다. 안 색도 아주 젊어 보이는걸요."

"천만에, 그것은 내가 할 말이오. 노형이야말로 더 젊어졌는데요. 재산이 생기면 암만해도 부태(富態)가 흐르지요." 하면서 나는 그를 방으로 인도해 들이니, 그는 제일 먼저 돌쇠가 다 닦아 탁자 위에 얹어 놓은 권총 상자를 보고 이상하게 얼굴에 힘줄이 드러났지마는 보통 권총 상자와 그 만든 모양이 다르고 또 장식도 훌륭하므로 권총이 아닌 줄 알았던지 다시금 나의 의복에 눈을 돌리며,

"아이고 당신이 이렇게 차리고 보면, 손 되는 나도 여행복(旅行服)으로는 안 되겠습니다그려. 다행히 내 행장도 당신의 마차에 싣고 왔으니 이 옆방에서 갈아입겠습니다."

"무얼 그것은 나중에 하여도 좋지요. 위선 이것이나 한잔 하고 천

천히 하지요."

하면서 내가 항상 방 가운데 두는 포도주 병마개를 빼어 한 잔을 부어 그의 앞에 놓으니, 그는 목마른 사람이 물켜듯 벌떡벌떡 들이키며,

"실상 정거장에서 곧 화자 부인께로 가려다가 당신의 약속 때문에……."

"부인의 일은 그리 걱정할 것이 없습니다. 노형 없는 동안 나밖에 다른 남자는 하나도 그의 곁에 가지를 못하였어요."

그는 가슴을 쓰다듬으며,

"그러려니 생각하였습니다마는……."

〈43〉

그럭저럭 밤이 여덟 점이 가까워지자, 손은 한 사람 두 사람 모이기 시작 하여 어느 결에 제 수대로 다 모이었는데 모두들 설비의 굉장함과 음식의 진귀함에 놀래며 기뻐하며 여기저기서 웃음이 터지고 이야기가 꽃을 피우며, 상춘이도 돌쇠의 가득 가득히 부어 주는 술에 얼근히 취하여 곁의 사람에게 화자 부인의 아름다운 얼굴을 입에 침이 없이 칭찬하며, 여러 사람도 제각기 제 장기를 자랑하는 가운데, 그 중에서도 요사이 프랑스(佛蘭西)에서 건너온 결투가(決鬪家)로 유명한 '다벤' 후작과 '하멜' 중좌는 지금 하는 비술을 설명하며 말로 못하는 것은 실물로 보일 작정이던지 접시 위에 얹힌 식도를 들어 적수가 이렇게 하면 이리 막고 저리 찌른다는

둥, 애꿎이 무죄한 제육을 난도질 치고 있다. 이렇듯 지껄이고 떠드는 가운데도 술 한 방울 마시지 않고 기회를 기다리던 나는 이때야말로 좋은 짬이라고 벌떡 일어섰다. 연설을 하려는 연사같이 몸을 가지고 먼저 "여러분!"이라고 소리를 쳤다.

아아 독자여, 내가 상춘에게 속고 가을달 봄꽃이 몇 번이나 바뀌었나뇨.

시간으론 삼천 오백 시간이다. 그 사이에 나의 마음은 일초일각 쉴 새 없이 사람된 자의 참지 못할 모욕을 참았으며 형용도 할 수 없는 고통을 받으면 서 오직 원수 갚을 기회가 돌아오기만 고대하고 있었다. 시시때때로 나의 가슴은 칼로에는 듯하였다. 한 시간에 한번이라도 나의 가슴은 삼천 오 백 조각이 났었을 것이다. 눈물을 흘려도 풀 수 없고 피를 뿌려도 시원치 않은 이내 원한은 쌓이고 쌓였다가 인제야 터질 날이 되고 말았다. 여러 사람을 둘러보는 김에 상춘을 흘겨본 나의 눈살은 만약 검은 안경에 가리지 않았으면 반드시 만당 빈객을 태워 버렸을는지도 알 수 없다. 슬프고도 통분한 생각이 일시에 치받쳐 올라 말하려는 목구멍을 막았다. 그것이 열이 되고 불이 되어 오장육부를 부지직부지직하며 태워 들어가는 듯하였다. 지금까지 냉정하던 가슴이 바람에 울렁거리는 바다 물결과 같았다. 그래도 나는 죽을 애를 써서 간신히 소리를 가다듬어 또다시 "여러분이여!"하고 불렀다. 각각 제 이야기에 잦아진 손들은 나의 소리를 잘 알아듣지 못하였다.

나의 왼편에 앉은 '미리나'남작은 나를 딱하게 여겼던지 식도 자루로 테이블을 두드리니 이 소리에 놀란 여러 손은 나의 말에 귀를 기울이게 되었다.

나는 천천히 말을 꺼내었다.

"여러분의 도도한 흥을 깰 일은 안 된 짓인 듯하지마는 결코 방해하는 것은 아니고 실상은 여러분에게 가장 즐거운 일을 하나 아뢰 일층 더 흥을 돋우려 하는 것입니다. 여러분, 오늘밤 연회는 이미 초대장에도 쓴 것과 마찬 가지로 여기 앉은 상춘 씨를 환영하기 위한 것입니다. 상춘 씨로 말하면 아 직 젊은 교제가라 하겠으되, 이 자리에 앉으신 여러분은 누구나 다 — 상춘 씨를 형제와 같이 생각하며 그와 기쁨도 논하고 슬픔도 논하는 사이가 아닙니까? 그 상춘 씨가 오늘밤 로마에서 돌아온 것은 그저 귀향만이 아니고 매 우 기쁜 일이 있습니다. 그것은 많은 재산을 상속하여 온 것입니다. 이로부 터 상춘 씨는 이전과 달리 유복한 신사가 되었으니 나는 여러분과 함께 상춘 씨를 위하여 축배를 들고자 합니다."

하매 박수갈채하는 소리가, 사방으로 일어나더니 그것이 끝나자 일동이 술잔을 높이 들어,

"상춘 씨의 만복을 빌겠습니다."

하고는 한 번에 마셔 버리니 상춘은 인생 만족의 절정에 달한 것 모양으로 웃는 얼굴을 감출 길이 없었다. 그래도 너무 웃음은 체면에 문제 될까 하였던지 겨우 담배를 꺼내 밖을 향하여 고기 잡는 불이 반짝반짝하는 '나폴리' 항구를 바라볼 뿐이었다.

나는 일동이 상춘을 축하하는 소리가 조금 진정됨을 기다려 또다시 말을 이어,

"그런데 여러분이여, 말하는 김에 또 하나 여러분에게 펼쳐서 같

이 기뻐 할 일이 있습니다. 이것은 말할 것도 없이 불구해서 내 앞 곧 백작 오세환의 몸에 닥친 막대한 행복이올시다."

이 이상한 말에 손들은 더욱더욱 귀를 기울이고 지금은 나의 숨소리까지 흘려듣지 않으려는 듯이 하였다.

"여러분은 반드시 뜻밖으로 생각하시겠지요. 나 역시 의외올시다. 아시는 바와 같이 나는 예의에도 밝지 못하고 교제할 줄도 모릅니다.(아니오. 아니오 하는 소리가 사방에서 일어난다.) 아무리 아니라 하실지라도 여하간 나는 상춘 씨를 선두로 만당의 제씨와 같이 결코 귀부인의 따뜻한 사랑을 받을 자는 아니올시다. 나도 스스로 지금껏 달콤한 사랑은 단념하고 있었습니다."

예까지 말하매 손들은 모두 과연 의외로다 하는 듯한 얼굴로 서로 쳐다보며 그 중에도 상춘은 어이가 없는 것같이 그 담배를 떨어뜨렸다.

"나는 나이로나 신체로나, 반은 병객이고 반은 장님이올시다. 그리하거늘 정말 인연이란 것은 알 수 없는 것이 런지 뜻밖에 절세가인을 만나고 그 부 인도 또한 나를 싫어하지 않은 까닭에 나는 얼마 아니 되면 결혼을 하게 되었습니다."

상춘은 무슨 생각이 들었던지 새파란 얼굴로 일어서서 나에게 물을 말이 있는 듯이 그 입술이 움직였으나 문득 고쳐 생각할 것같이 철썩 주저앉는다. 모든 사람은 하도 놀래어 한참 동안은 말이 없다가 이윽고 저마다 축사를 올리며,

"오 백작 만세!"하는 이도 있고 "신부인 만세!"라고 부르짖는 자도 있어 기쁜 소리가 끊어지지 않았다. 맨 나중에 나와 같이 독신

주의를 가진 '갈드' 자작은 소리를 높이,

"백작이여 혼례만, 하지 않으면 '나폴리' 미인은 모두 다 내 것이나 진배없는 것이오. 한 사람을 골라 법률상의 아내로 만들고 보면 다른 미인은 실망을 하고 내 것이 되지 않습니다. 당신은 미인 하나 때문에 일백 미인을 잃게 됩니다."

하고 웃는다. 나는 고지식하게 그 말을 받아,

"그 말씀은 일찍이 나도 동의를 하였습니다. 동의를 하였기에 오십 살이 넘은 오늘이란 오늘까지 독신주의로 지내어 왔습니다마는 진정한 미인을 만나고 보니 아무런 독신주의도 산산이 부서지고 말았습니다. 세상에는 다시없을 듯한 어여쁜 웃는 얼굴로 내 앞에 와서 나의 비위를 맞추며 나의 뜻을 맞이하며 나와 결혼하기를 재촉하겠지요. 목석이 아닌 사람으로야 어찌 이것을 떨칠 것입니까? 이렇든지 저렇든지 지금은 이미 확정되어 혼례를 하게 되었으니까 여러분은 제발 나의 장래 아내를 위하여 축배를 드시길 바랍니다."

'갈드' 자작이 제일 먼저 잔을 높이 들었다. 다른 사람들도 그를 따랐건 마는 홀로 상춘이 뿐만은 무엇인지 매우 걱정을 하고 있다. 이때에 '다 벤' 후작은 나를 향하여,

"부인의 꽃다운 이름까지 가르쳐 주심을 바랍니다."

하매, 상춘도 그제야 힘을 얻은 듯이 일어서며 마른 목을 술로 축이고는 떨리는 소리로,

"나도 인제부터 그 말을 하려 하였습니다. 이름은 듣는대도 반드시 우리가 모를 미인이겠으나 그래도 이름을 아니 듣고 보면……."

하고 겨우 딴 사람과 같이 말을 끊었다. 나는 소리를 가다듬어,

"그러면 가르쳐 드리겠습니다. 나의 장례 아내는 여러분이 다 아실 것입니다. 하 백작 미망인 화자 부인이올시다."

모든 사람은 깜짝 놀랐다. 그러나 그 놀란 소리를 내지 못하였다. 터럭 끝도 넣을 수가 없는 사이에 상춘은 불같이 성을 내며 미쳐 부르짖는 소리로,

"이 도적놈, 개 같은 놈!"

하고는 들었던 술잔으로 부서지라고 나의 얼굴을 냅다 갈기었다. 만장이 문 득 끓는 솥과 같이 비등하였다.

〈44〉

술잔으로 얼굴을 내갈긴 상춘의 행동은 참말 무례하다고도 할 수 없고 고약하다고도 할 수 없다. 무어라고 할 수 없다. 속사정을 모르는 손들은 저 마다,

"이런 고약한 일이 어디 있나!"

라고 부르짖으면서 모두 다 일어나 상춘을 에워쌌다. 이런 가운데도 나는 태연히 수건으로 어깨에서 떨어지는 술 방울을 닦고 있었다. 제일 먼저 상춘의 어깨를 잡은 사람은 프랑스 결투가 '하멜'씨였었다. 그는 우레 같은 소리로,

"상춘 씨, 주정을 하오? 미쳐서 이러오? 무엇 하는지 알고나 하오?"

상춘의 분에 타는 얼굴빛은 마치 함정에 떨어진 맹호와 같이 눈

빛만 무서 울 뿐 아니라 왼 이마에 굵은 힘줄이 일어섰고 왼 얼굴이 자줏빛이 되어 거 의 찢어질 듯하였다. 그는 한 팔을 잡히고도 오히려 나에게 달려들며 입으로 토하는 뜨거운 입김은 나의 얼굴에 모닥불을 담아 붓는 듯하였다. 한참 동안은 말도 못하고 이만 빠드득 빠드득 갈 뿐이더니 또다시 성난 소리로,

"이 도적놈! 네놈의 가슴을 칼로 북북 갈라놓지 않고는 그냥 두지 않을 테야."라고 부르짖고 뛰어 달려들려는 것을 왼편으로부터 붙잡는 사람은 저 프랑스의 결투가 '다벤'후작이었다. 그는 천착한 소리로,

"아직은 이르다, 일러. 우리 신사는 설령 아무리 분한 일이 있더라도 살인죄를 범할 것은 아니다. 결투란 공명정대한 규칙이 있지 않은가? 여보! 상춘군, 자네는 악마의 혼이 덮쳤느냐? 오늘밤 주인에게 무슨 일로 그런 무례한 짓을 한단 말인고? 무슨 까닭이오? 무엇 때문이란 말이오?"

상춘은 쥐인 손을 빼려고 헛애만 쓰면서,

"무슨 까닭인지 저놈에게 물어라. 저놈에게 물어라. 제 죄를 제가 알 것이다. 저놈에게 물어라."

이 말을 들은 손들은 내가 무슨 말을 하는가 하고 모두 눈을 내게로 돌리었다. 그런 중에 '프레시아'씨는,

"아니, 그렇지 않소. 백작은 대답을 할 것 없소. 설령 할 말이 있다 해도 상춘 씨가 먼저 그 까닭을 말할 때입니다."

나는 스스로 분노를 참는 소리로,

"여러분! 나에게 묻는대도 이분이 이리 성낸 까닭을 어찌 내가 알

겠습니까? 혹은 상춘 씨가 지금 내가 소개한 부인에게 대하여 자기가 무슨 야심을 두고 나를 모욕할 구실이나 가졌는지는 모릅니다마는……."하고 상춘을 흘겨보니 그는 분노가 치받쳐 거의 기절할 듯하였다. 그는 숨 찬 소리로,

"무엇이 어쩌고 어째! 구실이나 죽일 놈 같으니, 네놈의 입으로 잘도 그런 소리를 한다."

교제가 '마리나' 남작은 온당하게,

"상춘 씨, 그것은 그저 욕설이란 것이오. 병문친구(屛門親舊)가 아니고 신사인 다음에야 어디까지든지 조리를 캐어 말할 것이 아니오? 그리고 상춘 씨, 부인 하나로 말미암아 오 백작이란 친구를 잃을 작정입니까? 발길에 차이는 것이 여자로되 친구는 한 번 잃어보면 다시 얻을 수 없는 것이오."

나는 오히려 가슴으로부터 방울방울 떨어지는 술을 씻으며,

"상춘 씨가 만일 부인에 대한 실망만으로 이렇듯 분노한 것이라 하면 나는 깊이 책망하려 않습니다. 아직 나이 젊고 혈기 방장한 터이니까 이런 짓 이야 하기도 쉬운 일이오. 나에게 깊이 사죄를 한다면 나는 그를 용서하겠습니다."

하매, 결투가 '하멜'씨는,

"여보 백작! 그게 무슨 말씀이오? 이런 무례를 한 마디 사죄로 용서한다는 건 전대에 없는 일입니다. 당신의 마음은 너무도 관대합니다. 오늘밤의 상춘 씨의 한 짓은 용서할 수 있는 것과는 종류가 다른 일입니다."

한즉 온화한 '만시니'씨까지,

"과연 그렇습니다."라고 찬성한다. 상춘은 온몸 왼 마음이 온통 분노의 뭉치가 된 듯이.

"뭐, 사죄, 사죄라? 그야말로 거꾸로다, 거꾸로다."

라고 부르짖으면서 양편으로 붙잡은 '하멜'씨와 '다벤'후작을 밀치고 술 있는 잔을 들어 한 목을 꿀꺽 들이킴은 너무 입이 마른 까닭이리라.

그리고 그는 일직선으로 나에게 달려들며,

"이 거짓말쟁이, 도적놈, 개 같은 놈 같으니! 부인을 훔치고 나를 모욕하고. 네놈의 목숨을 빼앗지 않고는 말지 않을 테야."

나는 이에 이르러 득의의 미소가 흘러나옴을 억지로 물어 멈추고 애써 엄숙한 얼굴을 지으며,

"목숨의 뺏고 빼앗는 것도 시의를 따라서 사양치 않겠습니다. 아무리 세환이가 늙었다 할지라도 싸움에 응치 않을 내가 아닙니다. 그러나 상춘 씨, 노형이 그런 말을 하는 이유는 암만해도 모르겠습니다. 지금 말한 부인이 당신에 대하여 조그마한 애정도 없고 따라서 무슨 약조가 있는 것도 아닙니다. 한갓 자유로운 몸으로 기탄없이 나와 부부 될 약속을 한 것입니다. 만일 조금이라도 노형을 사모한 증거가 있을 것 같으면 세환은 즐거이 이 약속을 취소하고 부인을 곱다랗게 노형께 드리겠습니다. 노형이 나를 한하는 것이 기괴망측합니다."

모든 손들은 나의 관대함에 감복한 듯이,

"상춘 씨가 너무 심하다. 너무 천착하다."하는 이도 있고,

"백작은 참말 성인이다."하는 이도 있다.

'다벤'후작은 그래도 침착하게

"참말 성인입니다. 나 같으면 이렇게 사리를 쪼개어 문답을 하고 있지 않겠습니다."하매,

"물론이지요."

"나 같아도……."

"나 같아도……."하는 소리가 모든 사람의 입에서 나왔다.

상춘의 얼굴은 남빛으로 파랗게 질리며 그 눈은 독사같이 날카롭다. 그는 한 걸음 바싹 나에게 달려들며,

"네놈은 부인이 이상춘을 조금도 사랑치 않는다 하였지? 이 도적놈, 개 같은 놈, 게다가 나에게 사죄를 해라? 사죄는 이렇다."할 겨를도 없이 나의 뺨을 떨어지라고 냅다 갈기었다.

그의 손가락에 낀 야광주 반지(곧 나, 하준의 반지)가 나의 뺨에 생채기를 내어 피가 방울방울 흐르게 되었다. 손들은 이것을 보고 와락 성을 내며 상춘을 향하여 무슨 거조를 차리려 하였으나, 나는 피를 씻으며 '다벤'후작을 향하여 침착한 소리로,

"일이 이렇게 되고야 나의 상춘 씨에 대한 대답은 오직 하나뿐입니다. 당신이 그 개첨인(介添人)이 되어 결투의 준비를 하지 않으렵니까?" 후작은 어깨를 삐죽하며,

"즐거이 개첨인이 되겠습니다."라고 확답하였다.

〈45〉

독자여, 상춘이가 눈에 핏발을 세우고 분노에 미쳐 날뛰며 나에게 술잔을 던지고 나의 뺨에 피가 나도록 때리며 나를 욕보이고자 함

은 나의 더할 수 없는 만족으로 여기는 바이다. 나는 일평생치고 이때같이 유쾌한 적은 없었다. 이와 반대로 그의 고통은 어떠할 것인가. 그와 나의 아내 화자가 서로 안고 있는 것을 볼 때의 내 마음보담 더 분할 것이다, 쓰릴 것이다. 오죽이나 실심을 하였을까, 절망을 하였을까. 예의 있는 만좌중에 앞뒤를 모르고 미쳐 날뛴다. 아아, 그는 나를 욕보이는 것이 아니다. 스스로 욕을 먹고 있음이다. 그곳에 있는 손들은 모두 그를 꾸짖고 침을 뱉으며 나의 관대한 처치에 감탄함을 마지않는다. 나는 또 다시 무엇을 바라리요, 돌아보리오. 인제 그와 결투를 할 뿐이다. 그의 더러운 창자를 산산이 열 뿐이다.

명예 있는 프랑스 결투가 '다벤'후작까지 즐거이 나의 개첨인이 되기를 허락하였다 아아 유쾌하다. 고대하던 나의 원수 갚을 때는 돌아왔도다.

상춘은 이 광경을 보고 큰 소리로,

"물론이다. 결투다, 결투다."

높이 부르짖고는 방 가운데를 돌아다님은 제 개첨인이 될 사람을 찾는 것 일거다. 그러나 여러 손 가운데 어느 누구 하나 나서는 사람이 없다. 오죽 멸시하고 배척하는 눈으로 그를 볼 뿐인지라 그는 오히려 성낸 얼굴로 마침 내 '프레샤'씨 앞에 선다.

씨는 본래 육군 대좌로 당시의 용사이니 남에게 부탁을 받아 한 걸음도 물러선 일이 없다. 상춘은 그 기상을 알아본 까닭일 것이다. 이윽고 입에 침이 없이,

"대좌! 대좌!"라고 부르고는,

"나의 개첨인이 되어 주실 이는 꼭 당신 한 분뿐입니다. 비두 발 괄하는 것이니 제발……."

이라고 말을 끄집어내자마자, 대좌는 난생 처음으로 거절하는 말, 단언한 어조로,

"그리 못하겠습니다."라고 모든 사람에게 다 들리도록 소리를 지르고 다시금 말을 이어,

"나는 그러고 싶지마는 양심이 허락을 안 합니다. 당신의 잘못한 것은 세 살 먹은 어린아이도 아는데 어찌 개첨인이 되겠습니까? 나는 이로부터 '다벤' 후작과 같이 오 백작의 개첨인 노릇을 하고 싶습니다. 인제 후작에게 허락을 받고자 합니다."

라고 보기 좋게 거절을 하고 다시는 상춘을 거들떠보지도 않고 그대로 나의 개첨인 '다벤' 후작에게 왔다. 후작은 기뻐서 '프레샤' 씨를 맞으며,

"당신이면 가장 나의 바라는 바이올시다."

라고 쾌락을 하였다.

상춘은 한이 맺힌 눈으로 대좌와 나를 흘겨보고는 그 다음에는 후작과 같이 프랑스 결투가로 유명한 '하멜'씨에게로 향하였다. 그 러나 그도 또한 거절을 하였으므로 상춘은 치욕이 더함을 따라 더 욱 분한이 사무치는 것같이 앞이마의 푸른 힘줄을 소름이 치도록 드러내었지마는 어찌할 수가 없다.

그는 그 남은 손들에게 향하여 일일이 같은 일을 청하였으나 모 두 다만,

"안 되겠습니다."

"할 수 없습니다."란 한 마디로 물리칠 뿐이었다.

　그는 거의 울듯이 땅이 꺼지도록 한숨을 쉬었다. 나의 개첨인인 '다벤' 후작은 이 모양을 보기가 썩 언짢은 듯이 그 곁에 가서 무어라고 말을 하니 그는 문득 그 말을 좇은 것같이 휙 돌아서서 뒤도 돌아보지 안 하고 그 방을 나가 버렸다 그 꼴이. 마치 부상한 산돝의 달아남과 같았다. 아아, 그는 어디로 가는가, 무엇을 하려는가. 나는 괴이함을 이길 수 없었으므로 그때 까지도 오히려 정직하게 나의 등 뒤에서 있는 나의 종자 돌쇠에게 향하여 가는 소리로,

"가만히 저 사람의 뒤를 따라가서 무엇을 하는지 보고 오너라."라고 소곤거렸다. 돌쇠는 알아차리고 상춘의 뒤를 슬며시 따라 나갔다. 그러나 손들은 어느 누구 하나 그것을 안 사람이 없었다.

　'다벤'후작은 곧 나의 곁에 와서 지금 상춘에게 한 말을 설명하는 것처럼,

"보시는 바와 같이 아무도 그의 개첨인 되기를 허락지 않으니까 밖에 가 서 구해 오는 것이 좋을 줄로 말하였습니다. 그래서 그가 나간 것이올시다. 참말 만번 불행한 일이올시다."하고 참연한 기색을 보이었다. 결투가 '하멜'씨도 그 말을 따라,

"과연 만번 불행한 일입니다." 라고 맞방망이를 친다. 그러나 입으로만 그런 말을 할 뿐이고 마음으로 만 번 유쾌함같이 조금도 슬퍼하는 빛이 없어 도리어 몸에 힘을 주며,

"그 대신 만일에 당신이 지는 일이라도 있으면 내가 무슨 티라도 잡아 가지고 그를 죽이고는 말겠습니다."하고 주먹을 불끈 쥐었다.

그때에 모든 사람은 나의 주위에 모여들어 혹은 상춘의 무례한 것을 꾸짖고 혹은 나의 불행한 것을 위로하며 혹은 내가 그에게 너무 관대하게 한 것을 분해하였다.

그럴 사이에 후작과 대좌가 무슨 의논을 하더니 나를 보며,

"지금 저편의 개첨인이 올 것이니 우리도 사람 올 때까지 모든 일을 의논 하면서 여기서 기다리고 있지요."하고 다시 시계를 바라보며,

"벌써 밤도 열두 시가 되었으니 별로 주무실 틈도 없겠습니다마는 이런 일은 끌수록 재미가 없으니까 내일 아침 여섯 시로 하지요. 당신은 이의가 없습니까?"

나는 공손히 머리를 숙이며,

"무슨 이의가 있겠습니까?"

"그리고 당신이 모욕을 당한 편이니 결투할 무기는 당신께서 정하여야 됩니다. 무엇으로 할까요, 장검(長劍)으로 할까요?"

장검이면 내가 넉넉히 공부한 일이 있다. 남을 두려워하지 않을 만한 솜씨가 있다. 그런데 상춘은 거의 칼을 잡아본 일도 없으니 반드시 내 손에 죽고 말 것이다. 그러나 대적의 단처를 이용하고 나의 장처를 취함은 용사의 할 짓이 아니다. 내 비록 용사가 아니라도 오늘날까지 나의 양심에 부끄러운 일을 하지 않고 모든 것을 뇌뢰낙락하게 하였거늘, 어찌 지금 와서 나의 장기만을 취해서 공명정대한 이 복수를 터럭 끝만치라도 나의 마음에 거리끼는 짓을 하리요. 그것보담도 그의 장기도 되고 나의 장기도 되는 권총으로 싸우리라 하고,

"아니요, 권총으로 하지요."

말을 끊으매, 일찍이 상춘의 권총 사격(拳銃射擊)에 익숙한 줄을 아는 손들 중에는 나의 운명을 근심하는 것처럼 얼굴빛을 변하는 사람도 있었다. 아 아! 사람들이 거짓 오세환을 염려함이 이다지도 깊이 옛날 하준을 사랑함과 다름이 없는 것을 생각하니 웬일인지 눈물이 자아침을 깨달았다. 그러나 태연하게 다시금,

"권총으로 하겠습니다."라고 하였다.

〈46〉

후작도 '권총'이란 나의 결심을 위태롭게 생각하는 것같이,

"참말 그것으로 하겠습니까?"

라고 물었건만 나의 당연히 움직이지 않는 것을 보고 그러면 자신이 있는가 하고 겨우 안심을 하였던지,

"그러면 그것으로 하십시다."하고 또다시,

"그러면 장소는 이 뒷산 평지로 정합시다. 그곳은 하 백작 댁과 거리가 한 십리 가량 되는데 그 곳이면 고요해서 방해 놓을 사람도 없으니 마음 놓고 싸울 수가 있습니다."

그러면 우리 집 무덤굴 앞에 장소를 선정한 것이로다. 나의 원수가 시작된 곳도 그곳이고, 갚을 곳도 그곳인즉 물론 나의 만족하게 여기는 바이라 말없이 고개를 끄덕이니,

"그러면 이것으로 대강은 결정되었습니다. 시간은 내일 아침 여섯시, 장소는 언덕, 무기는 권총, 다만 결정이 안 된 것은 당신과 상

춘 씨의 거리(距里)인데 이것은 그편 개첨인이 오는 것을 기다려 쌍방이 협의해서 결정 하겠습니다."

나야 무슨 할 말이 있으리요. 고맙게 그 손을 쥐었다. 그런데 남은 손들은 조금 흥이 깨어진 듯하므로 나는 일동을 향하여,

"그러면 오늘 밤 연회는 유감천만이나 차라리 불유쾌하게 되고 말았습니다. 여러분에게 무어라고 사죄할 말이 없습니다. 하나 내가 여러분을 초대함은 이번이 마지막이 아니고 이 뒤에라도 기회가 없지 않을 것입니다. 만일 내일 아침에 내가 지게 되어 뵈올 수 없이 이 세상을 떠나게 되면 명명 야대(冥冥夜臺)로 돌아가면서도 여러분의 후의는 잊지 않겠습니다. 또 다행히 살아나면 지금 소개한 화자 부인과 결혼할 날도 멀지 않으니까 그 때에 또다시 성연을 베풀고 오늘밤 미진한 죄를 사례하겠습니다. 벌써 결투하기로 결정된 이상에는 마음이 산란하니까 용서를 빌고 이 자리를 물러 가겠습니다. 그러면 또다시."

나는 손들을 인사해 보내고 이층 위에 올라갔다. 한숨을 내리쉬며 피곤한 몸을 씻고 있노라니까, 손들이 하나씩 둘씩 돌아가는 소리도 들리고 나의 개첨인 되는 후작과 대좌가 별실에서 보이를 불러 뜨거운 커피차를 명령하는 소리도 들리었다. 또 이윽고 보이들이 연석의 먹던 나머지를 치우는지 사기그릇 소리도 나고 오늘밤에 일어난 무서운 일을 이야기하는 말소리도 들리었다. 나는 가만히 누워서 내일 결투장에서 목숨을 잃을 사람은 내가 될까 상춘이가 될까라고 생각해 보았다. 나는 확실히 상춘이가 될 줄을 믿는다. 만일 내일 아침 결투로 맞아 죽을 사람 같으면 반드시 마음이 울

렁거릴 것이거늘 그렇기는커녕 나의 마음은 월색이 교교한 가을달 보담도 더 맑고 냉랭하다. 신경이 조금도 산란하지도 않고 다만 복수가 뜻과 같이 되어 가는 기쁨을 깨달을 뿐이었다. 아아, 상춘은 옛날 나에게 고통을 준 것만치 지금은 고통을 받고, 내가 분한 것만치 분해하며, 내가 그에게 화자를 빼앗긴 것과 같이 그 화자를 나에게 빼앗기고, 내가 속은 것 같이 그도 나에게 속았다. 살피건 대 그의 마음은 지금 말할 수 없는 고민 속에 있을 것이다.

살면 살아갈수록 그 고민이 더욱더욱 무거워 갈 것이다. 내일 내가 그를 죽임은 그 무거워 가는 고민을 없애는 것이니 그를 건져 주는 것과 조금도 다름이 없다. 본래 먹은 마음으로 말하면 어느 때까지 그를 그 고민 가운데 살려 두어 애를 쓰다가 절로 죽을 때까지 기다릴 것이로되 나는 그 목숨을 끊어 주어 그로 하여금 기쁨도 모르고 슬픔도 모르는 명명구원에 돌아가게 할만치는 용서한 것이다. 아무도 나의 복수를 너무 가볍다고는 아니할 것이다.

이와 같이 스스로 묻고 스스로 답할 사이에 밤은 벌써 새로 두 점이 지내었으므로 나는 형식상으로나마 유언서를 쓰고 나의 모든 재산을 돌쇠에게 전한다는 뜻을 기록한 후 막 붓을 놓았을 때에 가만가만히 걸어 들어온 사람은 돌쇠이었다. 나는 고개를 번쩍 들어 그를 맞으며,

"아아, 돌아 왔니? 돌쇠야! 상춘은 어떻게 되었니?"

라고 급히 물어 보았다. 평일에 그렇게 침착한 돌쇠로도 오늘 밤 뿐은 스스로 제어하기 어려운 것 같이,

"참말 큰일이올시다."라고 말에 힘을 준다.

"큰일이란 것은 무엇이냐?"

"상춘 씨의 분노가 잘도 발광을 안 하고 말았어요. 내일쯤은 혹 미칠는지 알 수 없습니다."

"잘 따라가 보았다. 그래, 그가 이곳을 나가서 어찌하더냐? 지금은 또 무엇을 하고 있는지 자세히 들려 다오."

〈47〉

돌쇠는 나의 말을 좇아 이 추운 밤이건만 흘러내리는 앞이마의 땀을 씻으면서 말한다.

"이곳을 나서자마자, 상춘 씨는 불끈 쥔 주먹을 공중에 내어두르며 해안을 향하고 달려갑디다. 온몸의 피가 빨갛게 머리로 몰렸던지 달음박질하는 다리도 허둥지둥 땅에 닿지 않는 것 같습디다. 그러면 이분이 바다에 몸을 던지려고 해안으로 가는가. 근심을 하였더니만, 그런 것이 아니고 너무 화가 받치어 방향을 그릇 안 것이었습니다. 한 오리나 달아나다가 아아 틀렸다고 부르짖고 주춤 서서 사방을 둘러봅디다. 저는 들키면 안 되리라 하고서 남의 집 처마 밑에 몸을 숨기었습니다. 상춘 씨는 이를 북북 갈며 '죽일 놈! 망할 년!'하고 욕설을 할 즈음에 마침 빈 마차가 한 채 지나갑디다. 그는 그 마차를 불러 멈추고 급히 하 백작 대문 앞까지 가자 하고 그냥 뛰어 타 길래 그러면 화자 부인을 만나러 가는가 하고 저는 곧 그 마차 뒤에 매어 달리었습니다. 삼십분이 지나지 못해서 마차는 하 백작 댁 문 앞에 다다랐습니다. 상춘 씨가 내리었으므로 저도 곧 마차를 뛰어나려 나무 그늘에 은신을 하고 보았습니다. 그는 마차 삯을 치르자마자 마차를 덜 미처 보내고 대문 앞에 바짝 다가서더니 부서지라고 두드리기 시작합디다. 한 예닐곱 번 두드려도 아모 대답이 없습디다. 그는 점점 미쳐 날뛰며 문을 부셔 버릴 작정이든지, '이놈 홍조(홍조는 하인의 이름)야! 아니 열어 줄 터냐!'하기도 하고, '화자야. 화자야!'라고도 고함을 지르며 발로 차고 손으로 밀기를 한 십오 분 동안이나 하니까 안에서 홍조의 대답하는 소리가 들리며 이윽고 등을 가지고 나오는 그 불빛이 보이었습니다. 홍조도 몹시 겁을 내고 놀래었는지 손이 떨려 등불이 흔들리는 듯 하였습니다. 상춘 씨는 홍조가 문 열기까지도 기다리기 지겨웠든지 '나는 화자를 만나러 왔다. 화자를 나오라고 해라.'라고 부르짖습디다. 홍조는 목이 멘 것같이 마른 소리로 기침을 하고는 '아니 부인은 아니 계십니다. 이 집에는 아니 계십니다.'라고 대답을 합디다. 상춘 씨는 불같이 성을 내어 당장 홍조의 멱살을 움켜쥐며 '네놈까지 오세환에게 가담을 하고 나를 속이려느냐?'하도 여지없이 야단을 치기에 저는 뛰어나가 홍조를 구해 주고 싶었지마는 영감의 부탁도 있기 때문에 얼른 고쳐 생각하고 숨었던 그 자리에 그냥 있었습니다."

"잘 숨어 있었다."

"홍조는 맞으면서도 '거짓말이 아닙니다. 참말이올시다.'라고 연해 연방 부르짖었습니다. 그 소리가 상춘 씨 귀에 겨우 들리자마자 그는 처음으로 쥐었던 것을 놓고 '무엇이, 참말이냐! 그러면 간 곳이 어디냐? 바른 대로 말을 해라.' '네네 그러다 뿐이겠습니까? 저어

여기서 한 이십 리 되는 '아난제다'란 이원이랍디다.' '무엇이 이원! 나를 피할 양으로 저 세환 이가 이원에 가라 하였단 말이냐!' 하면서 사정없이 홍조를 차 던져 버립디다. 홍조는 철썩하고 나둥 그러지고 등까지 산산이 부서집디다. 상춘 씨는 그러고도 홍조를 욕설악설하며 '이 늙은 놈아, 죽을 때까지 자빠져 있거라.'하고 그곳을 뛰어나옵디다. 이윽이 있다가 홍조는 간신히 일어나 문을 닫습디다. 그런데 상춘 씨는 벌써 숲을 나는 듯이 지나 어느덧 큰길로 달려갑디다. 저도 거의 따를 수가 없다가 큰 길로 한 사오 간 뛰어가더니 상춘 씨는 너무 상기가 된 까닭이던지 고만 털썩하고 그곳에 넘어진 채 기절을 하고 말았습니다."

"옹! 상춘이가 기절을 하였어?"

"그래요, 기절을 하였습니다."

"그래서 어찌하였어?"

"저는 이대로 두어서는 안 되겠다 싶어서 모자를 눈까지 눌러쓰고 옷깃을 추켜 얼굴을 숨기고 고이 그를 안아 일으켜 놓고 곁에 있는 분수의 물을 움 켜다가 그의 얼굴에 끼었었습니다. 한참 만에 그는 겨우 정신을 차리고 저를 꼭 딴 사람으로 알았던지 간단하게 사례를 합디다. 고만 정신이 아찔해 서 넘어졌다고 변명을 하고 물을 한 되나 들이켜고는 인제 정신이 조금 난 다 하면서 시가로 나려갑디다. 저도 또 그 뒤를 따랐었는데 그는 깊숙한 행 랑 뒷골어는 술집으로 들어가더니 그 안에서 무뢰방탕하게 노는 듯한 신사 둘을 데리고 나옵디다."

"으응, 그 사람들에게 개첨인이 되어 달라 한 게로군."

"그런가 보아요. 자세히는 못 들었지만 아주 분한 듯이 두 사람에게 무슨 말을 부탁한즉 두 사람이 허락을 하는 모양이었습니다. 벌써 제가 돌아왔을 제 그 두 사람이 이곳에 와서 영감의 개첨인하고 무슨 의논을 하고 있습디다."

"그러냐? 무슨 의논을 하고 벌써 돌아갔느냐?"

"아닙니다. 아직도 의논을 하고 있습니다."

"그 후는 또 어찌하였느냐?"

"그로부터 상춘 씨는 그 두 사람을 작별하고 자기 집으로 돌아갑디다. 그는 호주머니에서 열쇠를 꺼내어 문을 열고 들어가길래 무엇을 찾아 가지고 나올까 하고 저는 한 이십 분 동안이나 기다리고 있었습니다마는 다시 나오지 않습디다. 아마도 교의 위에 쓰러진 것 같고 창으로 불빛도 보이지 않습디다. 이윽고 어둠 속에서 울음소리가 들립디다. 그것은 상춘 씨의 울음이었습니다. '아아 분하다. 세환이란 놈에게 속았고나.'라고 부르짖으며 불도 아니 켜고 울고 있습디다. 필연 밤새도록 울었겠지요."

"그 후는 어찌하였니?"

"이것만 보고 나면 더 볼 것이 없는 듯하므로 속히 영감께 이런 말씀이라도 여쭈려고 돌아왔습니다."

나는 이런 말을 들을수록 더욱더욱 마음이 유쾌하였으나 다시 말을 고쳐,

"돌쇠야, 너도 목도한 바와 같이 오늘밤 상춘 씨가 만좌중에서 나에게 보인 욕은 피로써 씻는 것밖에는 다른 수가 없다. 설마 맞아 죽지는 않을 것 같지마는 승부는 운수에 달린 것이니 인력으로야

할 수 있나. 어쨌든 전 일에 닦아둔 권총이나 곧 쓸 수 있도록 잘 검사해 두어라."하고 돌쇠가 숙인 머리를 들 사이에 나는 침실로 돌아왔다.

〈48〉

침대에 누웠건만 잠은 오지 아니한다. 곰곰이 내일 아침 일을 생각하니 내가 죽을지 상춘이가 목숨을 빼앗길지, 물론 그 때가 아니면 모를 일이로되 나는 상춘이보담도 마음이 가라앉았으니 잘못 겨눌 염려는 없다. 나의 마음속에 가득한 것은 기쁨뿐이고 그의 가슴에 사무친 것은 원한뿐이다. 그는 권총사격에 숙달하다 하지마는 나도 또한 그만 못지않은 솜씨가 있다. 그는 이미 돌쇠의 말대로 내일은 미칠는지도 모를 지경이니 손도 응당 떨릴 것이련만 나는 그렇지 않으리라 하고 스스로 손을 벌려 연습을 해 보니 원 원이 정신이 쇄락한지라 떨리기는 고사하고 쇠끝같이 튼튼하다. 이런 팔뚝으로야 조금이라도 겨눔이 비틀거릴 리는 만무하다. 내가 그에게 맞아 죽을는지 모르되 그도 또한 반드시 나의 총알을 피하지 못할 것이다. 내 생각 같아서는 어쩐지 그의 탄환은 딴 데로 쏠리고 나의 탄환만 적중할 듯싶다.

그러하다. 그는 반드시 그 자리에 쓰러질 것이다. 아아, 나는 그의 어느 곳을 쏠까? 그 썩은 창자 쏘는 것도 더러운 가슴을 쏘는 것도 내 마음 하나이다. 심장을 쏘아 당장 죽게 할까? 아니다. 즉사케 함은 그를 벌하는 소위가 아니다. 내가 그에게 받은 모욕을 생각해 볼지어다. 나는 그것 때문에 머리털이 하얗게 세지 않았는가? 무덤굴에서 끊어졌던 목숨을 다시 잇고 이 세상으로 살아나와 이 원수를 갚기 시작한 나의 고통은 도저히 한방 권총으로 즉사케 하는 것과 견줄 것이 아니다. 내가 받은 고통은 지금 되어서는 도저히 인력으로 그에게 받게 할 수 없지마는 그렇다고 그를 얼른 죽지 못하게 해서 그의 죽을 때에 고통을 늘이어 줌은 그리 어려운 일도 아니다. 나는 마땅히 그의 심장을 쏘지 않고 그 위를 쏘아야 된다. 그러면 그는 즉사치 안 하고 얼마 동안 고통 받을지니 나는 그 사이에 그더러 나는 '오세환'이가 아니고 그의 옛날 친구 하준인 것을 가르쳐 주어야 한다. 하준은 오직 복수의 일념으로 하여 지금까지 간난신고를 맛본 것을 알려 주어 그로 하여금 무한한 후회를 하게 하여야 된다.

이렇게 결심을 한 사이에 저절로 잠이 들었다. 처음은 꿈과 생시의 경계에 헤매다가 이윽고 앞뒤를 모르고 곤한 잠이 들고 말았다. 그것으로 나의 마음은 더욱 쇄락하게 되었다. 몇 시간 후에 머리 둔 편문이 열리는 소리에 놀라 깨어 머리를 번쩍 들어 보니 김이 무럭무럭 오르는 뜨거운 커피차를 손에 들고 돌쇠가 들어온다.

"아아, 잠을 지나쳤지."

"아니야요. 시방 다섯 시 25분 전입니다. 꼭 알맞은 때인 줄 생각하고 일으켜 드리려고 왔습니다. 갈아입으실 옷은 곁방에 준비해 두었습니다."하고 물러간다.

나는 일어나 그 커피로 입을 축이고 얼른얼른 세수도 하고 옷도 갈아입은 후 내 모양을 거울에 비추니 백설 같은 머리, 백설 같은 수염에 에둘린 나의 늙은 얼굴은 옛날 하준과 딴판이라 하겠으되 오동통한 뺨 언저리, 상연 한 눈매에야 누가 하준임을 의심하랴. 머리털을 물들이지 않더라도 구레나룻 깎고 검은 안경이나 벗으면 그대로 하준일 것이다.

내가 근심 걱정 없는 얼굴에 스스로 만족하며 한 번 벗었던 안경을 다시 썼을 제 돌쇠가 들어오더니,

"'다벤' 후작과 '프레샤' 백작이 벌써 마차를 타시고 이 집 앞에서 기다리십니다."

돌쇠가 알려 주는 이 말을 듣고 내가 벌떡 일어나 나오매 돌쇠도 그 한 쌍 권총을 가지고 따라 나온다. 문에 나와 마차를 타니 후작은 친절하게 나의 손을 잡아 흔들었다. 여관 문을 떠나려 할 제 여관 주인이 황망히 나와 보내며,

"세 분의 식사를 차려 놓고 기다리겠습니다. 돌아오실 때는 축배를 들게 되실 테니……."

한다. 대좌는 아주 진국으로,

"근래의 결투는 다만 의식뿐이고 요릿집에 축연까지 베풀고 다닙니다. 옛날 유언서를 써 놓고 가던 것과는 아주 달라요."하매 후작도 얼굴을 찡그리며,

"그러나 오늘 것은 그런 의식만의 결투가 아니겠지요."

"물론이지요."

"그래야 되지요. 그런데 후작, 프랑스에서도 당신이 나타나신 후로 옛날 결투를 부흥시켰다고 하지 않습니까? 당신하고 싸우면 피만 낼 뿐이 아니라 반드시 그 자리에서 죽고 마니까요."

"그랬습니다. 내가 어느 때 누구에게 몹시 모욕을 당하고 깊이 결심을 하였습니다. 이후에 나를 모욕하는 자는 이 세상에 살려 두지 않으리라 하고 골똘히 격검 공부를 하였습니다."

이런 말을 할 즈음에 어느덧 마차가 결투장에 다다랐다.

〈49〉

그 정한 장소에 다다르자 모든 사람은 다 같이 마차에서 내리었다. 우리 집 무덤굴이 멀리 저편에 보이매 지난 일이 다시금 나의 가슴을 누른다. 그런 생각을 할수록 원수 갚을 생각이 불같건마는 그 원수 되는 상춘은 아직 오지 않았다. 다만 저편의 개첨인이 어젯밤에 정하였던 외과의(外科醫) 하나가 사람 기다리기 어렵다 하는 듯이 이리저리 거닐 뿐이었다. 이윽고 아침 여섯시를 보하는 종소리가 그 근처 절에서 울려온다. 그 소리가 끝나기 전에 개첨인 '다벤'후작이 "저기 오는군."이라고 소곤거리므로 나도 그 편을 돌아보니 개첨인인 듯싶은 두 신사와 같이 상춘이가 천천히 걸어온다.

상춘은 모자를 눈 깊이 눌러쓰고 털을 단 외투 자락을 추켜올려 얼굴을 가릴 뿐만 아니라 또 결투를 할 때까지 나의 얼굴을 보기 싫은 모양으로 이리로는 돌아 다도 아니 본다. 그 기운이 얼마나 저상한 것을 가히 알 수 없다.

내 또한 얼마 아니 되어 내 얼굴을 보이고 그의 얼굴을 볼 때가 있음을 아는 까닭에 구태여 가서 보지도 않고 냉랭하게 있었다. 그는 더할 수 없이 피곤한 사람 모양으로 나무 등걸에 몸을 기댄다.

그의 개첨인은 '다벤'후작한테 와서 몇 마디 인사를 한 뒤에,

"거리는 어젯밤에 협정한 대로 칠 간으로 하십시다."하매 후작도,

"그리 하십시다."

대답한 후 나설 자리를 정하고 그 다음에 걸어서 그 거리를 재었다. 그럴 사이에 나는 외투를 벗어 돌쇠를 주는 둥 약간 준비를 하고 나니 나의 몸은 나무나 돌로 만든 듯하고 아모 생각도 없고 아모 느낌도 없다. 떨리지도 않고 움직이지도 않고 오직 상춘을 쏘아 죽일 권총의 발사 기계가 되고 말았다. 이윽고 개첨인은 거리 재기를 마치고 쌍방의 개첨인은 다시 권총을 검사하며 탄환을 재운 뒤에,

"자아 양편을 결투할 장소에 세웁시다."하고 나와 상춘더러 그 정한 위치로 나서기를 재촉한다.

상춘은 아까 시진한 사람과는 아주 딴판으로 얼른 그 외투와 모자를 벗고 성큼성큼 걸어와서 제자리에 주춤 선다. 나는 그 때에야 처음으로 상춘의 꼴을 자세히 보았다. 그는 하룻밤을 원한의 눈물과 한숨으로 새우고 잠을 잘못 잤던지 얼굴빛이 푸르고 두 눈 가장자리에는 자줏빛 혈색이 돈다. 또 그의 시선까지 일정치를 못하고 다만 나를 쏘아 죽일 마음뿐 이런지 입술까지 분한 듯이 꼭 다물고 거의 빼앗은 것같이 개첨인의 손에서 제가 가질 권총을 받아 자세히 검사하기 시작하였다. 아아, 그의 마음이 저다지 산란코야 기계같이 된 나를 이길 수 있으랴. 나는 차라리 그가 좀 더 침착해서 잘못 쏠리는 없겠다고 생각되기를 바랐노라. 이 칠 간이란 거

리는 그의 평일 솜씨로야 잘못 쏠 리가 만무할 것이건만 나는 어쩐지 하잘 것이 없는 듯싶었다. 나도 다리에 힘을 주고 딱 섰을 때 생각나는 것은 나의 검은 안경이었다. 첫째 나로도 겨눔에 정신을 아니 들이면 아니 될 경우이니 눈을 가리는 것이 있어서는 아니될 것이다. 그리고 또 인제란 인제에 하준의 눈을 보이지 않으면 언제나 다시 그에게 이 오세환이야말로 그의 속임을 받고 모욕을 본 하준인 줄 가르쳐 주랴. 이런 생각을 하면서 사방을 둘러보니 옛날 하준을 아는 사람은 오직 상춘이 하나뿐이다. '다벤'후작은 요사이 프랑스에 서 온 사람이니 하준은 물론 모르는 사람이고 또 상춘의 개첨인이나 나의 종자 돌쇠도 원원이 나를 아는 사람이 아니다. 홀로 대좌만은 수년 전부터 사귀던 사람이로되 다행히 그는 나의 등 옆에 서 있으니 내 얼굴을 볼 리는 없다. 나는 또 상춘이외에 화자란 몇 배나 극흉 극악한 원수가 남아 있은즉 화자마저 원수 갚을 때까지는 내가 하준인 것을 알릴 것이 아니나, 죽을 상춘에게만 얼굴을 보이는 것이니 그리 꺼릴 것은 없다. 상춘에게 황천으로 돌아가는 선사로 나의 눈을 보이리라 하였다. 그리고도 나는 오히려 한참 동안 치밀하게 생각을 구을리다가 마침내 안경은 벗어 주머니에 넣고 맑기도 맑은 우리 하씨 집안 대대의 눈을 내어 상춘의 얼굴을 노려보았다.

〈50〉

안경을 벗은 나의 눈의 훌륭한 데는 '다벤' 후작도 놀래었던지, 나에게 권총을 전하면서

"당신은 안경을 벗은 편이 오히려 젊게 보입니다그려."라고 소곤거리었다.

나는 권총을 받고 웃으면서 "그렇습니까?"하고는 형식상으로 그 권총을 사해 보았으나 원원이 돌쇠가 잘 닦아둔 것이라 조금도 병통이 없으므로 만족하다는 뜻을 보이고 몸가짐을 고치고는 상춘의 편으로 향하였다. 상춘은 나의 얼굴에는 주의도 안 하고 연해 권총만 검사할 뿐이러니 이때에 나의 등 뒤에 섰던 '프레샤'씨가 멀리 상춘의 개첨인을 부르며 "준비가 다 되었습니까?"한다. 그의 개첨인도 후작과 같이 "준비는 다 되었소."대답하고, 또 후작은 나와 상춘을 주의시킬 양으로 흰 수건을 나와 상춘의 한복판에서 흔들며 "자! 시작이오."라고 부르짖었다.

이때까지도 오히려 권총을 검사하고 있던 상춘은 처음으로 얼굴을 들어 나의 얼굴에 눈을 주었다. 아아, 독자여! 이때 상춘의 놀램은 무어라고 형용할까. 그렇지 않아도 푸르던 그의 얼굴은 문득 납빛에서 흙빛으로 변한다. 살피건대 그는 나를 보고 하준의 귀신이 나타난 줄 생각한 것이리라.

그렇다. 귀신에게 가위눌려 벌벌 떠는 사람의 얼굴도 아마 이러하리라. 눈매는 온전히 미친 자의 눈매, 얼굴은 무서움에 못 견디는 얼굴, 나는 실로 안경을 벗은 나의 얼굴이 이렇듯이 그를 놀래게 하리라고는 생각지 않았다.

그는 하느님의 도움을 구할 작정이런지 또는 개첨인에게 하소연할 작정이런지, 그 입술을 열었건만 목소리조차 말라붙은 모양, 권총을 든 채로 정한 자리로부터 두어 걸음 비틀비틀 물러선다.

그의 개첨인은 무슨 까닭인가 하고 달려가려 하였으나 그 사이에 상춘은 고쳐 생각하고 마음을 단단히 먹음이런지 그 자리에 다시 와 주춤 서기는 섰건만 그래도 그의 얼굴에 본색이 돌아오지 않았다.

군호 부르기를 맡은 '다벤'후작도 상춘의 이상한 모양을 보고 잠깐 그 군호를 멈추고 있다가 그의 몸이 본 자리에 돌아선 것을 보자, 하나, 둘, 셋의 군호를 치기 시작하였다. 독자도 아시는 바와 같이 하나란 것은 총을 올리란 것이고, 둘이란 것은 겨냥을 대라는 것이고, 셋이란 소리에 응하여 일제히 발사하는 것이 결투하는 관례이다. 얼마 아니 되어 후작의 명랑한 음성은 수건의 흔듦과 함께 '하나'라 부르짖었다. 나와 상춘이가 일시에 총구멍을 대는 것을 보고 '둘'이라고 부르짖었다. 내가 이 소리를 응하여 상춘을 노려 겨누자 상춘 또한 나를 겨누었건만 나의 얼굴을 바로 보지 못 하였다. 그가 나의 얼굴을 보자마자 스스로 꾸짖고 스스로 격려한 그의 신경도 원한에 빛나는 나의 눈살엔 당할 수 없는 모양, 더욱 겁내고 두리는 빛이 그 얼굴에 퍼진다. 간신히 그와 눈이 마주치자, 나는 지금껏 참고 참았던 나의 원한을 그에게 알릴 때는 이때 이라 하고 무섭게 눈을 번쩍이며 쓸쓸한 웃음조차 보이며, 그가 노리면 나도 노리고 한 동안 남몰래 눈과 눈 이 싸우고 있을 제 후작은 '셋'이라 외치고 들었던 수건을 땅바닥에 떨어뜨린다.

이 소리가 날 겨를도 없이 나와 상춘은 앞뒤의 어그러짐 없이 마치 한방의 소린가 하고 의심될 만치 권총을 발사하였다. 그 소리가 내 귀를 울리자마자, 상춘의 탄환은 나의 오른편 어깨를 거쳐 날아가고 말았다. 그의 겨냥은 틀린 것이로다. 그런데 나의 탄환은 그의 어느 곳에 맞았는고? 점점 사라져 가는 연기 가운데, 아아, 그는 넘어지지 않고 나의 같이 뻣뻣이 서 있다.

그러면 나도 그를 잘못 쏘았는가. 아니다, 아니다. 결코 그렇지 않으리라.

백년의 원한을 품고 겨누고 또 겨눈 나의 탄환이 빗나갈 리 없겠거든, 아아, 이것이 무슨 까닭인가? 나는 또 한방 더 쏘아 그를 죽이고말고 싶다.

결투가 아니고 살인이라 해도 상관이 없다.

⟨51⟩

나는 실로 살인범이란 죄명을 써도 좋다. 또 한 방 쏘아 그를 죽이고 싶다. 그를 잘못 쏜 원통한 생각이 골수에 사무칠 뿐. 몇 달의 신고가 이에 물거품이 되었는가 하고 거의 미칠 듯 할 즈음에 연기 가운데 서 있던 상춘은 쥐었던 권총을 힘없이 떨어뜨린다. 그 때에 나는 그의 가슴에 걸친 흰 속옷에 새빨간 피가 젖어 나온 것을 보았다. 아아, 나의 탄환이 빗나간 것이 아니다. 그의 가슴을 뚫고 나간 것이로다. 뚫고 나갔건만 그는 잠깐 동안 넘어지지 않았을 뿐이다. 이런 생각을 할 겨를도 없이 그는 한 걸음 걸어 나오자 그냥 쿵하고 자빠진다.

그러자 외과의가 그 곁에 달려들고 상춘의 개첨인들과 나의 개첨인 '다 벤'후작도 그 곁으로 다가들었다. 나는 오직 마음의 속의 속에서 솟아 나오는 크나큰 만족에 나아가지도 않고 물러서지도 않고 그 자리에 서 있었건 만 일곱 칸밖에 아니 떨어진 터이므로 일동의 하는 일 하는 말이 역력히 보이고 들린다. 재미스러운 광경도 있다.

외과의는 상춘을 안아 일으켰다. 상춘은 눈을 멀거니 뜨고 하늘을 쳐다보며 입을 열었건만 말도 하지 못하고 움직이지도 못한다. 그는 죽었는가, 기절하였는가.

후작은 의사를 향하여,

"어떻습니까? 사격의 솜씨가."라고 묻는다. 그 몸이 결투가인 만큼 무엇보담도 이 결투의 잘잘못을 묻는 것인가. 의사도 침착하게,

"비난할 점은 없습니다. 다만 한 치쯤 높았을 뿐입니다."

한 치쯤 높이 겨눈 것은 내가 뜻이 있어서 한 노릇임을 모르는가.

"한 치만 낮았던들 곧 절명을 할 걸 갖다가."

그러면 아직 죽지는 않았는가. 나의 뜻한 바가 거짓말같이 성취되고 말았다. 후작은,

"그러면 숨이 붙었단 말씀이오?"

"그래도 살아날 수는 없습니다. 급소를 조금 떠난 만치 가만히 두면 몇 분 동안 살겠지요. 유언 같은 거나 들을 수 있겠지요."

그런 말이 끝나기 전에 멀거니 하늘을 바라보고 있던 상춘의 눈

에 무슨 느낌이 도는 듯하며 점점 그의 정신이 돌아오는 듯하였다. 이윽고 그는 눈을 한두 번 깜짝거리고는 무엇을 찾는 것같이 또 의아해 하는 듯이 여러 사람을 물끄러미 쳐다보더니 마침내 그의 시선은 나의 얼굴에 머문다. 그 때에 나는 먼저 검은 안경으로 하준의 눈을 감추고 있었건만 그래도 상춘은 무엇을 몹시 느낀 것같이 그의 얼굴에 흥분한 빛이 이상하게 드러나고 입술까지 움직이며 자꾸 무슨 말을 하려는 것 같다. 의사는 그것을 알아보자 가지고 왔든, '브랜디'로 그의 입술을 적셔 주니 그제나 그는 힘을 얻은 것처럼 간신히 몸을 일으키려 하며 이것이 죽을 때의 남은 힘이든지 왼손으로 땅을 짚고 오른손으로 나를 손가락질하고는 목을 짜서,

"저…… 저 사람에게 할 말이 있어."

하고 그 뒷말은 거의 들릴 듯 말 듯한 소리로,

"아무도 아니 듣는 데서, 아모 귀에도 아니 들릴 데에서……."라고 소곤거렸다.

이런 광경을 세세히 적고 보면 두려울 것이 조금도 없지마는 실제로 당하 면은 죽어 가는 사람이 그 죽음을 참아가며 말하려는 것처럼 무서운 생각을 일으키는 것은 없다. 의사조차 얼굴빛을 변할 지경이니 후작은 맨 먼저 물러서고 그 다음에 상춘의 개첩인, 맨 나중에 의사도 반은 그 꼴을 보기도 싫고 반은 죽어 가는 사람의 바람을 떨칠 수 없어 말소리가 아니 들릴 곳까 =지 물러가고 말았다.

나는 이것을 보고 한 걸음 두 걸음 그의 앞으로 그의 얼굴을 부

시게 하는 아침 햇발을 막으며 그의 앞에 몸을 굽히매 그는 오히려 아까 무서워하던 그 빛을 그 눈에 띠우고 안경 너머로 나의 눈을 바라보며,

"죽어 가는 사람의 하나 원이니 당신의 이름은, 본이름은? 당신은 누구십니까?"

라고 묻는다. 높으락낮으락 하는 그의 처량한 숨소리가 처음으로 나의 불쌍한 생각을 일으킨다.

〈52〉

불쌍한 생각이 일어나면서도 쌓이고 쌓인 나의 원한은 이때에도 또한 솟아오른다. 그를 불쌍히 여길 지경이면 처음부터 이 원수를 갚으려들 것이 아니다. 그의 죄상을 생각하면 그를 갈기갈기 뜯어 죽여도 오히려 남은 죄가 있을 것이 아닌가. 그의 마음이 오히려 그 죄를 뉘우치는지 마는지도 분명히 모르거늘 그를 불쌍히 여길 것이 무어랴.

나는 소리를 가다듬어,

"이놈 상춘아, 너는 물을 것도 없이 나를 알 것이다. 나의 음성을 들어 보아라. 나의 얼굴을 자세히 보아라. 머리털이 세었지마는 작년까지 너와 절친하던 하준이가 아니냐. 너의 옛날 친구 하준이가 아니냐. 너는 벌써 잊어버리지는 않았을 것이다. 너는 나의 아내를 도적하지 않았느냐. 우리 혁혁한 가문을 더럽히고 나의 재산을 빼앗고 나의 면목을 죽은 뒤까지도 유린한 너의 맺힌 대죄는 이만한

일로 없어질 줄 아느냐? 자아, 원한으로 변형 된 하준의 얼굴을 보아라."

하면서 나는 또다시 안경을 벗었다. 나의 한에 빛나는 시선이 그의 눈에는 햇빛보담도 더 부시었는지 그는 바로 보지 못하고 그 얼굴을 돌리려 하였으나 몸이 말을 듣지 않는다. 그는 벌벌 떨 뿐이었다. 하는 수 없이 눈을 감고 무엇을 한참 생각하는 듯 하더니 이윽고 그 멀뚱멀뚱한 눈을 다시금 뜨며,

"하준이다? 하준이다? 그럴 리는 만무하다. 무덤굴에 장사까지 지냈었다.

관속에 든 것조차 내 눈으로 보았는데."

아아, 그는 오히려 나를 하준으로 믿지 않는가. 아니, 아니 믿는 것이 아 니라도 다만 죽었던 하준이가 어찌 도로 살아났는가를 괴이히 여김이로다.

나는 더욱 다가앉으며,

"나는 물론 파묻힌 사람이다. 산 채로 땅 속에 묻힌 사람이다. 관속에서 다시 살아 나와 무덤굴을 뚫고 이 세상에 나온 것이다. 그 사이에 쓰리고 아픈 것, 원통하고 분한 것은 여기서 말할 수도 없고 말할 것도 없다마는 죽었던 몸이 다시 살아나 집으로 돌아가면 아내는 얼마나 즐거워하며 친구는 얼마나 반겨할까, 이런 생각으로 괴로운 것 아픈 것을 잊어버리고 기운 없는 발길에 힘을 주어 가며 망망히 집을 바라보고 갔다가 눈앞에 너와 화자의 의롭지 못한 짓을 본 나의 그 때 마음의 원통하고 분한 것은 오장이 썩어빠진 너는 모를 것이다. 이 고약한 놈아!"

하고 다시금 날카롭게 그를 노려보았다.

나의 한 맺힌 눈살에 상춘은 창자 속으로부터 두렵고 무서운 생각이 덮쳐 오는 것 같았다. 그는 움직일 수 있는 몸을 버둥거리며 만일 숨을 자리가 있고 보면 기어라도 들어갈 듯이 몸을 웅숭그린다. 그이 이마에는 식은땀이 흘러내린다.

이에 이르러 나의 신경도 한껏 벌린 활 모양으로 터질 듯하며 눈에 거슬리는 조그만 것에도 몹시 자극을 받게 되었다. 나는 거의 미칠 듯하였다.

그의 얼굴에 후회하는 빛이 나타난다. 나는 수건으로 그의 이마에 땀을 닦아 주고 스스로 나의 신경을 진정하고는 의사가 남겨두고 간 '브랜디'를 수건 끝에 적시어 그의 입술을 축여 주었다. 나는 고만 두 눈에 눈물이 고이는 것을 깨달았다. 슬퍼서 그러함인가, 기뻐서 그러함인가, 또는 상춘을 불쌍히 여기는 까닭인가. 내 스스로도 무엇 때문인지 알 수 없지마는 몇 달을 두고 곤란을 겪으며 신고를 맛보아 나의 목적을 성취하는 날에도 곧 나에게 처자도 없고 친구도 없으며 돌아설 집도 없고 세상에 살아도 사는 보람이 없는 악착한 때임을 생각하니 일만 느낌이 가슴을 눌러 아니 울수가 없었다. 그렇다한들 지금은 울려도 울 수 없는 경우이라, 나는 의지로 입술에 쓸쓸한 웃음의 띠우며,

"상춘아 너는 알 것이다. 왜 우리 집 후원 뒤 내가 노상 글을 읽던 걸상이 있지 않느냐? 거기서 나는 확실히 너를 보았다. 너와 화자의 하는 짓을 보았다. 너의 둘은 내가 죽은 줄 알던 그 이튿날 밤이거늘 너는 내가 걸터앉은 대로 걸상에 걸터앉아 화자를 무릎

에 앉히고 화자의 보얀 손을 만지며 나를 비방하고 조소하였지? 그리고 화자의 비위를 맞추며 입까지 맞춘 것은 숨기려도 숨길 수 있는 일이다. 그때 단 한 간이 못 되는 거리에서 너와 화자의 하는 짓을 보고 있는 나의 마음이 어떠하였겠느냐? 적이 사람의 마음이 있거든 너도 생각해 보아라. 네가 어젯밤에 나의 화자의 결혼한다는 소리를 들을 때와 바꾸어 생각해 보아라. 너는 만좌중에서 부끄럼을 부끄러운 줄 모르고 미쳐 날뛰지 아니하였느냐. 너조차 나에게 원수를 갚으려 하거든 내야 어찌 너와 화자에게 원수를 아니 갚겠느냐? 이것을 보아라. 그 때 화자의 가슴과 너의 가슴에 꽂고 있던 그 꽃은 조정에서 나에게 하사하신 장미꽃이다. 나는 너의 연놈들이 돌아간 뒤에 후일에 증거를 삼으려고 그 꽃을 주워 지금도 이렇게 가지고 있다."

하면서 내가 주머니에 넣어 두었던 마른 꽃 조각을 꺼내어 그의 앞에 놓았다. 상춘으로도 한 마디 변명을 못하고 지금은 죽을 때에 양심이 돌아왔던지,

"하준이 하준이, 잘못하였다. 잘못하였어."

라고 재우치는 그의 소리도 모기 소리만 하였다. 그는 이윽고 또 조금 머리를 들며,

"그런데 화자, 아니 부인은 당신을 옛날 남편인 줄 아십니까?" 이런 말을 묻는 것은 그의 더러운 심장이 오히려 온전히 사라지지 않은 까닭일 것이다.

"아니다. 알아서 어찌하게. 나의 한은 너보담도 화자에게 쌓여 있으니까. 혼례만 하고 보면 곧 나의 본색을 나타내려 한다."

이 한 마디에 그는 하늘에도 땅에도 몸을 둘 곳이 없는 듯이 더욱더욱 웅숭그리며,

"오오, 하느님이여!" 하였으나 기도도 말을 이루지 못한다.

"에이 무섭다. 용서해 주시오. 용서해 주시오."

하고 부르짖을 때에 상처로부터 벌컥 피가 솟으며 말끝을 맺지 못하고 점점 숨소리가 가늘어지며 얼굴에도 핏빛이 거쳐 간다. 이것이 임종하는 모양일 것이다.

그러나 그는 오히려 힘없이 나를 쳐다보며 한 손을 들어 무엇을 잡으려 한다. 나는 그 뜻을 깨닫고. 내 손을 내어 쥐어주니, 그는 그것에 죽어 가는 힘을 주며 제 죄를 용서하기를 원하는 것 같았다. 나는 아까 보담도 매우 부드럽게,

"그리고 그 뒷일은 말 아니해도 알 것이다. 이것으로 모든 것이 끝이 나고 말았다. 인제는 은원이 다 사라졌으니 나의 마음은 너의 죄를 용서하겠다."하매 그는 처음으로 핏기 없는 입술에 가는 웃음이 흐른다. 그러다가 나의 얼굴이 조금 부드러워진 것을 보고 신음하는 소리로,

"아아, 모든 것이 끝이 나고 말았다. 하느님이여, 하준이여, 참으로 용서 해 주시오."하고 말을 마치지 못해서 문득 온몸에 경련이 일어나며 옆으로 엎어져 숨을 지우고 말았다.

〈53〉

독자여, 상춘의 더러운 생애는 끝나고 말았다. 나의 원수에 뭉친 탄환에 거꾸러진 것이다. 나의 원한은 이로써 얼마큼 풀리었다 할지라도 나에게는 그 보담도 더 큰 원수 화자가 남아 있다. 놈의 원수를 갚고 나매 년의 원수를 하루바삐 갚을 생각이 불같았건만 원수 갚는 데에도 계제가 있고 순서가 있는 것이라, 나는 결투의 뒷마감을 '다벤'후작에게 맡기고 위선 이탈리아 가운데 산과 바다를 겸하여 풍경이 절승한 '아베리노'로 가서 산란 한 심신을 한양(閑養)하기로 결정하였다. 그곳을 가기 전에 나의 거친 곳은 화자의 있는 이원이었다. 화자는 내가 올 것을 미리 그 이원장에게 부탁해 두었던지, 이원의 문간에 들어선 나는 곳 깊숙한 서원(書院)의 밀실로 인도 되었다. 조금 있다가 문밖에 비단옷 끄는 소리가 나더니 들어오는 사람은 화자였다. 그는 나를 볼 겨를도 없이,

"에그머니, 어서 오십시오."하고 나의 곁으로 달려든다. 나는 사랑하는 이에겐 맞지 않을 엄숙한 소리로,

"오늘은 불길한 일을 알리러 왔습니다,"

이 말에 화자는 나의 모양의 수상한 데 두리고 염려하는 빛을 나타낸다.

알리라. 그는 내가 상춘이와 만난 줄 알고, 상춘으로부터 제게 대한 무슨 비밀이나 들어 성을 내고 오지나 않았나, 의심하는 것이리라. 이 의심으로 그에게 고통을 주는 것은 나에겐 재미있는 일이므로 나는 말없이 그의 얼굴 만 바라보매, 그는 견딜 수 없었던지,

불길한 " 일이라니 무슨 일입니까? 상춘 씨를 만났어요?" 라고

걱정스럽게 묻는다.

"만났습니다. 시방 막 작별하고 오는 길입니다."하고 주머니에서 아까 상춘의 시체로부터 떼어 두었던 반지를 꺼내어,

"이것이 상춘으로부터 부인께 보내는 선물이올시다."하고 그를 주었다.

화자의 얼굴은 더욱 파랗게 질리며, 떨리는 손으로 그 반지를 받으면서,

"나는 무슨 까닭인지 알 수 없는데요."

"알 수 없다니, 부인이 상춘을 준 반지가 아니에요?"

화자는 목구멍이 막히는 소리로,

"아! 그 반지입니까? 그것은 하준이 생전에 하도 상춘 씨를 사랑한 까닭에 그 기념으로 내가 상춘 씨에게 드린 것인데, 그것을 도로 돌려보냄은 무슨 까닭일까요?"

나는 대답도 안 하고 그 얼굴만 뚫어지라고 들여다보매, 독부는 인제 나의 사랑을 불러 일으켜 감히 나의 마음에 하소연하는 수밖에 딴 도리가 없음을 깨달았던지, 눈에 눈물을 글썽거리며 한하는 듯,

"당신이 오늘은 무슨 일로 그렇게 데면데면하십니까? 왜 화증을 잔뜩 내셨습니까? 나의 마음을 가라 앉혀 주셔요. 키스를 해 주셔요."하고 나를 불렀건만 상춘의 죽던 모양이 역력히 눈에 남아 있는 나이니 어찌 차마 이 더러운 계집에게 입술을 대랴. 나는 덤덤히 그대로 있노라니 그는 울음의 소리를 떨며,

"아아, 당신은 벌써 사랑이 사라졌습니다 그려. 나를 사랑치 않으

십니다 그려. 내 몸이 한평생 편안하도록 보호해 주시려더니만."하고, 그 자리에 울며 쓰러진다.

이 꾀에 넘어갈 내가 아니로되 오늘은 이만하여 두리라 하고, 조금 소리를 부드럽게 하며,

"부인이 편안하시도록 왜 보호를 아끼겠습니까? 부인이 상춘이가 귀찮다 하시기로, 이 후엘랑은 다시 부인의 곁에도 오지 못하게 그를 처치하였으므로 그것을 알리러 온 것입니다."

"네?"

"그를 다시 못 올 데로 쫓아 버렸습니다."

"네. 다시는 못 올 데, 그러면 혹……."

"그렇습니다. 그는 벌써 이 세상에 없습니다, 죽고 말았습니다."

화자는 몸을 떨었으나 그것은 슬퍼서 그러함이 아니고 다만 놀란 것이다.

"네, 네. 그가 죽었어, 그가. 당신이 그를……."

"그렇습니다. 내가 그를 죽여 버렸습니다. 그가 나에게 기막힌 모욕을 주고 또 결투까지 청하기 때문에 오늘 아침 공명정대한 결투로 그를 쏘아 죽이고 오는 길입니다."

보통 부인 같으면 무서움에 질겁할 터이건만 화자는 짐짓 놀란 체할 뿐이고 마음 가운데는 한량없이 기뻤던지 벌써 그 푸른 얼굴에 본색이 돌아온다.

상춘의 죽었단 말을 듣고 화자의 얼굴엔 분명히 안심하는 빛이 드러났으되 그래도 상춘이가 죽을 인물에 제일을 나에게 이르지나 않았나 하고, 근심 하는 듯이, 말을 슬슬 돌려서 미주알고주알 캐고 싶었으나, 나는 간단하게 상춘이가 나에게 술 잔 던진 광경을 말하고,

"일은 이것뿐입니다. 부인의 이름은 그의 입 밖에도 나오지 않았어요. 다만 그는 부인을 죽일 작정이런지 그 길로 부인의 댁에 갔는데 부인이 아니 계시므로 욕설 악설하였답디다."

화자는 매우 안심이 되는 듯이 기쁜 웃음조차 띠우며,

"참 부전부전한 사내도 있어, 남이 없는 데 욕설 악설을 하다니. 아아, 그도 내가 너무 친절히 굴었던 탓이야."

그 사람의 죽었단 말을 듣고 기쁘게 웃는 것이 친절이란 것인가. 나는 하도 어이가 없었건만 그래도 시침을 딱 떼고,

"그러면 슬프다고 생각지 않으십니까?"

"슬플 게 무엇이야요? 그까짓 인간을. 참말이지 하준이가 살아있을 때엔 그가 얼마만큼 체면을 보아서 신사답기도 하더니 하준이 죽은 후로는 나쁜 성질을 그대로 나타내므로 고만 교제를 끊을까 하고 여러 번 생각하였습니다."

"그러면 나도 안심이 되겠습니다. 기실 그의 죽었단 말을 했다가 부인이 너무 슬퍼하시면 어쩌나 하고 걱정을 했더니만."

하고 처음으로 웃음을 보이었다.

"오, 그래서 내가 말을 해도 대꾸도 잘 안 하셨구려."

"그렇습니다."

"참으로 당신은 생각이 조밀도 하십니다그려. 그러기에 내 남편이지."하고 창자 속으로 기쁜 듯이 나의 목에 팔을 감는다. 나는 슬그머니 그 손을 떨치며,

"그런데 결투의 뒷마감이 끝날 때까지 나는 혼자 '아베리노'에 여행을 할 터입니다. 부인이 이 이원을 나오실 때는 나도 돌아올 터이니 언제 새나 이곳을 떠나시렵니까?"

화자는 조금 생각하다가,

"나는 한 일 주일 지나면 가겠습니다. 그리고 또 상춘이가 죽었으면 하루 바삐 '나폴리'에 돌아가야만 될 일도 있으니까."

"그것은 무슨 일입니까?"

화자는 말하기 어려운 듯이 주저주저하더니,

"다른 게 아니라, 저번 상춘 씨가로마로 떠나기 전에 사람이란 언제 죽을지 모르는 것이니 생각난 때에 유언서를 써 두어야 된다면서 제 손으로 유언장을 쓴 일이 있습니다."

그러면 그는 죽을 줄 미리 알고 유언장까지 써 두었던가 하고 내가 이상하게 생각할 사이, 화자는 말을 이어,

"그 유언을 나에게 맡겨 두었으니, 곧 '나폴리'의 관청에 제출을 해야 되지 않아요?"

"지금 가지고 계시거든 좀 보여 주실 수 없을까요?"

화자는 제 주머니 속에서 그것을 꺼내기에 받아 펴 본즉 과연 정식 유언장 인데, 그 사연 가운데,

"나의 소유한 일체 재산 물품은 모조리 화자 부인께 무조건으로

드리노라."하였더라. 그러면 상춘은 내가 생각한 것 이상으로 화자에게 혹한 것이던가. 또 화자의 꾐에 빠지어 이런 무조건의 유언장을 쓰게 된 것인가.

나는 보기를 마치고 도로 화자를 주며,

"이로 보면 상춘은 참으로 부인을 사랑한 모양이구려."

"글쎄요, 제 뱃속으로 혹 사랑하였는지 모르나 그러나 나는 그렇다고 인정치 않았습니다……. 그런데 소유한 일체 재산 물품이라하면 상춘이가로 마의 삼촌으로부터 물려받은 재산도 내 것이 되겠습니까?"

아아, 독자여, 이 말을 듣고 어떻게 생각하는가? 이 요부는 제 일평생 쓰고도 남을 우리 집 재산을 모조리 제 것으로 만들고도 유의미족하여 상춘이 가로마 삼촌으로부터 물려받은 재산조차 제 것으로 만들고자 하는가. 그는 거짓의 뭉치일 뿐더러 욕심의 뭉치로다. 세상에 이런 요물이 또 있을까?

물론 무조건의 유언이므로 나는,

"그렇습니다. 모든 것이 부인의 것이 되겠지요."

하매, 화자는 기쁨을 감추지 못하여 왼 얼굴이 웃음에 휩싸이더니, 다시금,

"그러면 그의 가진 일체 서류도 내 물건이 되겠구려."하고 다진다.

알괘라 제가 상춘에게. 보낸 여러 십 통의 염서(艶書)가 혹은 남의 수중에 떨어져, 제 몸의 음행이 세상에 드러날까 보아, 그 서류조차 제 것을 만들려는 것이로다. 이렇듯 세상을 속이고 사람을 속

이기에만 이골이 난 희세의 악부를 어찌 그대로 용서해 두랴. 원수 갚기 아니라도 나는 그를 징벌하기를 주저치 않으려든, 하물며 그의 나에 대한 죄상이 바다가 얕고 구정이 가벼움에리요. 나는 있는 수단을 다 부려 이 요부에게 고통에 고통을 주리라고 생각할 뿐.

〈55〉

나는 이런 독부의 곁에 일초일각을 지체하기 싫었다. 그럭저럭 말을 끊고 또다시 허혼한 부부의 사이에 있을 사랑에 겨운 말을 주고받고 한 뒤에 화자를 작별하고 돌쇠를 데리고 '나폴리'를 떠나 '아베리노'에 다다랐다.

'아베리노'는 풍경도 절가하고 인심도 순후한 곳이었다. 나는 혹은 산에 오르고 혹은 물에 다다르며 혹은 과실을 따고 혹은 고기를 낚으면서 한적한 세월을 보내고 있노라니 1주일 만에 '다벤'후작으로부터 편지와 밑 소포 가 왔다. 처음 것은 결투의 뒷마감을 알린 것이니,

"상춘의 시체는 하씨 댁의 무덤굴 곁에 묻었습니다. 그것은 그이가 일찍이 하씨 댁 주인 하준 씨가 친형친제나 진배없이 친밀하던 터이니 하준 씨의 곁에 묻히기를 죽은 이도 만족할 줄 생각한 까닭이외다."라고 하였고, 그 다음 것은 이 편지와 같이 온 소포의 설명이니,

"이 편지와 같이 보내는 소포는 죽은 상춘의 주머니 속에서 나온 서류이외다. 혹 그 속에 유언장이나 없나 하고 그 가운데 한 장을

펴 본즉 뜻밖에 당신과 약혼한 화자 부인이 그에게 보낸 염서(艶
書)이더이다. 물론 이런 서류는 우리들의 마음대로 처치할 수 있는
것이로되 당신은 화자 부인의 남편이나 진배없는 터인즉 당신께
보내는 편이 당연하다고 생각하였습니다. 우 리들의 우연히 펴 본
것에 의지하면 화자 부인과 상춘의 사이에는 무슨 깊은 약속이 있
었던 모양이외다. 이로써 추측컨대 상춘이가 당신의 혼례 피로를
듣고 그렇듯 분노한 것도 무리가 아닐 듯, 이 편지를 보시면 스스
로 판단이 되실 듯하나, 우리가 친우의 정으로 한 마디 말씀할 것
은 노년에 아내를 맞으려면 먼저 그 여자의 마음씨와 몸가짐을 잘
알아두는 것이 필요할 줄로 생각합니다. 또 상춘의 개첩인에게 들
은즉 상춘이가 유언장을 써서 화자 부인에게 맡겼다니 아모 애정
이 없는 여자에게 유언장을 맡김은 전례가 없는 일이외다 그러나.
이 또한 당신의 판단에 맡길 뿐이외다. 그리고 결투의 뒤끝은 모두
진행이 잘 되어 그리 세상의 풍문에 오르지 아니한 모양, 당신이
인제 돌아오시더라도 별로 상관이 없을 듯, 저이가 결투한 분이라
고 뒷손가락질을 받을 리는 만무할 것이외다. 당신이 떠나신 후론
교제사회도 어찌 쓸쓸하여 여러 벗들은 당신이 하루바삐 돌아오시
기만 기다릴 뿐이외다.”

　나는 이 편지를 접어두고 그 소포를 펼치었다. 과연 화자의 편지
다. 화자 의 늘 쓰는 향수 냄새가 구역을 일으킨다. 편지의 한 머
리에 조금 피 묻은 흔적이 있음은 반드시 상춘의 가슴에서 쏟은
피이리라. 보통 때 같으면 손에 대기도 지겨운 일이로되 화자의 몸
이 피에 젖을 날도 얼마 아니 남으리라, 하고 나는 쓸쓸한 웃음을

띠우며 먼저 그 편지의 날짜를 상고해 보니 화자로부터 하루걸러 보낸 것인데 그 중에 나와 부부 될 약속을 맺은 날 밤에 보낸 것도 있었다. 나는 차례를 따라 읽어 가니 모두 애인과 애인 사이에만 쓰는 문구이라. 다른 사람에겐 별로 흥미가 없는 것이로되, 하여간 만 폭의 정열이 사내의 마음을 아니 녹이고는 말지 않을 것 같았다. 더구나 나와 결혼을 약속한 밤에 쓴 일폭과 같은 것은 상춘을 하늘로도 땅으로도 바꿀 수 없는 듯이 추어올리고 상춘을 위하여 목숨도 내어버리려고 결심한 여자인 듯. 상춘이가 이런 편지를 보고야, 제가 집에 없는 동안에 오 백작이 자자이 원수 갚을 거미줄을 치고 있는 줄을 어느 꿈에 꾸었으랴. 그 가운데 내가 보고 놀란 편지 한 장은 이런 사연이었다. 그것은 "상춘 씨, 당신은 왜 결혼을 하자고 조르느냐?"하는 첫머리인데 생각건대 상춘이가 제 삼촌의 재산 얻은 것을 다행으로 화자와 혼례를 거행하자고 졸라댄 것을 답장한 것 같다. 한편으로 나와 결혼 약속이 있고 또 한편으론 상춘에게 조른다. 화자는 무슨 교묘한 핑계로 이 어려운 고비를 지나가려는가.

"상춘 씨, 참된 사랑과 참된 정은 남에게 알리는 것도 아까운 것, 남 모르는데 숨겨두고 단둘이만 즐김이 당신과 이 몸의 정이 아니야요? 생각을 해 보아요. 남편 하준이 살았을 적, 당신과 이 몸은 애정을 숨기고 얼마나 즐거웠던가요? 그야말로 이 세상에 짝이 없는 사랑이 아니었소? 여기 혼례란 의식을 더하고 부부란 이름을 붙이면 항다반 있는 맛도 없는 사랑이 될 뿐이 아니야요. 남의 눈을 기임으로 사랑이란 신성한 것, 뜻대로 안 되므로 마음이 간절한 것이 아니어요? 남편이라 하고 아내란 것은 혼례의 의식으로 된 것이고, 애인이랑 정부란 것은 마음과 마음의 약속이니 아무런 의식으로도 만들 수 없는 것이라, 남편은 얻긴 쉽고 애인은 얻기 어려운 것, 남편이란 저마다 있는 것이로되 애인이란 또다시 없는 것이 아니야요? 이 몸이 만일 참으로 당신을 사랑치 않았던들 당장 당신을 남편으로 삼았으리다. 그러나 이 몸의 사람은 세간의 아내가 남편에 대한 듯한 얕은 정이 아니고, 부부간에 얻지 못할 깊은 사랑이외다. 이 몸은 언제든지 이 깊은 사랑을 그대로 지니고 싶어요. 한번 혼례의 의식을 지내면 깊은 애인의 사랑이 옅은 부부의 사랑이 되지 않아요. 이 몸은 당신을 높은 애인의 지위에서 낮은 남편의 지위에 끌어 나리기는 차마 못할 일이외다. 혼례로 말미암아 상춘이란 남편을 얻지만 상춘이란 애부를 잃기는 이 몸으로 차마 못할 일이외다. 당신도 화자란 아내를 얻는 대신에 화자란 정부를 잃을 일이 아깝지 아니해요? 상춘 씨! 당신은 언제든지 이 몸의 정부가 되어 주소서. 이 몸의 남편이 되지 않아 주소서. 상춘 씨, 상춘 씨! 나는 언제든지 하준의 생전과 같이 당신을 애인으로 숨겨두고 싶소. 소중한 물건은 남에게 보이지 않는 법, 당신은 이 몸의 목숨보담도 소중하여이다. 남에게 알렸다가 소중한 사랑을 도적맞을까 두려워하나이다. 이 세상에 또다시 없을 애인의 극락세계를 당신은 무슨 일로 부부의 속된 세계로 만들려 하시나요? 당신이 혼례하자는 것은 애정의 줄을 끊고 법률의 쇠사슬로 얽어매자는 것이외다. 즐거움을 괴로움으로 변하자는 것이외다. 당신의 아내가 됨은 곧 당신의 사랑을 버리는 것이외다. 당신에게 버림을 받는 것이외다. 또 당신을 버리는 것이외다. 당신은 언제든지 이 몸의 애인이 되고 남편이 되지 말아요. 따뜻한 사랑의 세계로부터 이 몸을 싸늘한 법률의 세계에 던지지 말아요. 애인은 한평생의 즐거움이고 아내란 한평생의 짐이외다. 상춘 씨여, 혼례란 정부를 얽어매어 짐을 삼는 것입니다. 짐을 만들고 짐이 되어서야 무슨 즐거운 일이 있겠어요? 사랑하는 애인이여! 다시는 혼인이란 속된 의식에 연연치 말아요."

나는 읽기를 마치자 화자의 붓끝의 능란한 것과 그 꾀의 주밀한 데 아니 놀랠 수 없었다. 화자는 나와 혼례를 한 후에 오히려 상춘을 애부로 둘 작정이다. 하준을 속이던 것과 같이 상춘을 속이고 또 나까지 속이려 한 것이다. 아무리 악인이라도 이렇듯 미묘하게 꾀를 부리고, 이렇듯 대담하게 일을 한 자는 왕고내금에 없을 것이다.

〈56〉

'아베리노'에서 한 달 가량 두류(逗留)한 후 '나폴리'에 돌아오니 정 초부터 시작된 '카니발'굿이 한창이라, 전시의 사람들은 춤추고 노래하기에 제 직업조차 잊은 듯이 야단법석을 하고, 나의 결투한 소문은 벌써 씻은 듯이 잊어버린 것 같다. 이 또한 다행이라 하며, 나는 열심히 나의 크나 큰 원수 갚음, 아니라 화자와의 결혼 준비에 몰두하였다.

화자에 대한 원수 갚는 첫걸음은 그와 결혼함에 있다. 아아, 화자와 나는 벌써 법률상으로 훌륭하게 결혼한 부부이거늘 또다시 결혼하게 되니 세상에 이런 기괴한 일이 또 있을까. 그것은 어찌겠던지 나는 화자와 혼인할 날짜를 2월 어느 날로 정하고 일반에게 통지하였다. 내가 '아베리노'에서 돌아온 때는 화자도 이원에서 돌아왔으므로 그와 의론해서 결정한 것은 물론 이다. 그럭저럭 혼례의 준비가 다 된 때에도 '카니발'굿은 끝나지 않아 '나폴리'시민은 거리거리에 춤추며 큰 길 작은 길 큰 집 작은 집이 모두 낙원으로 변한 듯하였건만 오직 나, 하준이만은 여러 사람과 뛰고 즐길 생각은 꿈에도 없고 또 전같이 교제사회에 출입도 하기 싫었다. 그렇다고 혼례의 준비도 진선진미하게 마치고 보니 일시에 일이 없어 다만 혼례의 날 원수 갚을 날만 기다릴 뿐이므로 심심해서 견딜 수 없는지라, 책으로 소일을 해 보았으나 다시 이 세상에 소용없는 이 몸이니 책을 본다 하기로니 쓸 데가 무엇이랴. 자나 깨나 시간 보낼 도리가 없으므로 하릴없이 여관을 나선 나는 모든 사람의 뛰고 노는 것은 거들떠도 아니 보고 지향 없이 가는 발길이 닿는 데가 어디냐?

사람이란 무슨 일이라도 심기를 따르는 것, 마음이 좋은 때는 부지불식간에 번화한 자리로 가는 법이고, 마음이 침울한 때는 음산한 곳으로 가는 법이다. 나의 발길이 닿은 곳은 음산도 음산, 내가 일찍이 묻히었던 무덤굴 곁이다. 나와 결투해 죽은 상춘의 무덤도 이 근방에 있다. 나에게 있어서는 이 근처가 어째 나의 고장과 같이 정다웠다.

나는 무덤가로 돌아다니며 온갖 일을 생각하며 해를 지웠다. 오늘도 그리 하고 내일도 그리하고 모레도 또 그리하였다. 산 사람이란 나밖에 없는 이곳이니, 울고 웃고 하여도 방해될 염려가 없으며 오세환이란 거짓 가죽을 쓸 필요가 없는 것이 나의 마음을 더할 수 없이 편안하게 하였다.

마지막 가던 날 나는 무덤굴 문을 여는 열쇠를 찾아 가지고 갔다. 이 열쇠는 나, 하준의 서재에 있는 것을 몰래 집어낸 것이다. 자물쇠 구멍에 들이 밀어 그 문을 열어 보고 스스로 안심하였다. 나는 몇 번이나 자물쇠를 열었다 잠갔다 해서 그 구멍에 슬은 녹이 다 떨어진 것을 보고 그 곳을 떠나 해 안으로 나왔다. 거기 간 것도 까닭 있는 일이니 기실 내가 원수를 갚은 뒤 처치에 대하여 결정치 못한 점이 있었다. 이럴까 저럴까, 해안으로 거닐며 생각하려는 것이다. 거기도 '카니발' 굿에 들떠서 뱃사공들이 무리무리 뛰고 노래한다. 그 중에 내 눈에 뜨인 것은 춤추는 것도 재미스럽지 않다는 듯이 둘레를 떠나 담배를 피우며 바다를 바라보는 선장이었다.

이런 사람이야말로 내가 의논해 볼 만한 인물이다. 하면서 곁에 가서 얼굴을 본즉, 그 사람이 별인이 아니라, 곧 내가 하준의 모양을 변하고 오세환 이가 될 작정으로 '팔레모'를 건너갈 때 내가 탄 배의 선장이었다. 우충 해란 그의 이름까지 오히려 내 귀에 남았으므로 곁에 가서 그 이름을 부른 즉 그는 놀라 나의 얼굴을 보았으나 이윽고 생각이 난 것같이,

"아아, 오 백작이 아니십니까?"라고 같이 알은 체를 한다. 그 후 내가 당지에서 떵떵거리고 지내는 일부 터, 불원간 혼인을 한다는

236

일까지 소문에 듣고 한번 찾아보려고 하였다 하기에 나는 더욱 다행히 여기어 이런 이야기 저런 이야기 하다가 무슨 의론 할 일이 있다 하고, 그 손을 이끌고 사람 없는 곳으로 왔다. 내가 의론한다는 것은 무슨 일인가?

〈57〉

나는 사방에 사람이 없음을 보고 그를 향하여,

"노형은 '칼메로내리'의 일을 잊지 않았겠지?"

충해는 나의 얼굴을 물끄러미 쳐다보며,

"어찌 잊겠습니까? 가엾게도 그는 요 며칠 전에 사형을 받았습니다. 그가 지중해로부터 없어진 뒤로는 우리 뱃사람들도 아주 쓸쓸합니다. 조금도 재미난 돈벌이가 없으니까요."

"그러면 시방이라도 그가 노형의 배를 타고 외국에 보내 달라고 하면 보 내 주겠소?

"보내 주고, 말고, 삯을 아니 받고라도 보내주지요."

이 또한 궁한 자를 구하는 한 조각 의협한 마음인지라, 나는 안심을 하며,

"기실 노형의 배로 외국에 보낼 사람이 있는데 한 번 맡아서 일을 해 주지 않겠소? 그러면 뱃삯은 '칼메로내리'보담도 더 후히 줄 테니."

선장은 눈썹을 찡그리며,

"그것은 드러내놓고 보내는 것입니까, 비밀히 보내는 것입니까?"

"물론 비밀이지."

선장은 고개를 흔들며,

"그 청은 듣지 못하겠습니다."

"뱃삯은 달라는 대로 줄 텐데."

"그래도 안 됩니다."

"무슨 일로?"

" 비밀히 외국에 보내 달라는 사람은 필연 법률상의 죄인일 것이니까요."

"칼메로내리도 마찬가지가 아니야?"

"다르지요. '내리'는 해적이니 곧 우리와 같이 바다에 노는 사람입니다. 그는 비록 도적이라 할지라도 우리 배의 물건을 훔치지 않을 뿐더러, 그가 지중해에 있을 때는 외국의 해적도 들어오지 못하니 우리는 그에게 얼마나 덕을 입었는지 모릅니다. 그러므로 그의 일 같으면 거저 태워도 보내지만 아모 인연 없는 못된 죄인을 달아나게 하면 제가 죄인이 되는 것이니 돈의 다소에 관계없습니다."

"그러나 내가 말하는 사람은 결코 법률상 죄인이 아니요. 나의 친한 친구이오."

"네, 법률상 죄인이 아니야요? 그러면 보내드려도 상관이 없지마는, 가만히 계셔요. 죄인이 아니면 왜 비밀히 외국에 건너갈까요?"

"그야 흔히 있는 일이지. 제 집안에 풍파가 있어 잠깐 몸을 감추려는 모양이야."

"그런 이면 구해 드리겠습니다마는, 대관절 어디입니까? 어디까지 달아나려 하는가요?"

"좀 멀기는 한데 '시비타 베챠' 항구까지만 보내면 그뿐이오. 거기서 딴 배를 갈아탈 테니."

선장은 다시 눈썹을 찡그리며,

"시비타 베챠, 그것은 너무 멉니다. 내 배는 거기까지 갈 수 없습니다.

이 바다 안에만 도는 것이니 만일 가다가 파도나 심하면 당장 엎어질걸요."

"그러면 어쩌나?"

"다른 배는 아니 될까요?"

"안 될 거야 없지만 다만 그 배의 선장이 노형같이 정직하고, 어느 때까지 비밀을 지켜 줄는지 걱정이야."

"그건 걱정하실 게 없습니다. 사공이란 선가나 두둑이 주면 그리 입이 가벼운 건 아닙니다."

"선가야 물론 많이 주겠지만 일간으로 그런 배가 있을까?"

"있지요. 기실 어느 회사의 짐만 싣고 요다음 금요일에 여기서'시비타'로 떠나가는 배가 있습니다. 그 뱃사공은 저와 형제나 진배없는 사람인즉 그 배를 타는 게 어떠실까요?"

"좋지."

"그러나 손을 태우는 배가 아니니 억지로 타자면 선가는 많이 주어야 될 걸요. 한 이십오 원 주어야 될걸요."

"백 원만 주지."

선장은 펄쩍 뛰며,

"백 원? 그것은 한 살림 밑천인데요."

"그 외에 주선한 공으로 노형도 백 원 줄 테니 될 수 있는 대로 비밀히 해 주오."

"네, 나한테까지, 그것은 너무 황송합니다."

"무얼, 백 원, 2백 원 쯤은 나한테 돈이 아니야. 그 대신 그 선장은 타는 이에 대하여 아모 말도 묻지 않도록, 그이의 말에는 모든 것을 말없이 듣도록, 그리고 그이가 '시바타'에 상륙하거든 그이의 일을 모조리 잊어버리도록 하여야 할걸."

"그야 물론이지요. 시방 여쭌 사공은 건망증이 있고 또 잊어라 하면 그만 잊어버립니다. 돈밖에 아모 것도 주의치 않는 사내라 백 원이란 큰돈을 보면 기뻐서라도 모든 것을 잊어버립니다."

나는 주머니를 더듬어 명함을 꺼내주며, 자세한 일은 별로 의론할 터인 즉 내일이나 모레나 내 여관을 찾으라 하고, 백 원짜리 두 장을 내어 주매, 선장은 기뻐서 발길이 허전거리면서 저 갈 데로 가 버렸다.

선장을 작별하고 시가로 들어온 나는, 어느 넝마전 앞에 사람이 진을 치고 있음을 보았다. 언뜻 깨달으니 그전은 내가 일찍이 무덤 굴에서 뛰어나와 산 호 캐는 어부의 복색을 사던 집이었다. 그 때의 일이 역력히 나의 가슴에 있고 늙은 주인의 얼굴은 물론이려니와 그 하던 이야기까지 잊지 않았다.

그는 분명히 아내의 불의를 목격하고 그 자리에 간부를 찔러 죽이고 시방은 이 세상에 아모 즐거움이 없는 신세라 하였다. 그 후에도 그의 일을 생각하고 내 몸과 견주기를 여러 번 하였던 터이니, 사람이 모인 것을 본 나는 그냥 지나칠 수 없었다. 사람을 헤치고 엿보매 무참하다. 그 노인은 단도로 제 목을 찔러 침대 위에 피투성이를 하고 넘어진 것을 경관이 나와 기찰하는 모양이었다. 곁의 사람의 수군거림을 들은즉 무슨 일인지는 모르나 늘 침울하게 지내더니 어젯밤에 자살한 것이라 한다. 아아, 그는 쓸쓸한 세월을 보내다 못하여 스스로 자살한 것이로다. 내 또한 그와 같이 원수를 갚은 뒤엔 어떻게 될 것인가. 이를 생각하매 나는 일각이라도 거기 있을 수 없어 총총히 발길을 돌리었다.

〈58〉

내일같이 결혼식을 거행하게 되었을 제 오늘같이 나는 일찌거니 일어나 화자를 방문하였다 웃기도. 오늘뿐이고 울기도 오늘 뿐이라, 나는 될 수 있는 대로 화자의 마음을 편안하게 하려고 만단의 준비가 이미 다 된 것을 말하며 혼례 때 입을 옷가지를 보이매 화자는 기쁨을 참을 수 없다는 듯이 어여쁜 입술에 쉴 사이 없이 웃음을 띠우며,

"당신이야말로 옛날 야기에 나오는 천자와 같습니다그려. 어쩌면 모든 일을 남들이 시늉도 못하도록 호화스럽게 하신단 말이야요? 당신같이 모든 것이 넉넉하면 얼마나 행복이겠어요?"

나는 그까짓 것 하는 어조로,

"무얼요. 이만한 거야 누가 못하겠습니까? 그런데 시방 부인은 나를 천자 와 같다 하셨지요? 혹은 그럴는지 모르지요. 나는 옛날이야기에 나오는 천 자가 아니면 가지지 못할 보물을 가졌어요."

보물이란 말을 듣고 눈을 번쩍임은 숨기려도 숨길 수 없는 그의 욕심 많은 천성이리라.

"네, 보물이라니요?"

"그렇습니다. 이 세상에 다시없을 보물입니다. 저번에 왜 부인께 구슬 몇 개를 보내지 않았어요? 부인은 벌써 잊었습니까?"

"잊다니, 그것을 잊어요? 그것은 내가 목숨보담도 더 소중하게 생각합니다. 혼례 때에도 그것을 쓸까 합니다. 그야말로 선녀나 가질 물건이야요."

"선녀가 가질 물건을 선녀보담도 더 아름다운 부인께 드린 것이니 조금도 아깝지 않습니다. 그러나 내가 시방 말한 보물에 견주면 그것은 아모 것도 아닙니다."

"그러면 그보담도 나의 보물이 또 있단 말씀이야요?"

"네, 내게 있습니다."

"그러면 그것은……."

"혼례만 지내면 곧 부인께 드리려 합니다."

화자의 얼굴은 하도 기뻐서 붉다 못하여 푸르게 되었다.

"그것을 나에게 주신다 말이야요?"

"혼례만 끝나면 모두 부인의 것을 만들려 합니다."

"나한테 모두! 그런데 그 보물이 어디 있어요? 시방 볼 수 없을까요?"

"지금 당장은 좀 어렵겠습니다. 내일 밤에 보여 드리지요. 혼례가 끝난 뒤에."

"기다리기 지리도 합니다그려."

"지루해도 내일 저녁이지요. 그리고 그 때에는 또 하나 약속한 것을 해드 리지요."

"또 무슨 약속이던가요?"

"왜 부인께서 한번 이 검은 안경을 벗으라 하지 않았어요?"

"참 그랬습니다. 제 남편이 어떤 눈을 가졌는지 아내가 몰라서야 되겠습니까? 그것과 보물을 한꺼번에 보여 주시겠습니까?"

"명대로 하겠습니다마는 내 눈은 보물과 달라 부인들이 보고 좋아할 눈이 아니야요."

"딴 사람이야 어쩌겠든지 나는 좋아하겠지요. 그런데 시방 말씀한 보물은 어디 있습니까?"

나는 소리를 낮추어,

"기실 아무도 모를 이상한 곳에 감춰 두었습니다."

"에그머니, 당신은 참말 옛날이야기의 천자와 같은 말씀을 하십니다그려. 설마 산 속의 바위 틈바구니는 아니겠지요?"

"그런 데라고 생각하고 있으면, 실망하시지는 않겠지요. 그것을 보자면 나와 단둘이 좀 걸어가야 될 테니."

"그래요!"

"무얼, 그리 먼 곳도 아닙니다. 만일 이것이 세간에 보통 있는 보물 같으면 감춰 둘 필요도 없고 제 집에 두는 게 염려가 되면 은행에 맡겨 두면 그 뿐이지만 세상에 짝이 없는 보물로 제 아무리 정직한 사람이라도 침을 아니 흘릴 수 없는 물건이라 쓸데없이 남의 애를 졸이는 것도 안 될 일이라고 생각하였습니다. 제 아내 외에는 여러 만금을 내고 사자는 사람이 있더라도 팔 생각이 없어서 남 몰래 감춰둔 것입니다. 이 또한 내 아내를 위하는 것이니까요."

화자는 그 보물의 더욱더욱 귀함을 생각하고 보고 싶어 못 견디는 듯이,

"그러면 내일 밤 몇 점에?"

"글쎄, 혼례가 끝나고 축하연이 벌어져 여러 손들이 춤추기에 정신을 잃을 틈을 타서 살짝 둘이 빠져 나가 보기로 합시다."

"그러면 우리 그리 하셔요. 참으로 옛날이야기 같습니다그려."

〈59〉

나와 화자의 혼례는 '성 제내로'절에서 거행하게 되었다. 처음의 혼례도 이 절이었으니 사람도 변하지 않고 장소까지도 같건마는 마음은 무섭게도 그 때와 이때가 다르다. 그 때는 온몸과 마음에 기쁨이 철철 넘쳐서 듣는 것 보는 것이 모두 나의 혼인을 축하하는 듯하더니, 시방은 원한의 일념뿐, 종각의 우는 종소리까지 화자의 죄상을 울리는 듯.

나의 마차가 시간을 맞추어 절에 다다르니 나의 혼례를 구경하려고 모여든 여러 천 여러 만의 군중은 서로 밀치며 와글와글 물이 끓는 듯. 절의 한복판에 있는 회당의 입구로부터, 혼례 하는 신탁 앞까지 일찍이 나의 기부한 한 필 비단을 깔았고 또 값진 휘장을 드리웠는데 그 밑에는 가지각색의 겨울 꽃들이 꽂혀 있다.

회당 안에도 모인 사람은 밖이나 다름이 없고 다만 할 줄 비단 길만 열렸을 뿐. 나는 입회인(立會人)의 하나인 '마리노' 후작과 함

께 그 길을 밟아 신탁 밑에 이르니 거기는 내가 특별히 초대한 귀족, 신사 스무 명 가량 이 비단 줄을 쳐서 군중의 들어옴을 막은 자리에 앉아 있다. 나는 이 사람 들에게 간단한 인사를 마치고 신탁 곁에 올라가 기다리고 있노라니, 이윽고 열한 점을 고하는 종소리가 들리며 옆문이 열린다. 그 문이 열릴 제 모든 사람의 수군거리는 소리가 일어난다. 그 편을 바라보니 들어오는 사람은 나의 아내 화자이고 뭇사람이 수군거림은 그 아름다움에 놀란 까닭이다.

그는 이 혼례에 아버지로 정한 신사 '마시니'씨에게 손을 이끌리며 가만 가만히 들어온다. 그 모양은 아주 청초하게 차렸는데 흰 우단 옷에 꾸민 것은 야광주뿐이건만 그 위에 하늘거리는 웃옷은 연기와 같고 안개와 같은 실로 짠 것이니 그 값은 야광주보담도 적지 않을 것이며, 그것을 목에서 발부리까지 늘인 것은 보통 부인의 입내도 못낼 것이었다.

그리고 그는 벌써 과부의 몸이므로 스스로 신부란 명칭을 꺼리는 듯이 몸을 부축하는 계집 하님을 데리지 않고 그 대신 여덟 살 가량 되는 동자를 그림에 있는 천사처럼 꾸며 가지고 제 뒤를 따르게 하였으며, 또 그의 앞에는 대여섯 살밖에 아니 되는 계집애 둘이 좌우로 갈라서서, 화자를 향해 뒷걸음을 치면서 흰 장미꽃을 던지고 있다. 이런 훌륭한 혼례는 화공도 그리지 못하리라.

나와 그는 묵묵히 하느님 앞에 머리를 숙이었다. 나와 화자, 어느 편이 더 마음이 검으며 더 죄가 클까. 내 스스로도 모를 일이로되 나를 예까지 타락케 한 것도 필경 화자의 소위라 생각하니 그에 대한 나의 원한만 짙어가고 깊어 감을 느낄 뿐이었다.

그로부터 모든 의식을 밟고 나서 나와 화자는 족보 책에 부부의 이름까지 적었다.

식을 치른 후 화자를 데리고 여관에 돌아오니 거기도 많은 손들이 와 있었다. 마치 준비된 식탁에 손들과 함께 나아갔으나 이 자리는 밤에 열 무도회와 달라 매우 정숙한 편이라 내객은 다만 축사를 올릴 뿐이었다. 향연이 끝난 후 부부는 이탈리아 풍속대로 각각 제 방으로 헤어졌다.

〈60〉

얼마 아니 되어 야회는 열리었다. 아마 세상에 이렇듯 훌륭한 야회는 또다시 없으리라. 당국은 말할 것도 없거니와 외국에서 유람차로 온 사람 중에, 조금이라도 교제가란 이름 있는 이치고 초대를 아니 받은 법 없고 또 초대를 받은 이치고 아니 온 이가 없었다. 내가 든 여관은 당부에 제일가는 여관으로 그 무도실도 또한 당국에 으뜸가는 무도실이건만 오히려 좁음을 한할 지경이다. 미인이라 미인, 신사란 신사, 맵시를 낼 대로 내어 만장이 백화난만한 동산인 듯. 눈에 띄는 모양 모두 아름답고 귀에 들리는 소리 모두 고왔건만, 아름다운 중에도 아름답고 고운 중에도 고운 이는 실로 나의 아내 화자이었다. 그는 지금까지 제 몸이 미망인임을 꺼려 얼마만큼 소담하게 차리었지만, 인제야 오세환의 신부인으로 누구 기탄할 것 없이 화려하게 꾸밀 대로 꾸민 그 모양, 빛을 다루는 뭇별가운데 있어 홀로 맑은 달과 같았다. 그의 발길이 닿는 곳마다 모든 사람은 말소리를 그치고 돌아보는 지경이니, 나로도 그를 보는 족족 가슴이 펄떡거림을 금치 못하였다.

그것은 그렇다 한들 나에게 있어서는 오늘밤이야말로 가장 무섭고 가장 슬픈 밤이다. 이 밤이 새는 내일 아침은 이 몸이 무엇이 될까. 복수의 일념으로 예까지 저어는 왔으나 원수만 갚고 나면 나는 목적도 없고 즐거움도 없고 살아야 사는 보람이 없는 사람이 될 것이다. 십자군 시대부터 혈통이면 면하여 끊지 않았던 우리 하씨 집안은 오늘밤 하룻밤으로 끝장을 맞고 내 일부터는 조상하는 사람도 없으리라. 나는 모든 사람이 웃고 즐기는 사이 홀로 이런 생각을 하며 망연자실하고 있을 제, 어느결엔지 곁으로 다가온 화자가 웃음을 머금은 부드러운 음성으로,

"당신은 오늘밤 주인이 아닙니까? 주인의 직무를 잊으셨어요?"

주인의 직무! 나는 "응."하고 놀랠 뿐이니, 화자는 말을 이어,

"에그머니, 왜 이러고 계셔요? 곧 무도를 시작해야 되지 않아요? 당신과 내가 한 번 추어야 모두들 뒤를 이을 텐데."

하고 손을 잡아당기며 재촉한다. 나는 간신히 정신을 차리었다. 과연 나야 말로 오늘밤의 주인, 이 자리의 신랑이다. 내객을 위하여 무도의 서막을 열어야 된다. 춤이 끝난 뒤에는 복수의 대무대! 그렇다. 이렇게 정신을 잃고 있을 때가 아니다.

"무도는 잘할 줄 모르는데."

화자는 조금 실망한 모양으로,

"잘 못해도 힘써 추셔요. 여러 사람과 함께 추는 것이면 모르지만 처음 추는 것을 여러 사람 보는 데 발이나 아니 맞으면 창피하지

않아요."

"그런데 무슨 춤이야?"

"곧 '릴오토립'이 뒤를 이을 테니 우리는 헝가리(匈牙利)의 '왈츠'
를 추기로 합시다. 잘못 추어서는 아니 되어요."

나는 간단하게 "그래"라고 대답하고 선뜻 화자의 허리를 안으며
춤추려는 차림을 차리매 나 또한 거기 들어서는 남보담 못하지 않
는 솜씨가 있었다. 더구나 화자와는 사 년 동안이나 같이 추었던
터이니 어찌 그에게 뒤질 것인가. 그는 벌써 말과 다른 나의 몸가
짐에 일변으로 괴이히 여기고 일변으로 기뻐하는 빛이 보였으나
나는 될 수 있는 대로 그와 외면을 하고 한 걸음 두 걸음 나아갔
다.

나는 이에 이르러 다시 마음이 흔들림을 깨달았다. 아무리 원한에
서리고 맺혔다 할지라도 옛날 쥐던 그의 손을 쥐고 옛날 안던 그
의 허리를 안으니 어찌 지난날의 즐겁던 사이가 생각나지 않으랴.
더구나 혼례식이 끝난 뒤부터 그의 얼굴, 보면 볼수록 더욱 어여
뻐, 오늘밤 여러 백 여러 천의 미인 가운데 그를 따를 이 하나도
없음을 생각하매 그가 보통 여자보담 얼마나 아름다운 것을 가히
알 수 있다. 아아, 이 세상에 둘도 없는 미인, 나의 안 해이고 또
나의 아내, 몸과 마음이 오직 나에게 달림을 생각하매 창자가 끊어
지듯 하지 않을 수 없었다. 나는 사랑과 미움 가운데 서서 스스로
나의 마음을 꾸짖으며 유유히 일어나는 음악의 박자를 맞추어 가
볍게 화자의 몸을 들어 올리며 춤을 시작하매, 그의 발이 꼭 나의
발과 서로 맞아, 남국의 사람이 아니면 추지 못한다는 헝가리 춤을

가장 멋있게 추어 냅뜨리니 칭찬 하는 소리가 사방에서 일어나더니 이윽고 나와 화자가 방을 두어 번 돌아설 때는 따라 추는 이가 더욱더욱 많아져서 삽시간에 왼 방안에 무도의 회오리바람이 불기 시작하였다.

음악이 점점 급해지매 춤도 급해지며 화자의 뜨거운 입김은 나의 뺨에 서리고 나의 숨은 화자의 이마를 스친다. 나의 마음에 물 끓듯 하는 갖은 생각을 잊으려고 높이 차고 낮게 굴리며 미친 듯이 날뛰니 화자도 나에게 뒤지지 않고 기뻐서 못 견디는 듯이 춤을 추면서 입을 내 귀에 대고 꿀 같은 사랑을 속살거리기 비롯하였다. 세상을 버린 이 몸이건만 다시 세상에 끌려 들어오는 듯하였다.

〈61〉

나도 추고 화자도 추고 춤도 한창 어우러지고 흥도 한창 겨웠을 제 화자는 사랑의 말씨를 내 귀에 속살거렸다.

"에그 기뻐. 인제야 당신이 나를 사랑하게 되었구려."라 함은 나의 모양이 상푸둥 사랑에 빠진 것 같았으리라. 나는 참으로 사랑에 아니 빠질 수 없었다. 타는 듯한 미움을 품고도 화자의 사랑에 아니 빠질 수 없었다. 모든 것이 오늘밤으로 끝남을 생각하면 잠깐 동안 나의 마음에 자유를 주어 보통 신랑 모양으로 사랑의 속살거림을 맛본들 어떠하랴.

나는 화자의 말을 받으며,

"인제야라니, 처음부터 사랑하였길래 이렇게 부부가 되었지."

"아니야, 처음엔 데면데면하게 굴었어요. 그래도 필경은 데면데면하게 굴 다 못해서 열렬한 사랑에 빠질 줄 알았어요. 때를 따라 목숨까지 버릴 만한 사랑이 없고야 부부란 보람이 무엇이야요?"

"목숨이라도 버리고말고. 벌써 이편을 위하여서 한 번 죽었다가 다시 살 아 난 것 같지 않아."

하다가 그가 몹시 놀랠까 보아 급히 말을 고치며,

"어제의 노인이 오늘은 소년으로 다시 살아난 듯싶어."

그는 더욱더욱 기뻐하며,

"그리 노인도 아니면서, 당신은 어디인지 젊은 곳이 있어요. 노인이고야 이렇게 춤을 출 수 있습니까? 나와 꼭 알맞은 부부야. 인제 노인 하지 마소서."

내가 만일 참으로 노인이었던들 이 말을 듣고 얼마나 기뻐하였을까. 사나이가 기뻐할 말만 용하게도 추려서 때를 따라 곳을 따라 교묘하게 쓰는 것은 요부의 천성인가.

이렇듯이 나와 그는 사랑을 속살거리며 회오리바람같이 춤추는 무리에 어우러졌는데 조금 있다가 음악소리가 차츰차츰 누그러지며 일단락을 하자, 화자와 같이 추자는 신사도 많으므로 나는 화자를 남에게 맡기고 둘째 번 춤이 시작되는 것을 보고 살그머니 그 방을 빠져 나왔다. 나는 사랑과 미움에 마음이 더할 수 없이 피곤한 것을 쉴 작정이었다. 방을 나와 복도로 내려오매, 거기는 사람의 그림자도 없이 고요한지라, 나는 살듯이 신선한 공기를 마시며 한동안 거니는 사이, 열한 점의 종소리를 들었다. 이때란 이때는 기다리고 기다렸던 복수를 시작할 시간. 열두 시에는 온 손에게 만찬을 먹이기로 정하였으니 그전에 화자를 이 방에서 원수 갚는 장소로 끌어가야 된다. 나는 새삼스럽게. 떨리는 가슴을 진정하고 무도실로 들어가, 화자를 찾아가니 그는 막 무도를 마치고 귀부인과 무슨 이야기를 하다가 나를 보고 다가온다. 나는 그를 사람 없는 데로 끌고 나와 가만히 물었다.

"이편은 전일의 약속을 잊지 않았겠지?"

그의 눈은 다시금 번쩍이며,

"왜 잊겠어요? 나는 당신이 혹 잊었는가 보아 시방 그 말을 할까 하던 터 입니다."

"그러면 꼭 좋은 때이니 아무도 몰래 빠져나가지 않으려오?"

"가십시다. 자아 어서 가셔요."

하고 그가 도리어 나를 최촉하는 지경이니, 그는 제 몸의 파멸인 줄은 꿈에도 모르고 진정으로 이 약속의 이행을 고대한 것 같다. 욕심 많은 그이니 이를 기다림도 무리가 아니다. 약속이란 것은 독자의 아시는 바와 같이 나의 감춰둔 보물과 및 나의 눈을 보여준다는 것인 까닭이다.

"보물을 감춰 두었다고 남에게 알려서는 뒤처리가 귀찮으니 썩 비밀히 가야 돼. 그러니 시방 곧 갈 수는 없는 일인즉 지금으로부터 20분 동안에 때를 타서 뒷문으로 빠져나오면 내가 마차 준비를 하고 거기서 기다릴 테니."

"20분 동안……."

"그러나 이 옷만으론 추울걸."

"이 위에 두터운 외투를 또 입으려 합니다. 하나 매우 멀어요?"

"그리 멀지 않아."

"열두 점에는 만찬회가 있을 텐데, 그 시간 되어서 돌아올 수 있어요?"

"물론이지."

화자의 마음은 더욱더욱 달뜨며,

"결혼한 당야에 많은 손님을 기다려두고 부부 단둘이 보물을 찾으러 가는 건 암만해도 옛날이야기 같습니다. 그리고 달도 뜬 모양이지요?"

"뜬 모양이야."

"그러면 20분 안으로 꼭 가겠습니다. 시방 저기 있는 부인들과 '마주르카'춤을 약속해 두었으니 속속히 그것을 끝내고."

이 '마주르카'는 폴란드(波蘭) 춤으로 미인의 아름다움을 보이는데 이 춤만한 것이 없으니 화자는 이런 경우에도 제 아름다움을 남에게 자랑하려는 것이리라. 그것은 어쩌겠든지, 나는 화자를 방으로 들여보내고 총총히 내방에 들어와 증거 될 물품과 및 비수한 자루를 찾아서 주머니에 넣었다.

증거품은 나와 같이 관 속에 넣었던 십자가의 그 때 내 목에 걸리었던 나, 아내 딸의 사진들, 그것에 딸린 금줄, 또 화자로부터 상춘에게 보낸 몇 장의 염서(艶書)이고 비수란 것은 나의 원수 갚을 생각이 불같을 때 사둔 유명한 '미란'산의 일품이었다. 그리고 나는 거울을 향하여 옛날 하준이 모양으로 턱과 구레나룻을 깎고 윗수염만 남겨 둔 후 예복을 벗고 하준이때에 항용 입던 복색을 차리었다. 그리고 혹 증거 될 서류는 다 태워 버리는 등 모든 것을 처치한 후 외투를 추켜 뺨을 가리고 모자를 눈까지 눌러서 쓰고는 뒷문으로 나왔다. 이때 만일 돌쇠가 있었던들 나의 발길을 막았으련만, 결혼하기 수일 전에 평생을 굶지 않고 먹을 만한 자산을 주어 떠나기 싫어하는 것을 억지로 떼어 '아베리노'에서 살게 하였다. 그리고 또 어제 그저께 부탁한 선장이 와서 내일 아침 아홉 전에 '시비타'의 선편이 있음을 알리므로 나는 마침 매어두었던 가죽 가방 하나를 미리 배에 갖다 두라 하였는데 그 속엔 지화(紙貨)만 꽉 든 것이었다.

〈62〉

뒷문에는 사람의 그림자도 없었다. 약속한 시간이 거의거의 지나고 나의 마음이 초조해서 견딜 수 없을 즈음에 사르락사르락 발에 스치는 비단 옷 소리와 함께 화자의 모양이 나타난다.

그는 나를 보자 기쁜 듯이 달려든다. 그는 러시아에서 나는 검정 털 외투를 예복 위에 입었는데 그 밑에서 때때 야광주가 번쩍번쩍 보이는 모양, 검은 밤의 구름 사이로 별빛이 흘러나오는 듯하였다. 외투의 검은 탓으로 더욱 희게 보이는 뺨에 붉은 빛이 짙은 것은 여태껏 뛰고 굴리다가 쉴 사이도 없이 달려 온 까닭도 까닭이려니와 마음이 더할 수 없이 달든 때문에 때문이 리라.

"어이구, 너무 기다리게 하였지요?"하고, 내 손을 들어 제 입에 대며,

"이렇게 차리시니 키가 퍽 커 보입니다그려. 바로 혈기 발광한 청

년 같은 데." 하고 또,

"곧 오려고 했으나 어디 춤이 끝이 나야지요."

하고는 나에게 달라붙는다. 나도 그의 손을 잡으며,

"그래 어떻게 나왔소?"

"춤이 끝나기에 조금 숨을 돌리러 나가는 척하고 밖으로 나와 곧 내 방에 올라가서 외투를 입고 뛰어왔습니다. 아, 숨차, 이 가슴이 펄떡거리는 것을 보아요." 하면서 내 손을 끌어당겨 제 가슴에 댄다.

"그런데 혹 하인들이 보지나 않았소?"

"누가 보겠어요? 벌써 만찬 시간이 되어서 모두들 그 준비에 골몰하는 모양이던데요."

나는 안심의 숨을 내쉬었다. 그러면 어느 누구하나 우리 둘의 빠져나간 줄 몰랐구나, 목적대로 아무도 몰래 화자를 데리고 가게 되었구나.

"그러면 갈까요?"

하면서, 마치 한 사람으로 보일 만큼 꼭 화자를 껴안고 뒷길로 빠져나와 삯 마차를 불러 타고 '구아르다' 별장까지 가자고 마부에게 일렀다. '구 아르다'별장이란 것은 그 무서운 무덤굴에 가장 가까운 집이다. 화자는 그 집 이름을 처음 듣는지,

"어디, 무슨 별장이에요?"라고 묻는다.

"아니, 보물을 감춰 둔 데에 있는 집이야."

라고 대답하매 그는 전혀 안심하고 마차 뒷간에 몸을 누이고 가볍게 그 머 리를 나의 어깨에 걸치고는 유리창으로서 새어 들어오

는 길거리의 등불 빛이 그 얼굴을 슬쩍슬쩍 비추기에 맡기었다. 아아, 이 어쩐 운치이며 이 어쩐 풍정인가. 나밖에 본 사람도 없고 나밖에 보인 사람도 없다. 나의 물건 나의 자유! 나는 이에 혼과 넋이 하늘 밖으로 날아가는 듯한 기쁨을 느끼었다. 이게 기쁨일까? 그렇다. 평생의 원이 일시에 성취되어 모든 것을 잊은 기쁨이다. 마차의 흔들림을 따라 그의 몸은 차츰 무겁게 나의 몸에 기대 인다. 나는 "아아, 나의 것, 마침내 나의 것."하고 그의 몸을 어루만지니 그의 몸은 내 손 사이로 녹아 내렸던지 힘없기 갓 난 어린이와 같다.

죽이든지 살리든지 모든 것이 나의 자유이다. 두 번이나 혼례를 지내 아내로 삼은 나의 아내이다. 두 번이나 산 종보담도 더 튼튼한 나의 것이다. 나는 후궁에 2천의 미녀를 둔 터키(土耳其) 황제가 그 미녀를 마음대로 놀리고, 걸핏하면 그 미녀를 가죽부대에 넣어 물에 집어 처넣던 것도 자유란 말을 들었다. 그의 같이 그를 어찌하든지 나의 자유이다. 나는 그의 황제다.

주인이다. 임자다. 그의 남편이고 또 남편인 까닭이다. 그가 내 손에 어떠한 거조를 당하더라도 나를 죄줄 사람은 없을 것이며 그를 아끼는 사람도 없을 것이다.

한밤이 되어 가자 하늘에 구름이 뜨며 비는 오지 않아도 바람이 일기 시작 하더니 마차가 '나폴리'의 시가를 떠난 때부터 바람이 더욱 세차게 불며 길 가는 사람도 없고 달아나는 것은 바람에 쫓기는 구름뿐. 달도 숨었다 나타났다 나의 마차를 따름은 왕고내금에 짝이 없는 나의 복수를 비치려는 것 인가.

지정한 '구아르다'별장이 우거지 나무 사이로 보이는 데 이르러 마부는 그 앉은 자리에서 나려와 나를 보며,

"저 별장까지 갈까요?"라고 묻는다.

"그럴 것은 없어. 여기서 나려 주게. 인제 얼마 아니 남았으니 걷는 편이 도리어 편리할 거야."

하고, 화자가 말할 나위도 없이 나는 펄쩍 마차를 뛰어나려 얼른 삯을 치르고,

"여기서 우리를 기다리느니 보담 시가로 돌아가 다른 벌이를 찾는 게 좋겠지."

"예, 그리하겠습니다. 오늘밤에는 오 백작의 혼례가 있어서 그 근처에 가면 이런 좋은 벌이가 많을 터이니까요."

이 말로 보건대 그도 내가 오 백작 그 사람인 줄은 꿈에도 모른 것이다.

야회를 타서 일생에 사모하던 여자를 사람 없는 곳에 끌어내어 제 욕심을 채우려는 방탕한 신사로 안 것 같다. 나는 화자를 안아 나리 매, 그는 그 때에 벌써 돌아가는 마차의 뒤꼴을 바라보며 걱정스럽게,

"기다리게 하는 편이 좋지 않아요."

"무얼, 무슨 일로 남에게 들킬는지 모르니 올 때는 다른 마차로 딴 길로 오는 것이 좋지 않아."

라고 대답하고 그 손을 쥐고 급히 걷기 시작하였다.

화자는 벌써 무슨 염려가 생겼던지 그윽이 몸을 떨며, 거의 하소연하는 소리로,

"여기서도 멀어요?"

"아니, 한 3분가량 걸으면 그뿐이야. 왜 이편은 떨고 있소? 추우시오?"

"어쩐지……."

"춥거든 나에게 꼭 매어 달려요."

하고 달아나도 달아날 수 없도록 바싹 안아서 끌다시피 하여, 걸음을 재게 하였다. 백주에도 무시무시한 무덤굴 바로 곁이라, 모든 것이 음울하니 무서운 생각도 들 만하다. 얼마 걸어가다가 마침 부는 바람에 구름이 날리고 달빛이 황량한 무덤굴 입새를 비취매 화자는 주춤 걸음을 멈추며 전보담 더욱 떨리는 소리로,

"에그머니, 여기가 어디야요? 퍽도 무시무시한 곳이구먼." 묻는 것도 무리가 아니니, 그는 아직 무덤굴 곁에 온 일이 없고 다만 이야기로 이 위에 없이 무서운 곳인 줄 알았을 뿐이라.

"이런 데 감춰 두었기에 보물도 여간한 보물이 아니란 말이야. 무서울 거 야 무엇이람?"하고 그의 허리를 바싹 끼며,

"자아, 어서 가요."하고는 잡아끌었다. 다시 꼼짝할 수 없이 껴안았더니 그는 앙탈할 힘도 없고 더구나 마음이 벌써 몸을 따르지

않아 싫단 소리도 내지 못한다. 나는 벌써 하준이가 아니고 오세환이가 아니고 원수 갚기에 목마른 악마다. 앞으로 그를 힘 있게 잡아끌어, 서리에 젖은 잔디를 헤치고 무너진 고탑을 넘고, 앞으로, 무서운 무덤굴 문에 다다를 때까지 곁눈질도 아니 하였다.

아아, 나의 길은 끝나고 말았다. 나는 목적할 곳에 닿고 말았다. 무서운 무덤굴은 시방 나의 앞에 있다. 이때 달은 구름 속에 숨고 사면은 캄캄하였으나 여러 번은 나의 눈은 속일 수 없었다. 이 문만 열면 그 가운데는 화자에겐 산지옥이고 나에겐 마지막 전쟁터이건만 화자는 어둠으로 하여 그런 줄을 깨닫지 못하는 모양, 나는 준비한 열쇠로 자물쇠를 열고 문을 열고 화자 안은 손에 더욱 힘을 주어 그 안으로 끌어 들이려니, 그는 그제야 몸부림을 하며,

"여보시오, 여보시오. 이곳은, 이곳은?"

"이곳은 아무도 모르는 나의 곳간이야."

"아이고, 난 무서워!"

"무섭긴 무엇이 무서워? 내가 있는데."

"왜 이렇게 캄캄해요?"

"안에 들어가면 곧 불을 켤 테야."

이런 말을 하였으나 그를 인제 달아나려도 달아날 수 없는 데까지 끌고 왔구나 생각하매, 전신을 뒤흔드는 만족을 걷잡을 수 없어 몸을 부르르 떨며 크게 웃었다. 물론 웃을 자리가 아니고 웃을 마음도 없건만 웬일인지 나는 아니 웃을 수 없었다. 웃어서는 안 되리라 하고 억지로 웃음을 멈추고

"무서울 건 아모 것도 없어. 어서 와요."하고 나는 그를 덥석 안아들어 문지방을 넘었다. 마침내 문안에 들어서고 말았다!

〈64〉

마침내 문안에 들어서고 말았다. 화자를 무덤굴속으로 끌어들이고 말았다. 나는 안으로 다시 그 문을 닫고 다시 자물쇠를 채웠다. 화자를 다시 못 나가도록 무덤굴속에 가두고 말았다. 아, 깨소금이야, 잣박산이야 라고 생각하자마자, 다시금 그 이상한 웃음이 나의 가슴에서 솟아 나오고 말았다.

사방이 꽉 막힌 땅속이므로 문 밖의 웃음과 달라 나의 소리는 사벽에 울린다. 나 스스로도 무서울 지경이니 화자야 어떠하랴. 그는 나에게 착 달라붙으며,

"당신은 왜 그렇게 웃어요? 남은 소름이 끼치는데."

나는 다시 억지로 내 웃음을 참으며,

"소름이 끼친다. 나는 기뻐서 아니 웃을 수 없소. 일평생 보아 줄 사람이 없을까 하고, 거의 실망하였던 보물을 보일 때가 되었으니 왜 기쁘지를 않겠소?"

이런 말을 하고 그를 잠시 동안 안심시키려고, 나는 신랑이 신부를 안듯 그를 안으며, 또 키스하듯 키스하였으나 안는 데도 키스하는 데도 어쩐지 거친 곳이 있어 스스로 나의 거동이나 나의 뜻과 같지 않음을 괴이히 여길 뿐.

문간에서 무덤굴 밑까지는 오히려 몇 개의 돌 층층대를 나려가야 된다.

나는 뜻대로 아니 되는 나의 소리를 억지로 부드럽게 하며,

"자아, 인제 돌 층층대를 나려가야 된다. 이편이 넘어지면 큰일이니 내가 안아 나리지."

하고는 그의 대답도 기다리지 않고 치켜 안으매, 이상하다, 그 몸

의 가볍기 가 갓난애와 같다. 이것은 그가 가벼워진 게 아니라 나의 팔, 나의 몸, 나의 근육에 비상한 결심과 함께 비상한 힘이 넘쳐난 까닭이리라. 안아 올릴 제 그가 앙탈을 하였는지 않았는지 시방도 알 수 없다. 실로 나는 그 때 다만 한 생각뿐이었고 정신이 없었다.

정신이 없으면서도 발로 더듬어 한 층 두 층 나려가노라니 나의 머리는 기막힌 격동에 터졌던지 눈앞에 불꽃이 주렁주렁 터지고 발이 땅에 닫지 않는 듯. 이래서는 안 되리라고 나는 간신히 마음을 진정하고 나리고 또 내리어 마침내 무덤굴 맨 밑에 다다랐다. 땅에서 깊기가 두 발이 넘으니 나와 화자는 산 채로 묻힌 사람이나 진배없다. 나는 그제야 화자를 땅바닥에 나리우고 숨을 돌리매, 가슴은 마치 물결과 같이 높았다 낮았다 소용돌이가 치는 듯. 화자는 놓였으나 오히려 떨어지지 않고 내 손을 쥔 채로 목마른 소리를 짜서,

"여기는 어디야요? 아까 말씀한 등불은 어디 있어요?" 하며 묻는다. 나는 인제 대답도 시원히 하지 않고 묵묵히 호주머니에서 성냥을 꺼내어 미리 무덤굴의 사방에 준비해 두었던 몇 자루 초에 불을 붙이었다. 갑자기 촛불이 켜지매 화자는 한참 눈이 부신 듯하더니, 이윽고 사면을 두리번두리번 살피다가 하씨 집안의 선조 대대를 넣은 관들과 및 장구(葬具)를 알아보자마자,

"에그머니!"하고, 외마디 소리를 치며 나에게 달려들어,

"여기는 무덤굴이 아니야요? 어서 나가요. 어서 나가요!" 함은 무서움에 소름이 끼쳐 내가 처음으로 듣는 그의 참된 소리다.

"어서 나가요!"하며 한사코 매어 달렸으나 나는 돌같이 덤덤하다. 무서운 증이 더욱더욱 들도록 그대로 내어버려 둘 작정으로 미륵같이 뻣뻣이 선채로 몸도 꼼짝 아니하매, 그는 인제 견딜 수 없는 듯이 나의 몸에서 물러서며 마치 내가 다른 사람이 되지 않았나 하고 의심하는 것같이 나를 쳐다본다.

"여보, 이게 웬 일이야요? 왜 꼼짝도 아니 하셔요? 왜 잠자코 계셔요? 말 한 마디라도 해 주셔요. 나를 안아 주셔요, 키스해 주셔요. 무엇이라도 좋으니 당신의 소리나마, 들려 주셔요."라고 거의 울 듯한 소리와 함께 몸을 발발 떤다.

이윽고 나는 입을 열어 돌같이 단단한 소리로,

"가만히 있어. 여기는 울고불고할 데가 아니야. 시방 이편이 본 바와 같이 무덤굴이다. 나중에는 이편의 몸을 파묻을 곳, 아니, 이편이 시집갔던 하씨 집안의 무덤굴이다."

이 말만으로 화자는 울음소리도 목에 말라붙고 숨까지 막히고, 가위눌릴 듯한 눈을 호동그랗게 뜰 뿐.

나는 또 다시 말을 이어,

"이곳이다. 하씨 집안 대대의 충신열녀가 묻힌 곳이 이곳이다. 1년 전에 이편의 남편 하준이가 묻힌 곳도 이곳이다. 이곳은 하준이 있는 곳이다."

위선 이만하고, 잠깐 입을 닫치매, 화자는 한 마디 한 마디에 몸을 떨며 얼굴빛을 잃을 뿐이더니 간신히 더듬거리는 말을 이어,

"당신은 본정신을 잃지나 않았어요?" 하다가 나의 대답 없음을 보

고 진저리를 치고 달려들며,

"자 어서 가요. 이런 데는 일이 없어요. 더 있으면 십년감수를 하겠어요.

나가요. 나가. 아무런 보물이라도 여기 있는 것은 소용이 없어요. 자아, 자 아 어서!"

라고, 최촉을 함은 다만 무덤굴이란 장소를 무서워할 뿐이고 아직 나의 목 적이 더 무서운 것을 깨닫지 못하는 것 같다.

나는 또 다시 그의 손을 꼭 쥐며,

"다만 보일 것이 있다. 이리로 와!"

하고 그를 어둠침침한 구석으로 끌고 왔는데, 거기는 일찍 나를 넣었던 부 서진 관이 있었다. 나는 그 관을 가리키며,

"자아, 이것을 봐라. 이것이 무엇이냐. 모르겠거든 자세히 검사해 봐라.

엷디엷은 널조각에 못을 친 관이 아니냐. 작년 유행병에 죽은 사람을 넣었던 관이 아니냐. 뚜껑에 연월일을 쓰고 하준이라 적힌 것을 보면 네 남편 하준을 담아 이 무덤굴에 장사한 그 관이 분명치 않으냐? 응. 무엇을 그렇게 놀래느냐? 자아, 이 뚜껑을 봐라. 이렇게 부서지지 않았느냐. 누가 부수었나. 누가 이 뚜껑을 부수었나. 응, 까닭을 모르겠거든 다시 그 속을 봐라, 속을 봐라. 속에는 아모 것도 없지 않으냐. 그러면 이 관속에 들었던 하준은 어디 있나, 자아 어디, 그는 어디!"

여태껏 다만 무덤굴이란 장소만 무서워하던 화자의 얼굴에 또 새로운 두려움이 나타난다. 그는 손이 있어도 쥐지 못하고 발이 있어

도 밟지도 못하고 까무러지듯 그 자리에 무릎을 접치었다. 그리고 잠꼬대 같은 소리로 헛되이 나의 말을 되풀이하여

"그는 어디, 그는 어디?"하고 중얼거릴 뿐.

이때껏 나는 될 수 있는 대로 나의 분노를 가라앉히고 나의 말씨를 침착하게 하였으나 인제야 침착할 필요가 없다. 침착하려도 침착할 수가 없다. 날카롭게 꾸짖는 가락으로,

"자아, 어디, 어디, 네 남편 하준은 어디 있느냐? 불쌍하다. 그는 이 굴 속에 묻힐 때까지도 그 아내에게 연연한 정을 남기고, 아내 화자의 이름을 불렀거든 그 아내는 그를 위하여 하룻밤의 기도는 새려, 한 방울 눈물은커녕, 정조를 깨트리고 욕심을 못 이겨, 그가 죽던 그날 밤부터 불의의 낙을 취하고 그를 짓밟으며, 그를 비웃었다. 그리고도 천벌이 없을 줄 알았더냐.

화자! 그같이 불쌍한 선인이 또 있을까? 시방 그는 어디 있나? 여기 있다!

여기 있어! 여기, 여기."

하면서 그에게 바싹 다가들어,

"화자! 너는 내 약속을 잊지 않았으리라. 혼례 하던 그날 밤에 이 검은 안경을 벗어 나의 본얼굴을 보여준다는 약속을 잊지 않았으리라. 그리고 또 오늘 밤은 너를 위하여 다시 젊었다는 말이 오히려 네 귀에 남았으리라. 자 아 그 약속을 이행할 때가 이때다."

하고, 나는 안경을 벗고 외투의 깃을 내리어 촛불을 내 얼굴에 들이대었다.

"자아, 자세히 봐라. 화자, 두 번이나 나와 혼인한 나의 아내 화

자! 내 얼굴을 자세히 봐라. 설마 내 얼굴을 잊지야 않았겠지. 오늘밤의 너와 혼례는 두 번째 혼례. 저번의 혼례 때와 변한 것은 나의 이름뿐이다. 이름은 변해도 사람은 같은 사람, 오세환이란 노인은 떳떳한 너의 남편, 하준이란 당 년 30세의 청년이다. 이와 같이 하준은 여기 있다. 여기, 여기, 자아 봐라, 자아,"하는 사이 원한에 빛나는 나의 눈은 날카롭게 그의 얼굴을 쏘았다.

아아 독자여, 이때의 화자의 놀래는 모양은 무어라고 형용할 수가 없다.

일찰나에 일순간에 그의 얼굴은 마치 중병 지낸 사람같이 변하였다. 눈이 부실 듯 하던 아름다움은 어느결엔지 사라져 버렸다. 눈썹은 한데 찡글어 붙고 눈은 비틀어졌으며, 입술은 희고 얼굴빛은 흙빛이다. 아까까지 나의 마음을 녹이던 신부와는 이 어떤 차이인가. 이것이 늙은 할미쟁이의 귀신이 아니면 놀램과 무서움에 뭉친 괴물일 것이다. 나의 말을 막으려고 흔드는 그 손까지 윤이 말라 서리 맞은 나뭇잎 같고, 나의 얼굴을 쳐다보는 그 눈은 꺼풀 밖으로 튕겨 나오려 한다. 아아, 그는 나에게 무슨 말을 하려는가?

⟨66⟩

숨쉬기도 어려운 듯이 헐떡거림은 목에 소리를 축일 춤 한 방울도 없음이 리라. 한참 만에 독한 벌레나 떨치듯 내 손을 떨치고 지반 위에 쓰러지면서 들릴 듯 말 듯한 신음하는 소리로,

"아니야, 아니야. 하준이가 아니야. 하준은 확실히 죽었다. 오오,

너는 미친 놈, 거짓말쟁이, 그런 소리로 이 몸을 속이려는 것이다. 어르는 것이다. 거짓말 꾸러기."

이 말이 정신 있어 하는 소리인가. 또는 하도 무서움에 질려서 마음 없이 이런 소리가 나옴인가. 나는 의심쩍게 그의 모양을 보노라니, 나의 얼굴에 쏘는 그의 눈은 자꾸자꾸 위로 달려 올라가서 무덤굴의 천정을 쳐다보다가, 다시금 차차 나려오더니 있는 기력이 죄다 지친 듯이, 그대로 픽 쓰러져 버린다. 혹 기절이나 않았나 하고, 그의 어깨를 흔든즉 기절한 게 아니고 일시에 현기가 된 모양. 내 손에 대임은 단 쇠에나 대이는 듯, 더욱 몸을 웅숭그리며 핑핑 돌리는 눈으로 나를 바라보았는데, 그것은 바라본다느니보담은 그 눈이 저절로 내 얼굴에 끌려 붙고 떼려야 뗄 수 없는 것 같았다.

나는 그의 눈매로 그의 마음을 알아내려 하였다. 처음엔 의아한 빛도 있었으나, 그 다음엔 말할 수 없는 공포로 변하고 나중엔 꼭 그런 줄 알아보고 몹시 절망한 것 같다. 절망도 할 일이니 나름 하준인 줄 알면 벗어날 수 없는 제 몸의 운명도 알 것인 까닭이다.

나는 다시 그의 손목을 낚아채며,

"인제야 하준인 줄 알았느냐? 과연 옛날 하준이와는 다른 점도 없지 않다. 옻빛 같은 머리도 이렇게 백발이다. 이 또한 기막힌 고통으로 변한 것이다. 그 고통을 네게 도로 갚아 네가 나와 같이 될 때도 멀지 않았다. 옛날 사랑이 떠도는 눈도 시방은 이같이 원한에 무섭게 번쩍인다. 이런 다른 점은 있지마는 하준은 필경 하준이다. 자아, 알았느냐, 인제야 알았느냐?"

그는 마른입에 조금 침이 돌았던지 여태껏 막혔던 울음소리를 떨며, "거짓말이다, 거짓말이야. 무슨 몹쓸 목적이 있어 나를 이렇게 괴롭게 하는 것이다. 이런 무서운 변을 당하게 하는 것이다."

하고, 다시금 나의 손을 뿌리친다.

그만하면 내가 하준인 줄 알겠거늘 그래도 거짓말을 내세워 나의 말에 곱다랗게 복종치 않음은 이 어쩐 흉물인가. 무서움에 견디다 못하여 하늘을 부르려는 경우에도 오히려 거짓을 끊지 않는가. 요악한 계집년, 내 말에 복종치 않고 나를 하준으로 인정케 하지 않고는 그냥 둘 내가 아님을 모르는 가. 나는 한층 소리를 높여,

"거짓말이란 것은 누구를 이름이냐. 야. 화자! 내 말을 자세 들어! 이제야 하나도 빼지 않고 들려 줄 때가 왔다. 네 말마따나 하준이가 한 번 죽기는 죽었다. 죽었다가 파묻히고 너를 안심도 시켰다. 아아, 방해물이 없어졌다고 너의 썩어진 마음에 기쁨도 주었었다. 그러나 하준은 죽지 않았다. 죽은 사람과 같이 오히려 살아있었다. 거기 있는 관속에 처넣어 못까지 박아 이 무덤굴에 파묻히기도 하였지만, 죽은 것 같은 하준의 몸엔 실낱같은 목숨이 붙어 있어 몇 시간 뒤에 다시 살아나, 너의 보는 바와 같이 저 관을 부 수고 나왔다. 이래도 나를 의심할 테냐, 이래도 의심할 테냐?"라고 대어들매, 그는 미친 듯이 나의 손을 뿌리치려 애를 쓰며,

"놓아라. 놓아. 미친놈, 거짓말쟁이!"

라고, 도리어 나를 꾸짖으므로 나는 다시 소리를 가다듬어,

"나는 미친놈도 아니고 거짓말쟁이도 아니다. 무엇보담도 저 관과 내 얼 골로 알 것이다. 오세환으로 있을 적에도 너 스스로 나를

의심하여, 몇 번이나 하준과 같다 하지 않았느냐? 나는 이 관을 부수었으나 이 무덤굴을 뚫을 수 없어 캄캄한 가운데 이 머리털이 희어지도록 애를 썼다. 세상에 이 같은 고통이 또 어디 있을까 하였더니 내가 무덤굴을 벗어난 뒤의 고통은 그것보담 몇 곱절 더 쓰리고 아픈 것이었다. 천우신조로 무덤굴을 벗어 나 와 기뻐한 것은 큰 잘못이었다. 집에 돌아가 아내 화자를 기쁘게 하려고 뛰어갔건만 집은 벌써 남의 집, 무덤굴보담도 더 흉측한 곳이었다······. 이래도 나를 의심할 테냐? 내 말을 참말로 믿지 않을 테냐? 나를 하준으로 알지 않을 테냐?"하매 그는 찍소리도 하지 못했건만 그래도 선선히 믿지를 않았다. 나는 참다못하여,

"자아, 대답을 해라."

부르짖으면서 품었던 비수를 빼어 그의 눈앞에 번쩍이는 칼날을 들이대며,

"너같이 거짓말밖에 못해 본 입으로 참말을 하기는 쓰리기도 하겠지만, 여기는 거짓말로 버티어 갈 자리가 아니다. 자, 말을 해라. 말을 해. 야이, 화자. 이래도 나를 너의 최초의 남편 하준이라 안 할 테냐?" 하고 자칫하면 거조를 낼 듯이 차리니 제 아무리 독부로도 내 서슬에 당하지 못하였던지, 그는 땅에 꿇어 엎디며,

"용서, 용서해 주셔요. 죽이는 것만 용서해 주셔요. 목숨 외에는 무슨 책망이라도 받겠습니다. 네, 말하겠습니다. 말하겠습니다. 당신은 정말 하준입니다. 제 남편 하준, 이날 이때까지 죽은 줄 알았던 제 남편 하준입니다."하고 사라질 듯한 울음소리로,

"당신은 아까도 저를 사랑한다 하지 않았습니까, 무슨 일로 저와

또 결혼을 하였습니까? 결혼치 않더라도 당신은 떳떳한 나의 남편, 나는 당신의 아내. 아! 무섭고 두려운 두 번째 결혼, 알았습니다, 모든 것을 알았습니다.

무슨 말씀을 하셔도 변명할 여지가 없습니다마는 제발 덕분에 목숨만은, 그렇습니다. 아직 죽을 나이는 아닙니다. 제발 덕분에 살려만 주셔요."라고 손이 닳도록 비두 발괄을 하였다.

〈67〉

살려만 달라고 비두 발괄함을 보고 나는 그제야 조금 만족히 여기고 칼을 집에 꽂으며,

"응. 인제야 내가 하준인 줄 알았어. 알면 당장 죽이지는 않을 데야.

너같이 썩은 년을 내 칼에 피를 묻히기도 더러운 일이다. 하준은 이탈리아의 사내다움만큼 조그마한 원수도 아니 갚고는 두지 않지만 보통 사람같이 한칼에 죽일 내가 아니다. 고통을 그 자리로 잊게 하는 그런 복수는 딱 싫다. 할 말을 다하면 이 무덤굴 속에 가두고 갈 뿐이다."

"에그머니!"

"가만히 있어. 이 무덤굴에 내버리고 갈 테니 그 뒤에야 살든지 죽든지 네 마음대로 하려무나."

큰 재판의 선고를 침착하게 언도하매, 그는 너무도 무서운 제 운명에 놀랐던지 지금까지 힘없이 쓰러졌던 그 몸을 벌떡 일으킨다.

일어는 섰으되 그대로 비틀거려 그 옆 벽에 기대어 숨만 헐떡거릴 뿐. 나는 이 모양을 냉랭하게 바라보며,

"야 화자. 죽었다고 생각하던 남편이 이렇게 살아서 눈앞에 나타났거늘 그리웠단 말 한 마디도 않느냐? 키스도 하고 싶지 않느냐? 기쁘지도 않느냐? 하준을 여읜 슬픔은 시방껏 잊을 수 없다고 오세환을 비두로 여러 사람에게 말하지 않았느냐……. 흥! 하도 기뻐서 말구멍이 막힌 모양이군. 그러면 더 자세히 알도록 지난 일을 들려줄까."

이런 말을 하고 나는 곁에 있는 부서진 관 위에 걸터앉으며,

"두 번째 아내 화자, 너는 너의 악행을 아무도 모르리라고 생각하였으리라. 세상 사람은 아무도 몰랐으되 죽은 네 남편은 잘 안다. 하준은 이 무덤 굴을 벗어나 한시바삐 아내에게 얼굴을 보이려고 집에 돌아가니 주인이란 제 지위, 남편이란 제 자리는 벌써 다른 사람이 차지하고 있었다. 그는 누구던가. 이상춘이란 하준의 둘도 없는 친구, 둘도 없는 원수이었다."

이 말을 할 제 화자는 몸을 실린 벽으로부터 넘어지려는 듯이 비틀거렸으나 간신히 버티고 선다. 나는 불계하고 말을 이어,

"항상 하준이가 글 읽던 후원이었다. 상춘은 하준의 걸상에 하준이처럼 걸어앉아 너를 제 아내같이 안고 노닥거리고 있었다. 너도 잊어버리지 않았겠지? 곧 하준이가 죽던 그 이튿날 밤 죽은 남편에게 하룻밤 기도도 올리지 않고 어느새 간부를 끼고 노는 것은 너무 이르지 않느냐? 아니 그것보담도 더 일찍은 일이 있다. 네가 하준이와 결혼한지 석달만에 상춘을 간통한 것은 네 입으로 말했

269

고 상춘이도 말한 바다. 나무 그늘에 숨어 그 말을 듣는 하준이 마음이 여북하였겠느냐. 그때 하준은 견딜 수 없어 조금 몸을 움직였더니 너는 나뭇잎, 떠는 소리에 놀라서, 여기는 하준이가 좋아하는 자 리인즉 귀신이 나올는지 모른다 하면서, 돌아본 것을 잊지 않았겠지? 그 때의 귀신은 이 말을 하는 하준, 곧 나다. 내가 하준의 귀신이다. 그 자리로 나타나 간부의 간을 내어 씹고 씹었으되, 너같이 짝이 없는 독부에게는 짝이 없는 복수가 아니면 아니 되리라고 판단하고 결심하여 그 곳을 떠나왔다. 그 후의 간난신고(艱難辛苦)는 말 아니 해도 알 것이다. 눈을 빼거든 같이 눈을 빼고 이를 빼거든 같이 이를 빼는 것이 원수를 갚는 대경대법인 까닭으로, 나는 그것을 지켜 상춘이가 나로부터 화자를 빼앗은 것 모양으로 나도 상춘으로부터 화자를 빼앗고 화자가 잔인한 거짓 아내이던 대로 나도 화자의 잔인한 거짓 남편이 될 작정으로 오세환이라 변명하고, 상춘의 친구가 되어 너를 만났더니, 시작이 반이라고 뜻같이 일이 되어, 내가 청혼도 하기 전에 네가 먼저 구혼하게 되었다. 이런 것은 네가 더 잘 알 터이다.

이리하여 두 번째 혼인조차 하였으니 너는 온전히 나의 물건, 버리든지, 또 썩을 때까지 이 무덤 속에 처넣어 내가 받은 고통을 받게 하든지 내 마음대로다."

그는 몇 번이나 희었다. 푸르었다, 말 마디마디에 고통의 못을 받는 듯하더니, 끝까지 이르자 그 눈에 문득 무슨 결심의 빛이 돈다. 가만가만히 나의 앞을 지나치려는 모양, 범의 뺨을 스치는 여우도 이러할 것이다. 아아, 제가 달아나면 어디로 달아나랴. 나는 일부러 모르는 체하고 속으로 원수 갚음의 고소한 맛만 보고 있으려니, 내 말이 끝나자마자 그는 죽을힘을 다 모 아 나는 듯이 무덤굴 문을 향해 달아난다. 문을 열고 나가려는 그 마음, 더럽기도 한량이 없다.

〈68〉

달아나려거든 얼마든지 달아나 봐라, 나는 벌써 이런 일이 있을 줄 짐작하고 단단히 자물쇠를 채웠으니, 그 굳고 튼튼한 쇠문이 네가 민다고 꼼짝이나 할 거냐. 나는 속으로 비웃으며 일어나 보지도 않았더니, 얼마 되지 않아 그는 다시금 나의 곁으로 달려온다. 달려옴은 무슨 까닭인가? 나는 침착하게 그의 하는 양만 보았다. 그는 어디까지 나를 대항하고 나를 말로 이겨서 나가려고 결심하였던지 왼 얼굴에 핏대를 세우고, 나를 어르는 듯 노려보며,

"문을 열어라, 열지 않을 테냐, 이 비겁한 놈아. 계집을 속여 이런 데에 끌고 와 놓고 분풀이를 하는 것이 네 마음엔 부끄럽지도 않느냐? 너는 사람을 죽이는 것도 죄가 되는 줄 모르느냐?

나는 대갈일성(大喝一聲)으로 "입 다물어!"라고 꾸짖은 후 다시금 아모 느낌이 없는 돌 같은 소리로,

"사람을 죽이는 것은 기막힌 죄악이다. 그러나 너를 죽이는 건 죄가 아니다. 한번 혼례를 할지라도 아내에 대해 얼마만큼의 권리를 가지는 법이거든, 나는 너와 결혼하고 또 결혼을 하였으니 너를 죽이든지 살리든지 내 자 유다. 그리고 또 나는 너를 처음에 한 말

과 같이 죽이려 않는다. 너를 내버려 두고 혼자 나갈 뿐이다."

"그게 죽이는 것 아니야. 이곳에 가두어 두면 죽을 줄 아느냐?"

"너도 사람을 죽이는 것이 그렇게 죄악인 줄 아느냐? 제 죽는 것이 무서 우면 왜 남을 둘이나 죽였느냐? 너는 혈기 완성한 사내를 네 손으로 둘이나 죽인 것을 모르느냐?"

"그런 일은 없다. 거짓말이다. 억매다."

"거짓말도 아니고 억매도 아니다. 너의 썩은 심장 때문에 몸을 망친 사람이 둘이 있다. 그 중 한 사람은 이 말 하는 하준이다. 너의 불의를 안 때에 하준의 가슴은 칼로 찌르는 것보담도 더 아프고 쓰리었다. 사랑이고 애정이고 없어졌다. 아니, 하준이란 사람은 이 세상에 없어졌다. 남에게 자비심 많다고 칭찬 듣는 하준, 자아, 그 하준은 어디 있느냐? 여기 있는 하준은 사랑도 없고 행복도 없고 오직 원한만 있는 원수 갚는 귀신이다. 너의 간을 조각조각 씹으려고 무덤 속에서 뛰어나온 귀신이다, 악마다!" 하고 성낸 불길에 타는 듯한 뜨거운 입김을 그의 얼굴에 내어 불며 핏발선 눈으로 그를 노려보며, 다시 말을 이어,

"내가 이와 같이 네 손에 죽었을 뿐 아니라 상춘이 또한 마찬가지다."

화자는 무서움에 전신을 떨다가, 거짓 미친 듯이 마음 잃은 소리로,

"아아, 상춘이, 상춘이, 그는 나를 진정으로 사랑하더니만……."

"그렇다. 사람의 가죽을 쓰고 짐승의 마음을 가진 너를 사랑하였었다. 그렇게 그립거든 자아 이리와! 그의 시체 있는 곳에 데려다

줄 테다."하면서, 그를 낚아채 한 구석에 끌고 가서,

"상춘의 시체가 묻힌 자리는 여기서 얼마 떨어지지 않았으니, 그의 혼도 필연 이 근처에서 떠돌아다닐 것이다. 오늘 밤 내 원수 갚는 것을 보고 손 벽을 치며 기뻐할 것이다. 상춘아, 상춘아, 네가 만일 영(靈)이 있거든 나와 같이 이 인면수심의 독부를 저주할지어다."

라고 기도를 시작하자, 화자는 견딜 수 없는 듯이,

"상춘을 죽인 사람은 너, 하준이다. 상춘이여, 저주를 하려거든 이 하준을 저주하라."

"요년 요악한 계집년, 너는 생전에 상춘을 속였을 뿐 아니라, 그의 혼령 까지 속이려고 하느냐? 그를 죽인 것은 갈데없이 너다. 네가 그를 속이고 그윽이 오세환이란 노인에게 마음을 준 것을 알 때 그는 죽었다. 나의 총알은 다만 그의 고통을 줄였을 뿐이다. 그는 죽을 때 오세환이란 노인이 기실 하준인 줄 알고 제 죄를 회개하고 죽었다. 하준을 한하지 않고 너를 원망하고 있다. 숨질 때까지 너를 저주하였다. 더구나 너는 상춘이가 죽은 때에 인제 마음이 놓인다고 기뻐하지 않았느냐? 나에게 기쁘다 하지 않았느냐?

그러면 상춘을 죽인 것이 갈데없는 네가 아니냐? 너의 죄는 아무런 중벌을 받아도 삭칠 수 없다 억척만겁을 나려가도록 지옥 밑에서 모든 중벌을 받아 야 된다. 그전에 먼저 나의 중벌을 받아 죽어라, 죽어."

나의 날카로운 말씨와 무서운 눈매에 화자는 대적 다 못하였건만 그는 그래도 그 독한 입을 닫히지 않았다.

"나는 그런 중벌을 받을 죄를 저지른 일이 없어. 나는 조금도 죄를 범할 마음이 없건마는 아름답게 생긴 탓으로 사내가 홀렸을 뿐이다. 홀린 사내에게는 죄가 없고 아름답게 생겨난 사람에게 죄가 있단 말이냐? 홀린 것은 사 내의 어리석은 것, 제 어리석은 것으로 남에게 죄를 뒤집어씌우려느냐?

너도 나한데 홀렸고 상춘이도 나한테 홀렸지만, 내가 청한 것도 아니요 꾄 것도 아니다. 나야 너희들을 사랑할 리 있냐? 홀린 상춘은 어리석은 자, 너는 죄인이다."

나는 하도 어이가 없어 인제 더 말다툼할 필요도 없다 생각하고,

"암, 그렇겠지. 사랑이란 맑은 마음을 너같이 썩은 몸뚱이에 하느님이 넣어 줄 리 있나? 사랑이 없으면 없다 하지, 없으면서 꿀 같은 말을 소곤거리고 사랑에 겨운 몸짓을 하는 것이 죄가 아니고 무엇이냐! 그것이 사람을 속이고 정조를 깨뜨리는 것이 아니냐! 짐승에게는 욕심만 있고 사랑이 없다. 너를 인면수심이라 함은 이를 두고 이르는 것이다. 그런 더러운 입주둥이를 다시 세상에서 못 놀리게 이 무덤 속에 처넣어 두는 것이다."

"죄 없는 나를?"

"죄가 없다? 흥, 내 네년 말은 듣기도 싫다. 너의 악행의 모든 증거는 낱낱이 내 수중에 있다. 세상에서 흑백을 밝히는 데는 필요하지만 너를 이 무덤 속에서 썩히는 데는 쓸모가 없으니, 도루 돌려주는 것이다."하고 나는 화자로부터 상춘에게 보낸 편지 등속과 및 증거품을 그의 무릎 위에 집어던지고는 갈 차비를 차리며 불을 한 자루 두 자루 끄려 할쯤에 화자는 아귀같이 나의 발부리에 매어달

리며,

"그것은 너무 심한 짓입니다. 잔인한 짓입니다."하고 목을 놓아 울며,

"무슨 짓을 하더라도 달게 받을 테니 이 무덤굴에서 데리고 나가 주셔요.

나의 머리채를 꺼들고 '나폴리'의 거리거리를 돌아다녀도 좋습니다. 발가벗겨 놓고 뭇매질을 하여도 좋습니다. 무엇이든지 당신의 마음이 풀리도록 해 주십시오. 마는 이것만은, 축축하고 캄캄하고 흙내 나는 이 굴속에서 썩히기만은 말아 주셔요. 너무도 심한 짓입니다."하면서 나의 발을 부여잡고 한사코 놓지 않았다.

〈69〉

나의 발부리를 물고 늘어진 화자의 모양을 나려다보니, 그가 썼던 모자는 떨어지고 깁을 같은 머리카락이 흐트러질 대로 흩어져 어깨에 나부끼고, 외투는 반 넘게 벗겨져 그 흰 목으로부터 가슴까지 드러났는데 거기서 번쩍이는 야광주는 마치 별과 같다. 아아, 야광주 가운데는 나의 어머니가 물려준 것도 있고 우리 집 대대로 전해 나려오는 것도 있다. 나는 이런 소중한 물건을 그의 더러운 몸에 붙여 둘 수 없다 하였다. 그래서 나는 여지없이 그것을 모조리 떼고 다만 내가 준 저 해적의 야광주만 남겨 두었다.

"너같이 더러운 년의 몸에 하씨 집안 대대의 보물을 붙여둘 수 없다. 다 만 오세환이 준 것만 너에게 상당한 것이다. '칼메로내리'

275

란 해적이 훔쳐 모은 더러운 물건이니."

　화자는 무슨 뜻인지 잘 알지 못하는 것 같았다.

　"아차, 잊었군. 약속한 일이 또 한 가지 있지. 오늘밤 너에게 오
세환의 보물을 보여 주려고 하였지. 이것을 봐."

　하고, 나는 해적의 관 같은 보물 상자를 열어 보이매, 그 위에 놓
인 주옥보석이 찬란히 사람의 눈을 쏘는지라, 울던 화자도 이에 놀
라서 저도 모를 사이에,

　"이게 웬 거야?"라고 소리를 쳤다. 나는 비웃으며,

　"인제 알겠니? 오세환이란 노인의 지금까지 쓴 돈이 모두 여기서
난 것이다. 이것은 해적 '칼메로내리'가 정부의 수색을 피하려고
이 무덤굴 속에 감춰둔 것이니 하준이가 살아날 때 발견한 것이다.
지금 생각하면 원수 갚을 비용으로 하느님이 나리신 것, 원수가 끝
났으니 모두 너에게 준다."

탐욕밖에 아는 게 없는 화자라 달아날 길도 없는 이런 고비에도
오히려 마음을 빼앗기어 한참동안 황홀하였다.

　나는 또다시 관에 걸터앉아 그의 모양을 바라보니, 아아, 내가 하
룻밤에 머리가 희어진 것 같이, 그 또한 하룻밤, 아니, 반밤이 못
되어 젊은 빛이 스러지고, 할미쟁이나 진배없는 쇠하였다. 그 눈만
이상한 광채를 발하건만 그 외의 것은 어제의 화자를 생각도 할
수 없다. 그 마음의 괴로움도 내 마음의 괴로움에 지지 않는가.

　이런 생각을 할 때쯤 문득 나의 마음에 불쌍한 느낌이 솟아오름
을 억제하려도 억제할 수가 없었다. 나든지 화자든지, 이렇듯 기구
한 운명을 짊어진 사람이 또 있을까. 불쌍한 마음은 눈물에 젖는

소리로 변하여,

"나의 아내 화자, 나의 사랑하는 아내 화자, 너는 죽을 고비가 되어도 한 낱 뉘우치는 생각이 들지 않느냐? 네 몸의 행실이 그릇된 것을 깨닫고, 진실로 하준에게 잘못하였단 사과 한 마디 할 마음이 나지 않느냐? 나는 너를 둘도 없는 여자로 사랑하고, 너를 위해서는 죽음도 싫어하지 않으며, 정녀란 것은 너밖에 없는 줄 알아, 몸도 허하고 마음도 허하고, 내 목숨보담도 더 소중히 하였거늘, 너는 무슨 악마의 꾐에 빠져 나를 속이게 되었느냐?

화자야, 화자, 네가 만일 나를 위하여 한 방울 눈물을 흘렸던들 나는 너의 죄를 낱낱이 용서할 뻔하였다. 설령 무덤굴에서 살아 나와, 네가 상춘에게 안긴 것을 볼 때라도 네가 단 한 마디 하준을 불쌍하다 하였던들 나는 너의 사랑을 보아 그대로 모양을 감춰 버리고 상춘과 너로 하여금 복된 세월을 보내게 할 뻔하였다. 그러하거늘 슬퍼하기는 고사하고, 무슨 방해물이나 치운 듯이 기쁘게 웃는 꼴을 보고야 어찌 분이 나지 않겠느냐? 분낸 것이 이 치에 틀린 일이냐? 분해함도 사랑 때문이다. 이만한 사랑이 없었더라면 결코 이런 복수를 하지 않았을 것이다."

혼잣말같이 이런 어리석은 소리를 지껄이니, 귀를 기울이고 듣던 화자는 그리운 듯이 나의 곁으로 한걸음 두걸음 다가들며, 바싹 마른 입술에 그윽한 웃음을 띠우고, 옛날 나의 이름을 속살거리던 버릇으로,

"오오, 하준이, 하준이!"라고, 재잘댄다.

나는 이 부드러운 소리를 들으니 웬일인지 눈물이 자아침을 느끼

었다. 스스로 슬퍼서 못 견디는 소리로,

"오오, 하준이라고? 흥. 하준이는 벌써 죽은 사람, 여기 있는 것은 하준의 허물이다. 너는 그 허물을 어찌할 테냐? 하준은 너를 위하여 있는 사랑을 다 써 버렸건만 그리고도 너의 한 점 사랑을 얻지 못한 까닭에 이런 빈 허물이 되고 말았다."라고 오히려 혼잣말 같이 하면서도 30이 될락 말락한 젊은 사내가 벌써 빈 허물이 되어 피도 마르고 사랑도 말랐는가 생각하니 나는 아니 울 수가 없었다. 오열에 목이 막히고 말끝을 잇지 못하매, 아를 본 화자는 저도 처량한 생각이 난 것 같았다. 슬픈 듯 부끄러운 듯한 얼굴빛으로 나를 위로하려는 듯 나의 곁에 다가들어 무릎을 스치며 가슴을 스치며, 한 팔로 내 목을 감고는,

"하준이, 하준이!" 하는 가운데 펄떡이는 그의 가슴 소리가 들린다. 그는 더욱 소리를 낮추며,

"오오, 하준이. 이 몸이 잘못하였다. 용서해 다오, 용서해 다오. 오늘날까지의 죄를 용서해 다오. 아까 한 말도 이 몸이 심하게 한 소리다. 이로부터 마음을 바꿔 먹고 당신을 사랑하며 당신에게 정녀 노릇을 하여 오늘날까지의 죄를 삭칠 테니, 제발 용서해 다오. 이전대로 나를 사랑해 다오."하며 애원 비슷 늘어놓는 그의 소리도 나와 같이 눈물에 목멘다.

70

마음을 바꿔 먹고 정녀가 되어 지금까지의 죄를 삭치겠다고, 눈물 섞어 사과하는 화자의 이 말이 과연 그의 진심에서 우러나오는 소리일까, 알 길이 바이없어 묵묵히 있노라니, 그는 뉘우침에 견디지 못하는 듯이 까무러지며 또는 애정을 못 이기는 듯이 자지러지며, 더욱더욱 나에게 안기며 눈물 도는 눈을 들어 나를 쳐다본다. 그 부드러운 입술은 나의 키스를 맞으려는 듯이 움직이기 시작한다.

나는 그래도 덤덤히 있으매 그는 거의 사라질 듯한 보드라운 속살거림으로,

"보셔요. 나를 보셔요. 나의 얼굴은 아직 쇠하지 않았습니다. 이 아름다움은 이로부터 오직 당신 한 분의 아름다움이 될 것입니다." 라고 한다. 아. 그의 마음이 참인지 거짓인지 지금 새삼스럽게 물을 바 아니고 또 판단할 바도 아니다. 그가 오늘날까지 저를 사랑하는 이에 대하여 얼마나 악독한 짓을 하였으며, 또 그의 입술은 거짓밖에 말한 일이 없음을 생각하면, 내 어찌 그의 감언이설에 끌려 들 것이랴. 내가 죽을 애에 죽을 애를 거듭한 복수를 이에 미쳐 어찌 조금인들 누그럽게 하랴. 나의 창자엔 나의 유위 유망한 일생을 이 인면수심의 한 계집으로 하여 그르친 원한이 맺혔거든, 지금 또 다시 그 계집에게 놀림을 받는가 하니, 분함이 더욱 치받힘을 느낄 뿐, 가장 슬프고 가장 분한 소리로,

"무엇? 아름답다. 과연, 너의 아름다움은 아직 아니 쇠했는지 모른다. 얼 골만 아름답고 마음이 더러우면 무슨 보람이 있느냐? 허

허, 화자, 마음을 바꿔 먹고 정녀가 된다는 말은 조금 하기가 늦었다. 그 말이 지금으로부터 1년 전 아니 반년전만 일찍이 나왔던들, 너는 이 나라에 제일가는 행복을 누렸을 것이나, 지금 와서야 용서해 달라 해도 용서를 할 수 없는 때다. 용서할 수 있는 가벼운 죄상과 가벼운 원한 같으면 말대로 용서도 하겠지만, 너의 죄상과 나의 원한은 도저히 용서하는 수가 없다. 용서를 하니 마니 하는 보통 죄와는 죄가 다르다. 용서하려고도 용서할 수 없는 죄다. 너는 암 만해도 나의 선고한 대로, 이 어두운 굴속에서, 혼자 아우성을 치다가 죽을 뿐이다. 벗어날 수 없는 운명으로 단념하여라."

이렇게 따끔히 말하매, 화자는 오히려 내 무릎을 떠나지 않고, 마치 지나 간 꿈의 자최를 찾는 듯이 망연히 공중만 쳐다볼 뿐. 한동안 그도 말이 없고 나도 말이 없었다. 밖에는 밤중이 되어서 시작된 겨울바람, 지금은 폭풍으로 변했던지 쇠문을 부딪치며 불어 거칠어, 모래와 돌멩이를 날리고 나뭇가지를 분지르는 소리, 마치 세상을 격하여 듣는 소리처럼 무섭기 짝이 없었다.

이윽고 망연자실하였던 그의 얼굴에, 문득 번개가 번쩍이듯 무슨 결심이 나타난다. 내가, 그는 무슨 생각을 하였는가 하고, 의심할 겨를도 없이 그는 날쌔게 나의 무릎을 떠나며, 나의 허리춤에 꽂혀 있던 '미란'의 비수를 뺏어든다 아아, 그는 굴속에서 썩어갈 제 몸의 운명이 너무 무서워, 마침내 자결을 하려나 보다, 하고 속짐작을 하자마자, 그는 칼날같이 날카로운 소리로,

"무엇이 어째, 용서할 수 없는 죄다? 너야말로 용서할 수 없는 죄인이다. 이놈아, 이 칼을 받아라."라고 부르짖으며 나에게 달려든

다.

궁한 쥐가 도리어 고양이를 문다고, 흉한 년 같으니, 자살할 듯이 보이고 나를 죽일 작정이었던가. 지독한 년도 있다. 만일 내가 얼른 몸을 피하고 부서진 관 두껑을 들고 막지 않았더라면 나는 속절없이 독부의 칼날에 찔려 그 새빨간 입술에 고소한 웃음을 띠우게 할 뻔하였다. 나는 널조각을 방패삼아 달려들어 칼 든 손목을 비틀었지만, 나약하던 아까 보담은 미쳐 날뛰는 그 힘이 여간 센 것이 아니었다.

아아, 독자여, 화자의 표독한 것, 흉악한 것, 더욱 더욱 혀를 내어두를 것이 아닌가. 달아날 길이 없자 나에게 회과하고 사죄함이 또한 거짓이고 틈을 보아서 나를 죽이려 한다. 그야말로 악부로는 완전무결한 악부라 하겠다. 나는 간신히 비틀어. 빼앗은 칼을 집에 꽂고 그 자리에 엎드러진 화자를 발길로 차 던지며,

"흥, 네가 사죄를 해도 용서할 수 없다는 건 이것 때문이다. 틈을 보아 남편을 죽이려는 년이 어찌 정부 노릇을 하겠느냐. 뜻대로 나를 죽였다면 내 주머니에서 이 무덤굴 열쇠를 뒤져내어 내 시체는 버리고 그대로 너는 집에 돌아가, 그 공교한 입부리로 세상 사람을 속여 넘기고 또 하준이나 세 환이 같은 어리석은 남편을 찾을 작정이었지? 공교히 내 힘이 세고 네 힘이 약해서 뜻대로 못된 것은 가엾은 일인걸."

하고 고소하게 비웃었다. 그리고 내가 또 그를 타매하려 할 제, 그는 무슨 까닭인지 찢어지는 듯한 소리로,

"에그머니, 상춘이가 오네, 상춘이가 온다."

하고 부르짖으며 뒷걸음을 친다. 나는 웬 셈을 알 수가 없어 말 없이 바라보니, 그는 떨리는 손가락으로 저편 어둠침침한 곳을 가리키며,

"에그머니, 저기 상춘이가 있다. 상춘이가 있다. 나를 흘겨보면서 이리로 온다, 온다."라고 몸서리를 치며 중얼거린다. 그러면 나에게 쪼들리다 못하여, 신경의 작용으로 상춘의 모습까지 보이는가 하고, 손가락질하는 편을 바라보았으나 내 눈에는 아무 것도 보이지 않았다. 그럴 사이에 그는 상춘으로부터 피하려는 듯이 두 손을 들어 제 몸을 막으며,

"에그머니, 상춘 씨, 용서해 주셔요, 그렇게 나를 때리지 말아요, 아이 야! 아이야!"라고 하며, 소리를 치자 참말 누구에게 박차 이는 듯이 그 자리에 쿵하고 넘어진다.

그의 신경이 흔들리어 상춘의 가책을 받는 것이 분명하므로 나 또한 소름이 끼치며 마치 산 사람을 대하듯,

"상춘이, 너와 나의 좋은 시절을 끊고 친구를 원수로 만든 독부 화자는 내가 시원스럽게 징벌을 하였으니 너는 마음을 놓고 지하로 가거라."하고 다시 나아가 화자의 몸을 만져보니, 죽었는지 기절을 하였는지 맥도 없고 숨도 없다. 아마 기절일 것이나 이대로 버려두면 필연은 죽을테니 기절이라도 죽음이나 다름이 없다. 인제 나는 여기 더 머물 일이 없다. 나의 복수는 화자가 정신을 잃음과 함께 끝난 것이라 하고, 돌아설 적에 나의 마음엔 일호반점의 불쌍한 생각도 없었다. 애를 쓴 원수를 갚고 난 시원 한 마음뿐이었다.

71

나는 돌아 나갈 제 발길로 또 한 번 그를 건드려 보니, 감각 잃음이 아까와 같으므로,

"너의 썩은 심장과 함께 너의 더러운 몸뚱이도 어서 썩어 버려라. 아 아, 고소하다, 고소하다."

하면서, 돌아나가려고 돌 층층대에 다다르니 부는 바람은 더욱 거칠어, 쇠문에 잉잉 부딪힘은 하늘도 나를 위해 화자의 죄를 꾸짖음인가. 마침 바람결에 처량하게 들리는 것은, 나와 화자가 두 번이나 혼례를 지내, 여기서 멀지 않은 '성 제내로'절종, 밤 새로 한 점을 보하는 소리였다. 하고 보면 나와 화자는 혼례의 연석을 두 시간이나 비었으니, 여러 손들은 부부가 없어진 것을 알고 얼마나 놀래고 괴이하게 여기며 찾느라고 야단일까? 그러나 아무리 찾은들 여기까지 찾아올 리 만무하니 걱정할 것은 없다 하고, 돌 층층대에 한 다리를 걸치고 다시 화자를 돌아본즉 이때에 그는 정신을 차렸던지 비틀비틀 일어선다. 그러나 그는 내가 벌써 여기까지 온 줄을 모르는 듯이 저 혼자 무어라고 중얼거리면서 그 얼굴에 흐트러진 머리카락을 훔켜쥐어 불 곁으로 가더니 스스로 제 머리의 고움을 기뻐하는 듯이 손뼉을 치며 웃는다.

이 무서운 굴속에서 더구나 제 몸이 벗어날 구멍도 없는데 웃는 일이 무슨 일인가! 나는 그가 나에게 칼부림을 할 적보담 더욱 놀래고, 더욱 무서웠다. 보면 볼수록 더욱 이상하다. 그는 기쁨에 못 견디는 웃음을 띠우고 먼 저 그 옷을 끌어 모으더니 가만가만히 저 해적의 보물 상자에 다가들어 그 가운데서 보물을 하나씩 둘씩

꺼낸다. 그것을 낱낱이 제 옷에 붙이기 비롯한다. 삽시간에 온몸이 진주, 보석, 야광주 등속으로 빈틈없이 빛나기 시 작한다. 나는 더욱더욱 그 뜻을 알 수 없어 부지불각에 그에게로 다가들려 할 때였다. 문득 어디서인지 지진 하는 소리 같은 어마어마한 음향이 일어난다. 산이 무너짐인가, 바다가 끓음인가. 아마도 거칠게 부는 폭풍이 이 무덤굴 어디를 불어 무너뜨리는 음향이리라. 이런 생각을 할 겨를도 없이 쇠문 틈으로 흘러들어 오는 바람, 악마의 성난 호통같이 나의 얼굴을 스쳐 가며 문득 몇 자루 촛불을 꺼 버렸건만 화자는 그래도 놀래지 않고 매우 재미스러운 듯이 소리쳐 웃는다. 그리고 그 웃음소리는 전 같은 아리따운 맛 이 없고, 늙은 잔나비의 부르짖음 같았다. 그것은 분명히 미친년의 웃음이다. 그는 필경 미치고 만 것이다.

그가 미친 줄 깨닫자,

"화자! 화자!"

하고, 불러보매 그가 나를 돌아 보았건만 아모 대답도 안 하고 빙글빙글 웃을 뿐. 시방까지 나에게 쪼들리는 고통도 발광으로 하여 얼마만큼 잊었던지 푸르던 얼굴빛이 발그스름해지며 야릇하게 아름답다. 아아, 나는 그가 미치도록 시달렸던가? 그가 내 탓으로 알음을 잊음은 내가 제 탓으로 사랑을 잃음과 어근버근할 터이니 나의 원수는 이로써 충분히 갚아졌다 할 수 있다.

이렇게 생각하면 고소하기도 짝이 없지마는 또 이 광녀에 대하여 한 점 가엾음도 없을 수 없다. 그는 아까까지의 화자와는 아주 딴 사람이라 할 수 있나니 미친 이의 가슴엔 인제 더러운 욕심도 없을 것이고 사람을 속이는 간악한 지혜도 미친 이의 알바가 아니다. 법률도 도덕도 미친 사람에게는 벌이 없는 것이니 내 아무리 모질다 하더라도 어찌 미친 이까지 미워하랴!

어찌 차마 미친 이를 이 굴속에 남기고 가랴! 나는 남쪽나라 사람인만큼 분노에도 강하거니와 애련에도 강한지라 인제는 가려 해도 갈 수 없었다.

자는 이를 불러 깨우듯 저의 발광을 불러 깨울 수 없을까 하고, 또 다시 소리 높게,

"화자! 화자!"

하며 부르짖은 것이 오히려 화자의 귀에 가기도 전에, 또 어디서인지 지축이 부서지는 처창한 호통이 일어나 굴속까지 뒤흔드는 듯하였다. 미친 이는 그 호통도 들리지 않았던지 천연덕스럽게 콧노래를 부르며 해적의 보물 상자를 뒤져 이번에는 거울 하나를 주워낸다. 그리고 부서진 관 위에 걸어앉아, 마치 화장실에 앉은 듯한 태도로 혹은 나려진 머리카락을 끌어 올리고 혹은 그 얼굴을 쓰다듬으며 제 모양의 아름다움에 스스로 홀린 것 같다. 나는 측은한 생각을 걷잡다 못하여 다시 그에게로 다가서서 몸이나 흔들어 보려고 막 한 걸음을 내어디디려 할 제 다시금 그 처창한 호통이 일어났는데 이번은 아까 보담도 더 세차고 더 가까워 거의 내가 서있는 발부리까지 흔들자마자, 지금까지 타던 몇 자루 촛불이 일시에 꺼지고 무덤굴 속이 갑자기 캄캄해진다.

그리고 어디서인지 흙과 모래가 좌르르 좌르르 쏟아지며 사방으로 몬지가 일어나 나의 눈으로 입으로 들어오는 듯 하므로 나는

한동안 눈을 감고 사면이 고요해지기를 기다리니 굴 밖에 미쳐 날뛰는 바람소리는 들리어도 미친 이는 콧노래도 그쳤는지 적적히 아모 소리를 들을 수 없었다. 그가 아직도 캄캄한 속에서 거울을 가지고 노는지 부서진 관 위에 걸어앉아 빙글빙글 웃는지, 또는 바람소리에 놀라 벽에나 붙어 섰는지 알 길이 없었다. 나는 설레는 가슴을 가라앉혀 성냥 하나를 그었으나 넓고 검게 퍼진 어둠을 성냥 한 개비로 비쳐 볼 바 아니다. 다만 이것으로 시방 꺼진 초 한 개를 찾아내어 가지고 그것에 불을 붙여 머리 높여 쳐들어 시방까지 미친 이가 앉았던 곳을 비춰 보니 이게 웬일이냐! 이게 웬일이냐! 나는 너무도 무서운 광경에 "악!"하고 외마디 소리를 질렀다.

⟨72⟩

내가 왜 외마디 소리를 쳤는가! 눈에 띄는 건 한낱 크나큰 바윗돌이 무덤 굴 천정에서 떨어져 그 부서진 관을 박살을 준 모양이었다.

무덤굴은 몇 백 년 전에 지은 것으로 돌로만 쌓아 올린 튼튼한 천정이로되 그 어디인지 어긋난 것이리라. 더구나 나무가 부러지고 산이 무너지는 모진 바람에, 이가 어긋난 돌이 제 무게로 떨어진 것이리라. 아까부터 처창한 음향이 나는 것은 모두 이것 때문이리라.

그것은 그렇다 한들 엎눌린 부서진 관 위에는 여태껏 화자가 걸어앉아 있었다. 그는 어디로 도망하였는가? 또는 미처 달아나지 못하고 그 자리에 눌려 죽었는가? 그렇다, 그는 그 자리에 눌려 죽고 말았다. 아아, 누가 천벌이 없다더냐. 하느님이여! 당신의 나리는 형벌은 사람의 그것보담도 몇 곱 절 무겁고 몇 곱절 엄하다. 내가 날을 거듭하고 달을 거듭해서 고심참담하게 경영한 복수도 당신의 형벌에 비하면 아모 것도 아니다. 당신이 말 없는 사이에 아모 준비도 없이 불쑥 내리신 형벌은, 오직 일찰나로 나의 원수 갚음에 일도양단의 결국을 맺어 주는 도다!

돌은 다섯 자 입방(立方)이나 될 듯한 큰 것으로 화자가 걸어앉았던 바로 머리 위에 떨어진 것인즉, 화자의 몸도 감춰 보이지 않았다. 아니 보임은 그의 무참히 죽은 모양을 가린 것이로되 다만 그러나 나의 눈에 띄는 것은 돌 밑에서 새어나온 가늘고 흰 그의 손목이었다. 엎눌린 전신의 고통이 모조리 그 손목에 몰림이런지, 손목만은 오히려 발발 떨며, 다섯 손가락에 꿈틀거리는 힘줄을 볼 수 있다. 아아, 세상에 이런 무참한 광경이 또 있으랴. 이만한 천벌이 또 있으랴. 꿈틀거리는 손가락은 차츰차츰 움직이지 않았지만, 그 손가락에 혼례의 반지가 싸늘하게 빛나는 건 고소하다고 웃는 하늘의 얼굴을 비침인가. 나는 무섭기 짝이 없어 아니 보려 하였건만 내 눈은 그것에 박히어 떼려야 뗄 수가 없었다. 보지 않으려면서도 보고 가지 않으려면서도 다가들어, 나는 촛불을 가진 채로 그 돌의 주위를 살펴보니 하얀 예복이 드러났는데 새빨간 피가 한 방울 두 방울 젖어 감은 그의 죄를 적는 것이리라 나는 오늘날까지도. 그 처참하던 광경을 잊을 수 없다. 더구나 혼례의 반지가 빛나던 흰 손은 자나 깨나 내 눈에서 사라지지 않았다.

이에 이르러 나도 반미치광이가 되었던지, 그 손목 앞에 꿇어 엎드려, 고개를 숙여 그 손목에 키스하려 하였다. 손과 입술의 거리가 한 치도 아니 떨어진 때에야 나는 정신을 차리고 얼른 물러섰다. 물러섰건만, 그 자리를 떠나지 못하고 가위에 눌린 눈매로 그 근처를 돌아보니 저번 내가 다시 살아난 증거로 화자의 무릎에 던졌던, 은으로 만든 십자가가 내 발부리에 번쩍인다. 나는 그 십자가를 주워 올려 오그라진 손가락을 펴고 이것을 쥐게 하고는 다시 그 손가락을 낱낱이 오그라뜨리며,

"자아, 내가 너를 위해 주신 이것이 마지막이다. 이걸로 하느님께 빌면, 나는 네 죄를 용서할 수 없지만, 하느님은 용서하실지 모른다. 고맙게 생각 하라."하고 그 자리를 떠났다.

그러자 나는 머리에서 사뭇 냉수를 들어붓는 듯이 몸이 떨리고 무서워 견딜 수 없었다. 무엇에 놀란 어린애 모양으로 목청껏 소리를 지르며 눈을 감고 문 있는 곳으로 다다랐다. 돌 층층대에 받혀 그제야 눈을 뜨고 등 뒤를 돌아보니 손에 든 촛불은 벌써 꺼졌고, 큰 돌이 빠진 천정 구멍으로 바람과 같이 새어들어 온 겨울달 그림자가 십자가 쥔 그의 손목을 푸르게 비추인다.

처절한 광경도 있다. 나는 원수 갚기를 마친 내 몸의 기쁨도 모르고 미친 듯이 돌 층층대를 뛰어 올라 문을 열고 밖에 나갔으나, 어쩐지 굴 안의 무서 운 기억이 나를 쫓아오는 듯하였다. 나는 밖에서 다시 자물쇠를 채우며,

"이리 하면 원수도, 화자도, 천벌도, 손목도, 나의 원한과 함께 이 속에 파묻히고 만 것이다."

하고 가슴을 쓸어 만지매, 얼음 같은 밤바람이 열을 띤 나의 목에 불어 상쾌하게 다시 이 세상에서 살아난 것 같았다. 나는 혼자, "유쾌하다, 유쾌하다." 부르짖으며 그 곳을 떠났는데 나의 발길이 가는 곳은 어디인가?

〈73〉

독자여, 나는 아모에게도 들키지 않고 곱다랗게 '나폴리'를 떠날 수 있었다. 일찍이 내가 선장 우충해에게 부탁하여 '시비타'가는 배에 탈 수속을 해 둔 것은 독자의 기억하는 바이리라. 나는 밤이 새기 전에 그 배를 탔다. 그리고 그 배의 선장은 물론 내가 오세환인 줄 모르고 또 돈을 넉넉히 먹인 터이라 나를 누구냐고 묻지도 않고 말없이 나의 짐을 나에게 전하고 일로 무사히 나를 '시비타'까지 보내주었다.

'시비타'로부터 '레다호른'에 이르러 상선을 갈아타고 남아메리카에 다다라 다시 멕시코(墨西哥)를 거쳐 미국으로 옮기었다. 처음으로 내 몸을 지접하기는 나의 원수 갚기를 마친 날로부터 여덟 달 뒤이었다.

미국의 나무가 우거지고, 토지가 기름지고, 경개 또한 좋은 곳에 몇 마당 터를 사고 몇 아랑 밭을 사서 소쇄한 집 한 칸을 지은 뒤에 말 한 마리 종 하나로 스스로 갈아 스스로 먹으며, 의리도 모르고 세상도 모르고, 마음엔 사랑이 들어오지 못하도록 여자도 아니 보고 아이도 아니 보며 세월을 보내었다. 내 동산에 빽빽이 들어선 것은 소나무 잣나무 붙이뿐이고 꽃이란 이름 붙는 것은 풀꽃조차 심지 않았다. 하물며 장미꽃 붙이는 우리 집으로부터 사방 몇 마장, 눈 닿는 곳에는 없었다. 이따금 내 밭둑에 콩낟만한 봉오리를 맺은 풀이 있으면, 나는 그것이 피기 전에, 꽃이 되기 전에 무참하게 뜯고 뭉개고, 그 뿌리를 뽑고 그 줄기를 꺾어서 발로 비비고야 안심하였다.

독자여, 나를 모질다 말라, 나는 사랑이랑 자비랑 하는 분자는 모조리 깡그리 화자에게 뜯기고 짓밟혀 버렸다. 이 후 몇 년을 지내어 나의 가슴에 부드러운 사랑이 새움을 트기 전엔 화자에게 입은 생채기는 아물지 않으리라.

세상을 잊었다고는 하지만 삼십이 넘지 않은 혈기 왕성한 나는 신선이 될 수는 없다. 지식도 있고, 신체도 튼튼하고, 자본도 있으니, 출세할 날이 오면 분명히 인생의 전쟁에 나가려는 것은 나의 마음 깊이 숨은 생각이고, 아 직 아모에게도 누설치 않은 비밀이다. 정치가로 나갈는지, 혹은 실업가로, 종교가로, 문학가로, 또는 여행가로 나갈는지, 그것은 모두 미정이로되 애 인으로 나가지 않을 것만은 확실한 일이다.

나는 세상에 나갈 좋은 기회를 잃지 않으려고 신문만은 갖다 보는데, 그중에서 '이탈리아에 일대 불가사의'란 제목으로 귀족 오세환이란 자가 혼인 하던 첫날밤에 신부와 같이 간 곳이 없어 이탈리아 전국에 소문이 자자하다고 쓰여 있다. 나는 마치 남의 일같이 얼굴빛도 변하지 않고 읽었는데, 그 일절에는 여관 주인이 비용을 아끼지 않고 나의 간 곳을 찾는다는 일도 있고, 경무 당국에서는 막대한 현상을 걸고 나에게 대한 소문을 모집한다 하였으며, 또 나의 종자 돌쇠가 여러 가지로 분주한다는 일도 있었다. 이것은 그러리라고 이미 짐작한 바인즉 나에게는 심상하였다. 그 후 몇 달을 지낸 후 다음과 같은 기사가 있었다.

근래의 일대 불가사의로 소문 높던 이탈리아 귀족 오세환 부처의 간 곳이 인제로부터 1년을 지나도 모를 때에는 죽은 사람으로 치고 그 부인에게 딸린 하씨 집 동산 부동산 전부를 이국(伊國) 정부에서 몰수하여 황실의 것을 만든다더라.

나는 이 기사를 읽고 처음으로 안심하였다. 지금까지 나의 마음에 걸리는 것은 선조 대대로 나까지 전해 나려온 하씨 집안이 내 대에 이르러 후손이 끊어지는 일이러니, 나의 상속자는 실로 이탈리아의 황실이다. 이탈리아 제국으로 우리 집의 뒤를 잇게 되었으니, 이에 더한 명예, 이에 더한 만족이 어디 있으랴. 우리 선조 대대의 혼령도 필연 지하에서 기뻐하시리라. 쓰기를 마치고 생각해 보니, 인간의 중한 일이 혼인보담 더 중한 일이 없고 혼인의 중한 일이 실덕보담 더 중한 일이 없다. 나와 같은 자는 실로 여자의 마음을 몰라보고 다만 외화의 아름다움에 홀렸다가 일평생을 그르친 사람이다. 얼굴은 보살 같고 마음은 야차 같다는 말은 불도의 입에서 들었지만 화자와 같이 얼굴이 아름답고, 화자와 같이 마음이 간악한 것이야 삼천 세계에 또 있으랴. 그는 숨이 질 때까지 입에서 거짓말을 끊지 않고 나와 다투며 나를 속이며, 더군다나 나를 죽이고 달아나려던 것을 생각하면, 나는 죽어서 황천으로 돌아가더라도 그의 죄를 용서할 수 없다. 지옥의 밑까지라도 그를 쫓아다니며 거짓으로 엉긴 혼을 시달리게 할 작정이다.

 독자여, 만일 혼인할 여자를 만나거든, 그를 사랑하기 전에, 그에게 홀리기 전에, 그에게 빠지기 전에, 그에게 일생을 허하기 전에, 먼저 이 책을 읽을지 어다.